操縦室
赤房区
管理室
記録室
生徒部屋
レディ・リネットの部屋
・縄ばしご
教師部屋
教室
機関室
大教室
煤っ子部屋
機関員部屋
職員部屋
ンジン・ボイラー室
カ使用人保管・
保守部屋

目次

ソフロニア嬢、倫敦《ロンドン》で恋に陥落する

登場人物

ソフロニア・テミニック………〈マドモアゼル・ジェラルディン・フィニシング・アカデミー〉の生徒
バンバースヌート………………ソフロニアのメカアニマル
ディミティ・
プラムレイ＝テインモット……学園の生徒。ソフロニアの親友
アガサ・ウースモス
プレシア・バス ……………学園の生徒
ビエーヴ・ルフォー……………〈バンソン校〉の生徒。ガスパール・ルフォーを名乗る
マドモアゼル・
ジェラルディン……学長
ブレイスウォープ教授…………学園の教授。吸血鬼
ベアトリス・ルフォー…………学園の教授。ビエーヴのおば
レディ・リネット
シスター・マッティ …………学園の教授
ピルオーバー……………………ディミティの弟。〈バンソン校〉の生徒
フェリックス……………………マージー卿。〈バンソン校〉の生徒
ハンドル…………………………ボイラー室の〝煤っ子〟のリーダー
ペチュニア………………………ソフロニアの姉
アケルダマ卿……………………はぐれ吸血鬼
モニク・ド・パルース…………元学園の生徒。ウェストミンスター吸血群の取り巻き《ドローン》
ゴルボーン公爵…………………フェリックスの父親
マダム・スペチュナ……………学園の卒業生。凄腕のスパイ
〈将軍〉…………………………女王陛下の専属助言役を務める人狼の長
ソープ……………………………ボイラー室の元〝煤っ子〟。人狼

危機その一　人格交換

「ああ、ついに舞踏会！」ディミティ・プラムレイ＝テインモットはうれしさあまって、どさりと椅子に座りこんだ。

上座テーブルでは告知を終えたマドモアゼル・ジェラルディンが興奮を抑え、コルセットをきしませて同じように座りこんだ。何があっても校舎を離れない学長は参加しないが、おじよおひんなレディたちにはそろそろ重大な社交行事を経験させるころだと認めたようだ。レディ・リネットが生徒たちの反応を警戒して学長の腕にそっと手を置いた。

だが、そのときはすでに学園じゅうでおしゃべりが始まっていた。

「どうせ〈バンソン校〉でしょ」プレシア・バスがディミティに言った。「あそこの生徒はみんな知ってるし、有力候補の大半は大学に行っちゃったわ」

「あら、いいじゃない、プレシア。つまり顔ぶれが新しくなったってことでしょ。純真で、つまみたくなるような若い子が好きなあなたはわくわくなんじゃない?」ソフロニアが切り返した。

プレシアは言い返せず——ある意味ほめられたようなものだ——ソフロニアと仲間たちにぷいと背を向けた。

ソフロニアはしてやったりと思いながら紅茶を飲み、緑色の目で周囲の反応をうかがった。ディミティは予想どおり大喜びで、異性が集まる場所が苦手な、もうひとりの仲よしアガサ・ウースモスは押し黙っている。頬が真っ赤なのは興味があるせいか、そうでなければ恐怖でこわばっているかのどちらかだ。新入生たちは〈悪のスコーン〉と〈恐怖のジャム〉を囲んで顔をつき合わせ、ブレイスウォープ教授は、参加する気もないのにごきげんな赤ん坊よろしく椅子の上で飛びはねている。ルフォー教授は不満そうに唇をゆがめて立ちあがり、テーブルを見まわりはじめた。

「何を着ようかしら」ディミティが渦巻きシナモンパンを親指と人差し指で丸めながらつぶやいた。

ルフォー教授がめざとく近づいた。「ミス・プラムレイ=テインモット、シナモンパンに何をしているの? 指がべたべたじゃありませんか。パンくずに気をつけなさい。それから干しブドウが落ちましたよ。なんてお行儀の悪い」

ディミティがはっとパンを落とし、すかさずソフロニアが口をはさんだ。

「ちょうどいまパンくずと干しブドウを使った伝達法を考えていたんです」

そんな言葉にごまかされるルフォー教授ではない。「そう？　続けて」

「パンくずの数と位置で目的を伝えるんです」

「干しブドウは？」

「指令内容です、もちろん」

「べたつかないパンのときは散らかるだけじゃないの？」

「それは今後の課題です」ソフロニアは平然と答えた。

ルフォー教授は鼻で笑った。「もう少し散らからない伝達法を考えたほうがよさそうね。思いつきは悪くないけれど」

このほめ言葉がパンくず伝達法に向けられたものか、パンを丸めた友人をかばおうと、とっさにごまかしたソフロニアの機転に向けられたものかはわからない。いずれにせよ、いかめしい顔の教授は新入生の一人が別の生徒にパンを放り投げているのに気づき、あわててそちらのテーブルに向かった。

ディミティはこれ以上、余計な注目を集めないようにべたつくパンを口に押しこみ、パンくずだらけの皿をソフロニアの前に押しやった。「じゃあこれはどういう意味？」

アガサがくすっと笑った。「マダム・スペチュナみたい」

「パンくずはわたしの未来をなんて言ってる？」ディミティの丸顔は真剣そのものだ。

ソフロニアはパンくずに顔を近づけ、つぶやいた。「あなたはよい結婚をし、末永く幸せに暮らすでしょう。ただし……」そこで期待を持たせた。

ディミティは息をのんだ。「ただし？」

「チョウザメとの接触はいっさい避けること」

「なんですって？　魚？」

「チョウザメは縁起が悪い。用心しなければすべてを失うでしょう」

ディミティはにっと笑った。「まあ、なんて不吉な。しかもなんて湿っぽい」

こんどはアガサがパンくずの散った皿を押しやった。「じゃあ、わたしのは？」

ソフロニアが重々しい口調で「あなたはその知恵と魅力で上流階級に騒ぎを巻き起こすでしょう」と言うと、アガサは顔を赤らめた。「思っていることをときおり口にすれば。ただし……」

「ただし、何？」

「哲学にはご用心！」

「ああ、よかった、それならとっくに気をつけてるわ。自分のもやってみたら？」

「女の子が自分の未来を占えないことくらい知ってるでしょ」ソフロニアは視界の隅でルフォー教授が自席に戻るのをとらえた。続いてレディ・リネットが立ちあがり、テーブルからテーブルを移動しはじめた。生徒ひとりひとりに身ぶりを交えて言葉をかけるにつれ、騒いでいた生徒たちは順に静かになった。

ディミティが手つかずのシナモンパンが載ったソフロニアの皿を取った。

アガサが好奇心に目を輝かせた。「ソフロニアのことはなんと言ってる、ディミティ？」

「〝趣味が悪い。でまかせを言うのをやめてさっさとパンを食べるべきだ〟」

アガサとソフロニアは声をそろえて笑いだした。

ディミティは親友に食べる気がないと見てソフロニアのパンを口に押しこみ、大好きなドレスに話を戻した。「それで舞踏会には何を着るの、アガサ？」

近ごろ腰まわりの肉がとみに上に移動しはじめた赤毛の少女は悩ましげな表情を浮かべた。マドモアゼル・ジェラルディンはミス・ウースモスの〝増大した資産と美的魅力〟にいたく感激したが、当人は困惑ぎみだ。幸か不幸かアガサの父親は最新ファッションにただならぬ関心があり――娘のためというより自分の財力をひけらかすためのようだが――アガサは選びきれないほどたくさんのドレスを持っている。

ソフロニアに何を着るのかとたずねる者はいない。まあまあのスタイルで、〈マドモアゼル・ジェラルディン・フィニシング・アカデミー〉にいるあいだに大きな体型の変化もなかったことは、もっぱら姉たちのおさがりでやりくりしている身にはさいわいだった。その姉たちも結婚し、おさがりをもらえる機会もみるみる減って、いまや舞踏会ドレスは一枚きりだ。しかもそれを変形させて最上の訪問ドレスとしても使いまわしていた。

「カラシ色のドレスはどうかしら」あれだけドレスがあるのにアガサの趣味には問題がある。

ソフロニアは思わずむせそうになった。

ディミティは友人思いだ。「あら、薄レモン色のほうがずっとおしゃれよ」

そしてアガサの肌色にははるかによく似合う――ソフロニアは思った。

「でもレモン色は軽薄すぎない？」アガサはそれが魅力だということがわかっていない。

ソフロニアとディミティは目を見交わした。

「レモン色のほうがデザインもすてきよ」と、ディミティ。

「だって胸が開きすぎなんだもの！」アガサは胸まわりで手をひらひらさせた。

ディミティはうらめしそうだ。「そこがいいんじゃない！　わたしなんか胸が大きくなるためならなんだって……」ディミティはこれまでマドモアゼル・ジェラルディンが豊胸にいいと勧めるあらゆる方法をためしてきた。没薬《もつやく》、ルリハコベやニワトコのチンキを使ったマッサージ、蒸留酒、マチンとマデラワインの調合剤に、胸を豊かにする食事療法。食事は菓子パンやミルク、じゃがいもといったデンプン質をたっぷり含む食物が推奨されたので苦労はなかったが、ディミティはさらに紅茶を避け、できるだけ怒りや嘆きや不安や嫉妬を感じないよう努めた。感情の波が胸の大きさと質に影響することは周知の事実だ。

この涙ぐましい努力にもかかわらず、これまでのところ彼女の胸に大きな変化はなかった。

「できることなら分けてあげたいわ」アガサは何はなくとも気前だけはいい。

見た目によらず気がまわるディミティはアガサをからかうのをやめ、ソフロニアに矛先を向けた。「今夜はやけにおとなしいじゃない。心配なの？」

「舞踏会が？」ソフロニアはわざと顔をしかめてみせた。

「舞踏会にマージー卿が来ることが」

とたんにソフロニアの脳裏に記憶がよみがえった。コール墨で縁取ったフェリックス・マージーの美しい薄青色の目……黒髪……脚から流れる血……遅すぎた警告。そして運命の銃弾と、くずおれるソープ。もともとフェリックスは誘惑の練習台にすぎなかったのに、そう考えるには、あまりにすべてがこんがらがってしまった。「マージー卿くらい、なんでもないわ」

ディミティは首をかしげた。「あらそう？　じゃあ、どうしてそんなに憂い顔なの？」

「飽きたのかも」

「何に？」と、アガサ。

「それはほら、たわむれとか、きれいなドレスとか、スパイとか……死とか」

ディミティが鼻で笑った。「よく言うわ！　今日の午後、ブレイスウォープ教授の〈役立つ小物バッグ〉の授業を楽しんでいたのは誰？　あんなにいかれた教授の授業を」

「そうね。たぶん落ち着かないのかも」

「列車を盗んだあとではスパイ学校もつまらないってこと？」アガサが親身な口調でたずねた。

ディミティは首をかしげた。「まさか。舞踏会の話が変なほうに行っちゃったわ。マージー卿じゃないとしたら」――そこで言葉を切り――「わかった。ミスター・ソープが恋しいのね。いずれにしてもエスコート役にはなれなかった人よ、ソフロニア」

「わかってる」ソフロニアの手は自然と秘密のポケットに伸びた。そこには数カ月前に届き、なんども読みすぎてしわだらけになったソープからの手紙が入っていた。便りがあったのはうれしかったが、自分以外の人に読み書きを教わったと思うと胸がちくっとした。

「とても遠く感じるわ」

「かわいそうに」ディミティは友だち思いだ。恋の相手がふさわしくないと思ってはいても、胸の痛みをわかってくれる。

その気持ちはうれしかったが、ソフロニアにはつらい理由もわかっていた。自分でもディミティの言うとおりだと思っているからだ。たしかにソープはふさわしくない。世間ののけ者となって生きる以外、二人にどんな未来があるだろう？　社会的に見ればソープはふさわしくない階級で、ふさわしくない肌の色で、いまやふさわしくない種族だ。「嫌だ、なんだか湿っぽくなって。でも、これだけは誰にもどうしようもないの」

ソフロニアは確実に親友の気をそらせる話題を向けた。「それでディミティ、あなたは何を着るの？」

ディミティは待っていたとばかりにしゃべりだした。「ピンクのドレスを考えたんだけど、あれは数シーズンも前のデザインで前にもいちど着たことがあるのよ。どう思う？あれこそ邪悪な天才に囲まれたときにうってつけの脳天気さを醸《かも》しそうだけど、そうなると宝石が問題なの。あのドレスには真珠だけど冬の舞踏会に真珠は地味すぎるでしょ。でもあのピンクに合うのは真珠しかないの。だからオレンジ色も考えたわ。大胆だと思わない？　でもこの歳でオレンジを着るにはかなり大人っぽく落ち着いてなきゃならないし、若い男の子はわたしが本当に大人で落ち着きがあると思うかもしれない。でも、わたしはそんなふうに思われたいの？　そう考えるとピーチ色だけど、あのドレスには誘拐事件と人狼移動作戦の名残がまだ残ってるの。だからいっそのこと――」

ソフロニアとアガサは好きなだけしゃべらせた。ディミティのドレス談義を聞くと心がなごむ。ドレスを使った人心操作は彼女の得意科目で、その気になれば、ひだ飾りの数が六本と八本では軽視される度合いがどれだけ違うかとか、なぜ人は腰帯を巻いたり巻かなかったりするかといった話を何時間でもべらべらとしゃべりつづける。

そこへレディ・リネットが近づいた。「ちょっと聞いてちょうだい。ミス・バス、あなたもよ。冬の舞踏会が楽しみなのは結構ですが、わたくしたちは今回の行事に特別の趣向を加えることにしました」

誰も驚かなかった。ここにいるのはみな古株《オールド・ハット》で、こういった課題には慣れっこだ。いや、古い帽子《オールド・ハット》というより、昨シーズンの手袋といったほうがいいかもしれない。すなわち〝染みはあるが、荒天から死体処理までどんな場面にもまだ充分に使える〟。

「全員に参加してもらいます。そう、あなたもよ、ミス・ウースモス。でも、本人で参加するのではありません。ちょうど全学年で〈人格交換〉を履修したところですから、今回の舞踏会では同学年どうしで他人の性格になってもらいます。あなたがた四人はすでに自己が確立し、下級生よりもたがいをよく知っているでしょうから、完璧なお手本になってください。もちろん出来ばえは評価の対象となります。ミス・テミニック」――レディ・リネットはソフロニアを指さし――「あなたはミス・ウースモスになって。ミス・ウースモスはミス・プラムレイ＝テインモットに。ミス・プラムレイ＝テインモットはミス・バスに。そしてミス・バスはミス・テミニックになってもらいます」

プレシアがソフロニアにぞっとしたような視線を向けた。

この人格交換の課題には危険な落とし穴がある――ソフロニアは思った。つまり、先生たちが納得する演技をしつつ、なりきる相手を侮辱してはならない。それも試験のうちなのだろう。これで自分が相手をどう思っているかが問われるわけだ。

アガサは恐怖に顔をひきつらせ、ディミティは困惑した。

プレシアが重要な質問をした。「服もなりきり相手から借りるんですか？　ソフロニアは舞踏会ドレスを一着しか持ってません。自分のドレスを彼女のみたいに古くさく地味に見せるのでもいいですか？」プレシアはいつも言葉をぶち切るように話す。あたしになりきるなら――ソフロニアは思った――あの口調をどうにかしなければならないわね。

レディ・リネットはこの質問を予測していた。「それで結構です。借りられるのならそれにこしたことはありませんが、みなができるとはかぎりません。寸法上の問題もあります。その人らしくよそおうのは重要ですが、そのために縫い物までする必要はありません」

ソフロニアはほっとした。一着しかない舞踏会ドレスをプレシアに貸したくはない。プレシアは純粋な悪意からクランベリー・リキュールをドレスにぶちまけるような女だ。

レディ・リネットはヤマギシの群れにオコジョを投げこむような指示を言い残してゆっくり立ち去った。

「少なくともアガサじゃなくてよかった。考えてもみて？　あたしがくすんだオリーブ色なんて着られるわけないわ」プレシアのひとことで重々しい沈黙が破られ、隣テーブルのプレシア親衛隊がへつらうようにくすくす笑った。

アガサはそんな嫌味にも慣れっこで、少しも動じなかった。「わたしは光り物をたくさんつけなきゃならないわね」

「あなたをわたしみたいに飾ってもいい、アガサ？」ディミティはすっかり興奮している。

「きっととてもすてきよ！」

アガサは不安そうだ。「あなたの胴着が入るかしら」

ディミティはにやりと笑った。「かなり締めあげなきゃダメかも」

アガサは青ざめ、あわててソフロニアに言った。「わたしのはなんでも好きなものを貸すわ。レモン色のフリルドレスだって――スカートを長くしなきゃならないけど」

ソフロニアが黄色を着ると黄疸症のように見える。アガサには似合っても、ぱっとしない茶色の髪と、そばかすとにきびのある肌にはまったく似合わない。

「茶色の縦縞ドレスでもいい？」ソフロニアがおずおずとたずねると、ディミティがぎょっとした。

「ソフロニア、そんなもの着たら、まるでひょろ長いスズメじゃないの！　悪く思わないで、アガサ」

「ちっとも」

「そう、でもそのほうが裾にひだを足すのは簡単よ」

これにはディミティも文句は言えなかった。彼女が演じるプレシアはいつもおしゃれだからドレスに細工をする必要はない。とはいえディミティにとってプレシアを演じるのはさほど簡単でもなかった。いつもの宝石はつけられないし、性格を替えるのも一苦労だ。

なにせプレシアは意地悪で、計算高い。ソフロニアが思うに、レディ・リネットはあえて難しい組み合わせを考えたようだ。その証拠に誰もが本人とはもっともタイプの違う生徒を演じるよう命じられた。でも、レディ・リネットはきっと驚くだろう。あたしのなかにもアガサらしい部分はあるし、ディミティだってその気になればかなり意地が悪い。弟に対するディミティの意地悪なことと言ったら相当なものだ。それを言うならアガサにも未開拓の輝かしい才能があるはずだし、プレシアだって――しゃくだけど――あたしと似たところがある。二人とも計算された人心操作術に興味がある点だ。ただ、あたしには良心があるけどプレシアにはない。プレシアが演じるのが自分でよかったとソフロニアはつくづく思った。プレシアは課題を忠実にこなしつつ、演じる相手に恥をかかせるつもりだ。あの子のことだから、どちらもうまくやってのけるだろう。そしてあたしは屈辱に耐えられても、友人たちは耐えられない。

それから二週間後、たがいのいちばん上等なドレスと性格をまとった若いレディたちは飛行船を降り、冬の舞踏会会場である〈バンソン&ラクロワ少年総合技術専門学校《ポリテクニーク》〉に向かった。両校のあいだには少なからぬ対立がある。政治的立場も、異界族の受容度も、指導方法も、お茶の時間の食べ物も相容れないが、それでもやむなく関係を保っていた。〈バンソン校〉のあるスウィフル＝オン＝エクスは〈ジェラルディン校〉の係留地だ。それに、スパイ養成校の女生徒が急な舞踏会の相手を見つけるのに、邪悪な天才になる訓練を受けている少年たち以外の誰がいる？

〈バンソン校〉の生徒は〈ジェラルディン校〉の生徒をつねに警戒しているが、実際に何が起こっているかはわかっていなかった。それでも彼らは紳士らしく、どこか様子のおかしいレディたちにダンスを申しこんだ。〈バンソン校〉はあまり見栄えはしないものの、それなりに舞踏室をしつらえていた。邪悪な天才は見栄っ張りだ。黄色い有害ガスを満たした自動ランタンが天井の小さな手すりからずらりとぶらさがり、弦楽四重奏団に作り変えられた四体のメカが部屋の隅で五種類の曲を何度も繰り返しかなでている。ふとソフロニアの耳にひそひそ声が聞こえた。〝誰かの最終課題だ〟とか〝優秀だったから卒業後、すぐにピクルマンの〈耕作者〉階級に採用された〟とか。数体のメカが軽食とパンチを載せた大きな真鍮の盆を抱えて動きまわっていた。軽食のなかに爆発性のものがないともかぎらない。ソフロニアは素性の確かそうなものだけを食べた。誰かがパンチにアブサン酒を混ぜ、ルフォー教授が気づいて新しいものを持ってこさせるまでゆうに十分はあった。その十分間で場はかなり盛りあがったようだ。

〈バンソン校〉の生徒はできるかぎり邪悪な雰囲気をぬぐい去り、レディ・リネットの目にもかなうほど礼儀正しかった。舞踏会手帖《ダンスカード》が求められ、次々に名前が書きこまれた。ソフロニアのは絞殺具《ガロット》としても使える自慢の手帖だが、友人たちのように熱心にかかげはしなかった。アガサらしくないからだ。ソフロニアは部屋の隅の、カミソリ刃のような金属シダの背後に猫足の小さな椅子を見つけて身を隠し、鋭い葉のあいだから交流の様子を見つめた。

〈ジェラルディン校〉には〈バンソン校〉の男子生徒はあくまで訓練の対象で恒久的関係の対象ではない〟という方針があるが、両校の生徒のあいだにはいくつもの暗黙の了解があった。〈バンソン校〉の生徒はせっせとダンスを申しこみ、甘い言葉をささやいたあとでようやく何か変だと気づきはじめた。顔見知りのたわむれ相手に近づいても会話はかみ合わず、もしくはまったく成立せず、しきりに首をかしげている。顔は同じなのに、ドレスと会話は以前に会ったときとまったく違うのだから無理もない。

ソフロニアになりすましたプレシアは恥ずかしげもなく媚びを振りまき、レディ・リネットはとがめもせず見ている。〟あたしはあんなにたわむれ屋なの？〟プレシアがフェリックスに近づくのを見てソフロニアはにやりと笑った。あたしのふりをしていなくてもプレシアはすり寄ったに違いない。最近のできごとを知らないようだ。たしかに一年前はフェリックスに好意を示していたかもしれないが、いまは違う。この点においてプレシアは完全に誤解していた。

フェリックスはまだソフロニアに気づいていない。このまま隠れていたら最後まで気づかれないだろう。フェリックスは前より大人びて、疲れて見えた。髪は伸び、目のまわりにはいつものコール墨もなく少しくぼんでいる。具合が悪かったのか。それとも良心の呵責のせいか。いまも会場の誰よりかっこいいが、ソフロニアの胸はもはやときめかなかった。ときめきどころか、顔を合わせると思っただけで嫌悪の混じった軽い吐き気を覚えた。この二月以来、彼とのやりとりはすべて断ちきり、もらった手紙は封を開けずに送り返した。

「なんだよ、ソフロニア、今夜はいったいどうしたの？」最初にソフロニアに気づいたのは、あろうことかピルオーバーだった。

ディミティの弟とは長いつきあいで、上流社会の礼儀はとっくに姉弟ふうの気安さに変わっていた。気にはならないが、あまりうれしくもなかった。なにしろソフロニアには嫌というほど兄弟がいる。しかも二人は――ソフロニアの母親に言わせれば――婚約しているのだ。

「こんなところで引っこみ思案のハリネズミみたいに隠れるなんて。きみらしくもない。どうしたんだよ？」よほど驚いたのだろう。いつもなら一文より長くしゃべることのないピルオーバーがまくしたてた。

ソフロニアはダンスに興味なさそうにつま先を見つめた。ダンスは大好きだが、アガサは嫌いだ。いつもなら〝ピルオーバー、今日はやけにおしゃべりね。熱でもあるの？〟と言うところだが、アガサはそんなことは言わないから黙っていた。

「それにバンバースヌートもいないし」ピルオーバーはソフロニアの頭からつま先まで見下ろし、勧められるのも待たずにどさりと隣に座った。初めて会ったときと比べるとひょろりと背が伸び、はからずもあまたのレディをうっとりさせる、奔放でだらしない雰囲気をただよわせている。世の女性たちはこの少年の傷ついた心を慰めたい気持ちにかられるようだが、当人は頭のなかでラテン語の詩をこねくりまわしているだけだ。女たちの関心の的になるのが何より嫌いで、そんな熱い視線には見向きもしない。それがレディたちの目にはますます魅力的に映った。

「ねえ、ソフロニア」数年前、〈バンソン校〉から脱出するためにソフロニアから無理矢理ペチコートをはかせられて以来、ピルオーバーはミス・テミニックと呼ばなくなった。そこまで親密な関係になったあとで、どうして敬称をつける必要がある？

「こんばんは、ミスター・プラムレイ＝テインモット」ソフロニアは堅苦しく答えた。〈ジェラルディン校〉の教師が生徒たちのあいだを練りあるいていた。〈バンソン校〉の教師陣はいつものお目付けと思っているが、若いレディたちは本当の理由を知っている。ソフロニアはシスター・マッティことシスター・マティルダがちょうど会話の聞こえる場所にいるのに気づいた。

「なんだよ、ソフロニア、元気出せよ！」

「あら、ミスター・プラムレイ＝テインモット、あたしはとっても元気よ」

「まるでしおれたスミレみたいだ。いや、しおれたオリーブの木か」彼の目にもアガサのドレスを着たソフロニアはひどく見えるらしい。「姉さんは光り物をまったくつけてないし、ミス・ウースモスはまるで」――そこで一瞬、言いよどみ――「ダンスシューズをはいたシャンデリアみたいだし！」何よりこの事実が気に入らないようだ。ピルオーバーはアガサに気がある。〝おしゃべりではない〟という、女性に求めるもっとも望ましい性質を備えているからだ。ピルオーバーはディミティふうアガサが注目されるのが心配らしい。たしかにピンク色のドレスはアガサにとてもよく似合っていた。つややかな赤褐色の巻き髪を高く結いあげて絹の小花を散らし、首には自前の本物とおぼしき真珠のネックレスをつけ、丸い頬はまわりの視線とダンスに恥じらい、バラ色に染まっている。何より目を引くのは、ディミティの舞踏会ドレスを着せるためにソフロニアたちがぎゅうぎゅうに締めあげ、エーテル層からも見えるほど盛りあがった胸もとだ。

「いまにもこぼれ落ちそうよ！」締められながらアガサは嘆いた。

「きっと殿方の注目の的よ」ディミティが太鼓判を押した。「それに、わたしにその胸があったらそうしてるから、まさにディミティふうよ。ただ、わたしにはやりたくてもできないだけ」

「ああ、なんてこと」アガサはぼやきながらもピンクのひだつきドレスを受け入れた。この課題ではなんとしても高評価がほしい。それを言うならアガサはつねに高評価が必要だ。

だから無理やり身体を押しこみ、周囲の視線を覚悟した。ピルオーバーには気の毒だが、ディミティの予想どおりアガサは若い紳士たちの視線を集めた。

そのディミティはロイヤルブルーの縁どりのある白いドレスで会場を歩きまわっていた。ひかえめなひだ飾りの優美なデザインが欠点をさりげなく隠し、魅力を引き立てている。ハチミツ色の髪に青と白のバラリボンをさりげなく飾り、装飾品はいかにも高そうなダイヤモンドの腕輪だけだ。もちろん模造ダイヤだが、よほど近づいて見なければわからない。

かたやプレシアは灰色のレースとワイン色の縁どりのある愛らしい黒のドレスを着ていた。ソフロニアが買えそうなドレスより最新型でしゃれているが、たしかにソ、フ、ロ、ニ、ア、ふ、うだ。肩から斜めに犬型の小物バッグをかけ、教師の一人と親しげにしゃべっている。あたしはあんなにたわむれ好きで、優等生ふうなの？　それともあたしをバカにしてるだけ？　ソフロニアは顔をしかめた。

本物のバンバースヌートは荷物部屋をうろつきまわっていた。小さな犬型メカアニマルなんかを持っていたら、人格交換の指示にしたがっていないのがひとめでばれる。だからこっそりアガサの毛皮ケープの下にひそませて連れてきた。プレシアにバンバースヌートを貸してたまるもんですか！

アガサがハンサムな青年の腕のなかでくるくるまわりながら行きすぎた。

「うまくやっているようね」

ソフロニアがうれしそうに言うと、ピルオーバーはむっつりと膝に肘をつき、両手にあごを載せてうなだれた。公園とか庶民院とかにいる下層階級みたいな座りかただ。

「やめてよ」ソフロニアは小声でたしなめた。アガサが言いそうなセリフではないので、できるだけアガサふうに言った。

「嫌だね」ピルオーバーは身じろぎもせず、床に向かってつぶやいた。

「この場ではアガサが姉さんであるかのように振る舞うしかないのよ」

「げっ、冗談だろ」

ソフロニアはため息をついた。「そうじゃなくて、姉さんみたいなタイプの女性に対するように接してってことよ」

「ディミティみたいなタイプ？　つまり、あんなのがほかにもいるってこと？」ピルオーバーは不機嫌を通りこして恐怖の表情を浮かべた。

「もうあっちへ行って、ピルオーバー。あなたがここにいたら、まともなしおれたオリーブの木になれないわ。しおれたオリーブは孤独な生き物なの。あ、それから忘れないで」ソフロニアは鋭くささやいた。「そろそろ婚約解消しなきゃ。いつまでもこの状態を続けるわけにはいかないわ」

婚約解消のひとことで少し機嫌がなおったのか、ピルオーバーはおとなしく立ちあがり、ぶらぶらと立ち去った。とんだ邪魔が入ったが、言いつけにしたがう男はほめるべきだ。

ソフロニアは座ったまま、学友たちが他人のふりをして若い紳士をあしらう様子を見つめた。なかなかみごとな眺めだ。

レディを回転させることしか頭になさそうな、耳のとがった長身の男性と踊っていたディミティがくるりと回転して足を止めた。ほかの女子の悪口を言ったらしく、青年はいかにもおもしろそうに笑った。ディミティはそんな自分に顔をゆがめながらも、めげずに意地悪プレシアを演じている。

腰をおろしたとたん、ディミティは長身の青年とその仲間たちに取りかこまれた。舞踏会手帖には名前がびっしり書きこまれているに違いない。ディミティはいかにもプレシアらしく言い寄る男たちをつれなくあしらい、軽食とパンチに近づいた。ついてきたのはしつこい二人だけだ。人混みのあいだからソフロニアは親友と目を合わせた。

ディミティは扇子であごの先を軽く叩き、〝重要情報あり〟の合図を送った。

ソフロニアも扇子を開いた。金属製のしこみ扇子は今夜のために優美な革カバーがかぶせてあり、一見するとふつうの扇子とまったく変わらない。

〝何？〟ソフロニアはディミティに向かって扇子を動かした。

ディミティは扇子を開き、渦を描くようにひらひら動かして沈め、〝敵が潜入〟の合図を送った。それから左隣の淡い色の髪の青年とたわむれるように首をかしげるふりをして、ソフロニアの視線を部屋の左側に向けた。

大人っぽく巻き髪を高く結った女性が立っていた。〈ジェラルディン校〉の生徒はあの髪型を練習してもいいが、公《おおやけ》の場でやってはならない。つまり、生徒ではないということだ。女はソフロニアに背を向け、レディ・リネットと話していた。スパイ訓練生であるソフロニアは背中からでも多くの情報を読みとった。ぴんと伸びた姿勢は貴族、もしくは貴族に見えるように訓練されたことを示し、髪は本物の金髪で、ドレスは間違いなくパリ製。バラ色のフリルつきの純白で、オーバースカートのひだにはシルクのバラが縫いこまれ、大胆に短い袖のふくらみにもバラがびっしりちりばめられている。髪に飾った小冠《コロネット》は絹ではなく本物――つまり温室栽培――のバラで、田舎学校の舞踏会には場違いなほど高価な品だ。そして首飾りのかわりに、吸血鬼の噛み跡を隠すようにレースのひだ襟を巻いている。

顔を見るまでもなくソフロニアは誰かわかった。

モニク・ド・パルースだ。

危機その二　舞踏会の侵入者

〝なんで？〟――ソフロニアはディミティに向かって扇子をぱたぱたさせた。この休暇まぢかの時季にロンドンを離れてモニクは何をしているのだろう？　たしかに街は店の大半が閉まっているが、吸血鬼はこれさいわいと派手なパーティを開くときだ。

理由を知っていたとしてもディミティは答えを送れなかった。モニクがレディ・リネットから離れ、目の前に立ったからだ。もと〈ジェラルディン校〉の生徒の前で扇子信号は使えない。モニクは数年前に学園を去り、ウェストミンスター吸血群の女王ナダスディ伯爵夫人の取り巻き《ドローン》になったが、洗い桶の表面に浮かぶ油のように何かというとしつこく現われる。前回ソフロニアは列車からモニクを突き落とし、大いに溜飲を下げた。

ディミティとモニクはあろうことか挨拶を交わしているようだ。やがてモニクは会場を歩きまわりはじめた。

ソフロニアは身をひそめた。他人のふりをしているときに旧敵と対峙する余裕はない。どんなにいいときでもモニクには憎らしい答えを返したくなるし、あの女は必ず憎らしい答えを引き出そうとする。でもアガサは憎らしくないし、めったに答えない。となれば接触は避けたほうが身のためだ。

ソフロニアの知るかぎり、ドローンとしてのモニクのおもな任務はピクルマンの見張りだ。ピクルマンはこの半年間ですべてのメカに無料で性能向上を行なった。モニクはさぞ頭に来ているに違いない。吸血鬼の抵抗もむなしく、メカ所有者はこぞって新型水晶バルブ周波変換器への交換を歓迎した。これによって昨冬の自然発生的オペラ問題は改善し、作業効率もよくなったともっぱらの評判だ。

バルブ交換の本当の目的を知るのはソフロニアと友人たち、モニクと吸血鬼ほか数人だけだ。ピクルマンは英国じゅうのメカを完全制御しようとしていた。もっとも、新型バルブによる改良がなされて以来、全英メカ制御のこころみは行なわれていない。この性能向上に吸血鬼は大騒ぎしたが、政府からは異界族のヒステリーと見なされ、大衆紙からも無視された。問題が起こるとわかっていても実際に問題が起こるのを待つしかなく、ピクルマンがメカ使用人で何をたくらんでいるのかもわからない。前回はメカに『統《す》べよ、ブリタニア!』を歌わせただけだった。次は何？　いきなり、容赦なくバレエを踊らせるとか？

静かに状況を注視せよという任務をおびているとしても、いったいモニクがこんなところになんの用？

さっきまでピルオーバーが座っていた椅子に誰かが座った。

「やあリア、ぼくの小鳩ちゃん、ひさしぶりだね」

すっかり油断していた。これじゃまるで新入生だわ！　ソフロニアは見つかったくやしさをアガサふうのおどおどした仮面に変えた。「あら、マージー卿、ごきげんいかが？」

「ずいぶん他人行儀だな」

「どういうことかしら」

フェリックスはスパイ訓練生ではない。陰謀と邪悪な装置製作にいそしむだけの生徒だから、ごまかしもなくいきなり本題に入った。「彼はぼくの父だ、リア。ほかに手はなかった」

〝いつだって手はあるわ、少なくとも回避作戦は〟――ソフロニアならそう返すところだが、アガサらしく答えた。「あら、いったいなんのお話かしら？」

「とぼけるのはやめてくれ。父は国家を救うために活動している。帝国を救うために。崇高な目的なんだ」

意外な告白にソフロニアは首をかしげた。あたしがフェリックスから聞き出せなかったことをアガサがどれだけ聞き出せるだろう？　それにしてもフェリックスがそこまであたしによく思われたがっていたとは思わなかった。こんな告白をするとは、よほど気にしていたに違いない。

「マージー卿、どうかそんなことはおっしゃらないで」

「リア！　ほかにどうすればよかったんだ？　きみがぼくの立場だったら、きみだって同じことをしたはずだ」

激しい怒りがこみあげ、ソフロニアはもう少しでアガサの仮面を剝ぎ取りそうになった。ソフロニアはスパイの卵で、それもかなり優秀だが、友人には忠実だ。フェリックスはソフロニアだけでなく、変装していることをばらしてみんなを裏切った。そして……。

「あなたのお父様はソープを殺したのよ」ソフロニアは素《す》の自分に戻ってささやいた。

フェリックスはいつもの調子に戻ったソフロニアに気をよくした。「リア、いい面を見てごらんよ？　少なくとも父はあれ以来きみを殺そうとはしていない」

それはあたしが一年の四分の三を安全な学園で過ごしているからよ——ソフロニアは心のなかで言い返した。ピクルマンに潜入できない場所があるとすれば、移動式女スパイ養成学校くらいのものだ。

ソフロニアはアガサのおとなしい性格に戻った。「あらマージー卿、ご冗談を。なぜ、わたしがお父様の物騒なご意見に関心があるとお思いになるの？」そう言うと、たわむれかたの練習をするかのように恥ずかしげに扇子でフェリックスの腕を軽く叩き、手を引っこめながら閉じた扇子で手首をまわして〝助けて〟の合図を送った。ディミティが気づくかどうかはわからないが、ともかくこれは救難信号だ。

フェリックスは顔をくもらせた。「またそれに戻るの？　わかった、どうしてもゲームをしたいんだね。踊らない？　いつものように公衆の面前でぼくをダンスフロアに置き去りにするいい機会だ」

過去の無礼な振る舞いにソフロニアが罪悪感を抱いていたとしても、この紳士らしからぬ発言に罪の意識は完全に消えた。フェリックスをダンスフロアに置き去りにしたのには毎回やむをえない理由があったからだ。それを面と向かって言うなんて、無礼にもほどがある。

そこへよりによってアガサがくるくるまわりながら近づいた。ダンス相手のディングルプループス卿は、真珠をどっさりつけたアガサ版ディミティの虜のようだ。変ね、彼は前にディミティをふったくせに。

「少し休憩しませんこと、ディングルプループス卿？」アガサは暑そうに扇子を広げ、〝救難信号を送った？〟とソフロニアに合図した。

ソフロニアは腹立たしさと安堵の両方でふっと息を吐いた。

アガサは社交的危機にある友人の無言の訴えを理解し、フェリックスに顔を向けた。

「あら、マージー卿、とてもすてきな夜ですわね？」

フェリックスは困惑した。これまでアガサが自分の前で三語以上、続けてしゃべったことはほとんどない。「ええと、ミス・ウースモス？」

アガサがお辞儀した。「ディングルプループス卿から聞きましたわ、なんでも、ベストにかけては超一流だとか。つねに三つの道具と片眼鏡《モノクル》とトランプ一組を入れていらっしゃるって。本当ですの？」

レディにそこまではっきりとたずねられて無視するような無粋者ではない。フェリックスは立ちあがり、アガサが差し出した手に向かって頭をさげた。「ええ、そのとおりです、レディ」

アガサはくすっと笑った。「まあ、マージー卿ったら。どれか見せてくださる、えっと、その、ボタンははずさずに」

ソフロニアはぎょっとした。よく知りもしない男性の前でボタンを、は、はずすなんてことを言うなんて！　ディミティだって、ここまではしたなくはない。ちょっとやりすぎよ、アガサ。

ソフロニアは扇子で驚きを隠したが、フェリックスとディングルプループス卿はボタンのひとことに目を輝かせた。

「ああ、なんだか喉が渇いたわ」アガサはフェリックスの腕を取り、パンチが並ぶテーブルにさりげなく向かいはじめた。フェリックスに拒めるはずもない。

みごとな連れ去り術にソフロニアは感心した。アガサは底知れぬ軽薄さを秘めている。そうでなければ見かけによらず優秀で、たんに能力を発揮するのに別の人格が必要なだけかもしれない。そうでなければアブサン酒入りのパンチを飲みすぎたか。

会場に視線を戻すと、モニクが室内を歩きまわっていた。何にせよ目的のものはまだ見つからないようだ。モニクはあたしを捜しているの？　恐ろしい考えがふとソフロニアの頭をよぎった。ピクルマンに対しては曲がりなりにも二人は同盟者だ。もしかして将来あたしの支援者《パトロン》になる〈将軍〉からの伝言を持ってきたとか？

そのとき別の誰かが近づいた。どうやら自分で思うほどどうまく隠れてはいないようだが、今回はうれしい人物だった。

現われたのは、かつてビエーヴと呼ばれ、いまはガスパール・ルフォーを名乗るジュヌビエーヴ・ルフォーだ。十二歳になったビエーヴは背丈が伸び、ソフロニアとほとんど変わらない。いずれはおばであるルフォー教授のように、やせて、ひょろりと背が高くなるのだろう。当分は男のふりを続けるつもりだろうから、ルフォー家の遺伝子が体型にも表われたことを喜んでいるに違いない。

ルフォー教授の甥と称して〈バンソン校〉にもぐりこんだビエーヴはずばぬけた工学の才能を示し、学校側はフランス人に対する寛容の一例として受け入れざるをえなかった。ビエーヴは〈ジェラルディン校〉の正式な生徒ではなく、ほとんどの時間をボイラー室で過ごしていたが、知らぬまにスパイ術を身につけ、いまも学園との関係や、女であることを隠したまま連絡を取り合っている。

ビエーヴは手袋をしたソフロニアの手に向かってお辞儀した。

「まあ。あの、初めまして、ミスター……？」ソフロニアは知らない男性に目をとめられてとまどうふりをしながら緑色の目をうれしそうに輝かせた。ソフロニアはこの変わった少女が大好きで、会えなくなって心からさみしく思っていた。それでもアガサのふりはやめず、前に出会ったそぶりも見せなかった。そこは〈ジェラルディン校〉の生徒――抜け目はない。

そこでビエーヴが会話を始めた。「こんばんは、ミス。紹介もなく近づいた無礼をお許しください」ビエーヴは頭のてっぺんからつま先まで一分の隙もない正装で、黒髪を短く刈りあげていた。頬の両側にはえくぼができ、頬骨と鼻の形はどう見ても女で、以前ほしがっていた口ひげはつけておらず、声もことさら低くはないが、そんな小細工など必要ないほど若い紳士らしいしぐさと動きを身につけていた。たいしたものだ。

「ミスター・ルフォーと申します、ミス……？」

「テミニックです」ソフロニアは震える声で答えた。

「ああ、やはりそうでしたか。お会いする前の話から、もしかしたらミス・ウースモスかと思いました。もちろん髪の色はまったく違いますが」ビエーヴは工学の才能だけでなくファッションにも見る目があり、しかもソフロニアの同級生のほとんどを知っている。

「そう思われるのも無理ありませんわ」ソフロニアはほほえんだ。

これで二人は了解し合った。ビエーヴはソフロニアが課題でアガサのふりをし、ほかの生徒も別人を演じているとわかったようだ。

「踊りませんか、ミス・テミニック？」ビエーヴは壁の花のいとこを誘うようにうやうやしく申し出た。

ダンスを踊ればビエーヴの男装はますます本当らしく見える。アガサもルフォー教授の甥に誘われれば踊るかもしれない。だからソフロニアは応じた。

ビエーヴはリールの名手でリードもうまかった。よほど練習をしたか、もしくはしこまれたのだろう。最初の一回はアガサらしく、ぎこちなく黙りこくって踊った。

二回目になるとビエーヴはえくぼを浮かべ、「見覚えのあるかたがいるようですね」そう言ってモニクに目配せした。

ソフロニアはどう応じるべきか迷った。ビエーヴが持っている情報はほしいが、アガサのふりは続けなければならない。「昔の生徒がこのような舞踏会に顔を出すなんて、めずらしいと思いません？」

「まったく。それにほかにも客人がいるようです」

いよいよ核心にきた。「まあ？　聞き捨てなりませんわ。どのような？」

「とても身なりがいい。ただ、なぜかシルクハットに緑の帯を巻いています」

ピクルマン！　驚いた拍子にソフロニアはステップを踏みまちがえたが、かえってアガサらしくなった。どのダンスでも、このころになるとたいていアガサは動揺してつまずき、異性との接触を終わらせる。

「いつごろ来たのかおうかがいしても？」

「ええ、もちろん」ビエーヴは穏やかに答えた。「まだ校内にいるようです」

なるほど。つまりモニクは舞踏会が目的ではなく、ピクルマンを追っているのね。でも、ピクルマンが〈バンソン校〉になんの用？　彼らはすでに水晶バルブを手に入れ、製造してるんじゃないの？　たしかに〈バンソン校〉にはピクルマンの息子が何人かいる。邪悪な秘密組織の息子を受け入れる学校が、ほかにどこにある？　だとしてもじきじきに親が訪ねてくるだろうか？　しかも休暇前の、生徒が帰省を始めるような時期に？

モニクはピクルマンがいる理由を知っているの？　それとも知らないから追っているの？　しゃくながらソフロニアは、いけ好かない金髪女と話をしたくなった。

リールの曲が終わった。アガサのふりをしたままこれ以上ビエーヴと話すことはできない。ソフロニアはつかのまアガサの仮面を取り去り、でも、おずおずと言った。「今夜遅くにお話しできませんかしら、ミスター・ルフォー？」

「喜んで」ビエーヴは紳士らしくソフロニアを部屋の隅に案内した。

どこで会おう？　消灯後に動きまわれるほどソフロニアは〈バンソン校〉の内部に詳しくはない。ビエーヴに門限を破って校舎を抜け出してもらうしかなさそうだ。「〈ニブ＆

クリンクル〉の裏はいかが？　夜明けの一時間前に」

ビエーヴは真剣な目を向け、鋭くうなずいた。

「イタリア製の小物バッグを持ってきますわ、ミスター・ルフォー」

とたんにビエーヴは目を輝かせた。「まだ流行してるんですか？」これはバンバースヌートがちゃんと動いているかをたずねる暗号だ。

「ええ、もちろん。でも、できれば少し改良していただけないかと思って」

「じゃあ道具を持ってきましょう」ビエーヴはいかにもダンスが不満だったかのように、なおざりなお辞儀をすると、次の相手を求めて初々しい新入生のほうにぶらぶらと歩いていった。大きなスミレ色の目のかわいい金髪の少女はハンサムな若者の目にとまってうれしそうだ。

ソフロニアが部屋の隅に戻ろうとしたとき、背後から声がした。「ずいぶん会話がはずんだようね、ミス・テミニック」

振り向くと、ルフォー教授が見下ろしていた。

「あの」――ソフロニアは声を震わせ――「ご存じのように、昔からの知り合いなんです」

ルフォー教授は眉をひそめた。姪が甥のふりをしている事実を知るソフロニアが自分を脅す気なのか、それともこの微妙な話題をうっかり口にしたところまでアガサのふりをしたのか、判じかねるような表情だ。

　それでも一応は教師らしく注意し、ソフロニアは黙って耳を傾けた。「さっきのダンスは、ミス・テミニック、親密すぎです。あなたともあろう人が。わかりましたか？」

「はい、教授。申しわけありません、つい夢中になって。わたしは――」ソフロニアはアガサふうに答え、ピクルマン潜入のことを言うべきか迷った。ルフォー教授はブレイスウォープ教授のドローンで、つまりは異界族の味方だ。本来ピクルマンとは敵対関係にあるはずだが、〝はぐれ吸血鬼のドローン〟という立場ほど格好の隠れみのはない。なにしろルフォー教授はシュリンプディトル教授と共同で装置を製作し、エーテル層に身を躍らせたブレイスウォープ教授を守れなかった。自分が血をあたえる主人を抹殺しようとしていたという可能性も否定できない。

　ソフロニアは言わないことにし、前かがみになっておどおどとたずねた。「ところで予備のレース襟をお持ちではありませんか？」

　舞踏会にも高い襟のドレスを好む教授がレース襟を持っているはずもなく、ソフロニアはじろりとにらまれた。「持っていません。さあ、ずり落ちた襟を直してきなさい。準備室はあっちです」

　ソフロニアは完璧な〝微妙にぶざまなお辞儀〟をして準備室へ向かった。それを見たルフォー教授は鼻を鳴らし、〝この手の課題をやらせると行儀が悪くなる〟とかなんとかつぶやいた。

パンチボウルの近くではディミティが若い紳士に囲まれ、ちやほやされていた。何か辛辣なことを言ったらしく、まわりの男子がいっせいに笑い声をあげた。大半が〈バンソン校〉のピクルマン養成クラブとして知られる〈ピストンズ〉の面々で、邪悪な天才のための学校のなかでもっとも邪悪で、もっとも天才からほど遠い連中だ。ピルオーバーがワルツを踊りながらかたわらを行きすぎ、いまいましげに姉をにらんだ。〈ピストンズ〉のおかげで彼の〈バンソン校〉の一年目はさんざんだった。だが、パートナーに視線を戻したとたん、うきうきしたアガサにいとおしげに見上げられて表情をやわらげた。相変わらずのむっつり顔だが、少しだけほころんだのは確かだ。

ダンスが終わり、ソフロニアはルフォー教授が見ているのを期待しながら、楽しげなたわむれぶりをうらやましそうに見やった。ピルオーバーがアガサの手を取ってダンスフロアから連れ出し、小箱を彼女の手に押しつけている。アガサはいつものように恥ずかしそうに顔を赤らめると、わざとらしい笑い声をあげ、媚びるように小箱をドレスの胸もとに押しこんだ。大胆なしぐさにピルオーバーはいまにも失神しそうだ。

レディ・リネットが気づき、アガサのほうにつかつかと歩みよった。ほめるつもりなのか、叱るつもりなのかはわからない。ソフロニアはルフォー教授の視線が心配で、それ以上見ていられず、廊下に出た。

その後フェリックスは二度とソフロニアに話しかけず、ビエーヴは新入生たちをからかって楽しんだ。モニクはほどなく姿を消したために話す機会はなく、ピルオーバーは二度もアガサと踊って彼女を喜ばせた。ピルオーバーもうれしかったはずだが、はっきりとはわからない。なにしろあの少年はスパイなみにつねに仏頂面だ。

それでも、ピルオーバーがアガサに示したあからさまな好意は彼との婚約を取り消す格好の理由になった。ソフロニアはすぐにピルオーバーと自分の母親に手紙をしたため、きれいなペン書きで礼儀正しく、淡々と事実を述べた。〝ミスター・プラムレイ＝ティンモットが別の女性と二度もダンスを踊り、その女性が胸もとにたくしこむほど価値のある贈り物を渡した事実を鑑《かんが》みるに、もはや婚約者にふさわしいとは思えない……彼の若さゆえの罪は許すつもりだ……どうか二度と求愛しないでほしい……〟。あとはこの手紙を読んだピルオーバーの喜びが母さんの嘆きを帳消しにするのを祈るだけだ。

ピルオーバーがアガサにあげた贈り物は〈邪悪な精密拡大レンズ〉だった。「とてもミスター・ピルオーバーらしいと思わない？」アガサは夢心地の舞踏会のあとでやけにおしゃべりだった。「彼が〈不埒な天才〉になったって知ってた？　新しい技術を開発して、造るもののほとんどすべてが触れただけで爆発するんですって。ディングルプループス卿はピルが造ったヘアトニック塗布器であやうく片目を失いかけたそうよ。おかげで〈ピストンズ〉にも邪魔されないようになって、とても自慢げだったわ」

「たしかにディングルプループス卿の髪型は決まってたわ」と、ソフロニア。

四人は就寝準備の最中だった——寝間着とナイトキャップとガウンという格好でハーブティを飲みながら噂話をすることが就寝準備だとすれば。

めずらしくプレシアもおしゃべりに加わった。「ソフロニア、正直あなたのふりをするのは思ったより楽しかったわ、絶対に本心を言わない人を演じるのは」

「憎まれ口を我慢するのが大変だったんじゃない？」ディミティが憎まれ口そのものの口調で言った。プレシアふうの嫌味が消えるには時間がかかりそうだ。

プレシアも気づいた。「あたしになるのを楽しんだみたいね」

「いくらかね。でも、はっきり言って人を侮辱しつづけるのは疲れるわ。それに本当の友だちがいないと知るのはつらいものね」

「あらディミティ、失礼ね」プレシアがさげすむような笑みを浮かべた。「誰が本当の友だちなんて必要なの？」

その言葉にソフロニアはふと胸を衝かれた。ひょっとしてプレシアの意地悪は見せかけなの？　プレシアは最初からモニクと仲がよかったから、友だちになろうとも思わなかった。モニクがいなくなってからは自然に〝意地悪な美少女〟の地位についたけど、さっきの口調はどこかさみしげだった。いや、きっとあたしを演じた名残に違いない——ソフロニアは思いなおした。あたしが何より友人を大事にすることは誰もが知っている。レディ・リネットはよくこう言った――〝あなたに弱みがあるとしたら、それは揺るぎない忠誠心です〟。それに対してソフロニアはいつも〝それが強みだと証明してみせます〟と答えた。

プレシアは一瞬たりとも同情されたくないとばかりに立ちあがった。「やめて。わたしがこの地位をあなたたちと取り替えたがってるとでも思う？」

こうして四人は本来の自分に戻った。

「ルフォー教授に〝寝なさい〟とどなられるのはまっぴらよ。お先に」そう言ってプレシアは自室に引っこんだ。最上級生になって豪華な生徒室に移り、個室があたえられたが、ソフロニアはときどきディミティとの二人部屋が恋しくなった。姉たちと相部屋で育った彼女にとって、一人の寝室という特権は生まれて初めての経験だ――足先を暖めてくれるバンバースヌートはいても。

残った三人は、プレシアがベッドに入らず扉で耳をそばだてているのを見越して顔を寄せ、ひそひそとしゃべりつづけた。

ソフロニアはディミティとアガサにピクルマンの話をし、モニクが彼らを追っているようだと告げた。「消灯時間を待って船を降りるわ。バンバースヌートのことでちょっと話があるからビエーヴと落ち合う約束をしたの。出したい手紙もあるし」

ディミティが心配した。「具合でも悪いの？」

バンバースヌートは外殻から眠そうにゆっくりと蒸気を吐き、居間の片隅で満足そうに石炭のかけらをかじっている。

「そうじゃないの。水晶バルブの件で相談したいことがあって。ピクルマンに関する情報がもっと聞けるかもしれない。それにしてもアガサ、あなたになりきるのは大変ね。部屋の隅でこっそり会うのは簡単だけど、ダンスのさなかに情報交換するのは難しいわ」

「わたしはディミティになってすばらしい時間を過ごしたわ。ありがとう」アガサはディミティに向かって目を輝かせた。

ディミティはにっこり笑った。「あなたがチョウのように飛びまわるのを見るのは楽しかったわ。弟はたじたじだったようだけど」

「あら、そう？」アガサは顔を赤らめた。

「弟のことが好きなんでしょ？」からかう口調だ。

「相手は年下よ、気をつけて」ソフロニアも調子を合わせた。

アガサは不安そうにディミティを見た。「気になる？」

「気になるかって？　とんでもない。あなたはピルに体当たりする頭の軽い女たちより、はるかに上等よ。悪く思わないで、ソフロニア」

ソフロニアはあわてて弁解した。「あれは母さんが勝手に」

「正直、理解に苦しむわ」ディミティが続けた。

「あの子のどこがそんなにいいの？　あんな歩く歯槽膿漏みたいな男」

ソフロニアは唇を噛んだ。「世のレディたちはピルがたいしたことないって気づいてないのかも」

「あら、彼はとても見た目がいいわ」アガサはレディ・リネットから教わったとおりに両手を組み合わせたが、ソフロニアには心から出たしぐさのように思えた。

「ああ、やめて」ディミティは両手で耳をふさいだ。「こんなに長い夜のあとで耐えられないわ」

「それで、一晩プレシアになった気分はどうだった、ディミティ？」と、ソフロニア。

「楽勝よ。失礼にならない程度の嫌味を頭に浮かぶままに言えばいいんだもの。あなたたちにもひどいことを言ったとしたら許して」

ソフロニアとアガサは肩をすくめた。課題なのだから許すも許さないもない。

「たまに演じるのはおもしろいけど、ずっとはごめんだわ。プレシアの性格は腐ってるわね。かわいそうに」

もしかしたらこれが課題に隠された目的のひとつなのかもしれない。つまり、なりすまし能力を高めると同時に級友の立場に身を置くことで相手の気持ちをより理解する。

「あたしは舞踏会のあいだじゅう周囲を観察する機会を楽しんだわ」ソフロニアはいとお

しげにアガサの肩に頭をもたせかけた。「あなたになるのは楽しかった」

アガサはうれしそうに顔を赤らめた。

だが、アガサの自尊心をくすぐるほめ言葉は居間に現われたルフォー教授の声にあえなく断ちきられた。

「消灯ですよ、お嬢さんがた。規則はわかってますね」

三人は立ちあがってお辞儀をし、「はい、教授」と声をそろえると、教授にじろりとにらまれながらしぶしぶそれぞれの寝室に向かった。

危機その三　バラのなかの敵

約束どおりビエーヴは居酒屋《パブ》〈ニブ＆クリンクル〉の裏で待っていた。パブの店主に頼みこんで酒をしこたま出させ、そのなかで泳いだかのようなにおいをぷんぷんさせている。

「ねえビエーヴ、これって麦芽酒《エール》？」

「男子がよくやる手だ。わざと酒をこぼして騒いで店から追い出される。これで無断外出がばれても、どこに行ってたかの口実になるってわけ」

「あたしのためにそこまで？」

ビエーヴは片目をつぶった。「きみのためならなんでもないよ、緑の瞳ちゃん」

ソフロニアは笑い声をあげた。ビエーヴは男の子っぽいくどきかたまで研究したようだ。〈ピストンズ〉の真似かしら？　「ビエーヴったら、いっぱしの女たらしみたい」

「ほんとにそう思う？　そりゃいいや」

そのときバンバースヌートが革の耳をぱたぱた動かし、挨拶がわりに煙をぷっと吐いた。無視されるのが嫌いなのだ。バンバースヌートは、ひらひらレースで舞踏会バッグに変装したままソフロニアの首から斜めにぶらさがっていた。

ビエーヴはすぐに目を奪われた。「やあ、ビューティフル・ボーイ」

どんなにバンバースヌートが好きでも、ソフロニアにはとても美しい《ビューティフル》とは思えないが、工学をこよなく愛するビエーヴの目にはさびてへこんだ胴体や、つぎはぎの金属片、不釣り合いな革の垂れ耳の下にあるすばらしい構造が見えていた。バンバースヌートの体内にはエーテル式高性能小型ボイラーと蒸気処理装置という、ヨーロッパでは英国のほかにはどこにもない最新技術が収まっている。ビエーヴは、動きを本物らしくなめらかにするクランクやバルブ、どこにどんなふうに行くかを指示する回転プロトコルや打ちこみ命令機構を愛し、貯蔵庫とボイラーの両方に物をのみこめる機能をいとおしげにながめた。彼女にとっては工学の粋を集めた傑作だ。ソフロニアがバンバースヌートを手に入れて以来、保守点検はずっとビエーヴに頼んできた。メカアニマルの製造元がピクルマンであることは知っているが、これまでバンバースヌートが二人をだましたことは一度もない。

ビエーヴはバンバースヌートを大事そうに床に置き、ぱかっと外殻を開けて内部構造を点検しはじめた。

ソフロニアは無言で作業を見守った。二人はパブに近い、大きなバラの茂みの裏の人目につかない場所にいた。ここからだと街はずれに係留された〈ジェラルディン校〉がよく見える。巨大飛行船は静かに上下動していた。さいわい地面に近いところに浮かんでいるから、煤っ子の縄ばしごを使えば戻れるだろう。

「問題なさそうだね」ビエーヴの声にソフロニアは注意を戻した。「どこを調整したいの？」

ソフロニアはビエーヴに小さな物体を放った。切り子ガラスのように面取りされた水晶バルブで、なかに金属部品が埋めこまれている。その形状を知る者には嫌というほど見覚えのあるものだ。

すぐにビエーヴは理解した。「最新型の水晶バルブ周波変換器。どこでこれを？」

「昨冬、あたしが列車を乗っ取った話、聞かなかった？」

「飛行船いっぱいのバルブをぶちまけたって聞いた。もったいないことを」

「〝運よくそのひとつを手に入れた〟と言ってちょうだい。それに、これは特別なの」

「どんなふうに？」

「吸血群がピクルマンを追跡するのに使ってたバルブよ。バンバースヌートとディミティがこっそり盗み出したの」

「これで対《つい》のバルブを追うってこと？」

「吸血鬼たちは新型バルブの動きを感知した時点でこれを作動させるつもりだったのかもしれないわ。これをバンバースヌートのなかにしかけられない？　この子はただのメカアニマルだから、ピクルマンが発信する新しい命令どおりには動けなくても、いざというときに蒸気警報を鳴らせるくらいできるんじゃないかと思って」

ビエーヴはうなずいた。「要するに、この子を炭坑のカナリアにしたいんだね。ピクルマンが行動を起こしたら警告するように」

「そう」

ビエーヴはにっこり笑い、「名案だ。これだけ大型のバルブを埋めこむとなると貯蔵室しかないね。容量の半分がふさがるのはしかたないとして、いつ作動するかわからない状態で警報をしかけるとなると……」と言いながら油汚れのついた指で鼻の横をこすった。

「しかもピクルマンはなんのためにバルブを動かそうとしているのかもわからない……」ビエーヴは考えこむと文章を最後まで言わない癖がある。「うん、おもしろい着想だ、悪くない」

どうやら引き受ける気になったようだ。ビエーヴにものを頼むときはこの点が重要だ。なにしろよほど難しい発明でなければやりたがらない。前にしこみ扇子を作ってくれないかと頼んだとき、ビエーヴはむっとして言った。〝すでにあるものを、なんであたしが作らなきゃならないわけ？〟

でも、今回の依頼は斬新かつ破壊的だ。

「少し時間がかかるよ。しばらくあずからせてもらっても？」ビエーヴは決然と立ちあがった。

「もちろん。どれくらいかかりそう?」

ビエーヴは眉を寄せた。「一週間。どう?」

「ちょうどいいわ。そのころには学園も休暇でスウィフルに移動するはずだから、〈ジェラルディン校〉が着いた日の真夜中、ここで落ち合うのはどう? あなたには飛行船がいつ来るかと荒れ地を見張っててもらわなきゃならないけど」

「いつだって見張ってるよ。もしその日までにまにあわなかったら、飛行船が係留しているあいだに煤っ子に渡しておく。クリスマスが終わったらきみに届けてもらうように」

ソフロニアはうなずいた。「家には帰らないの?」

「おばさんはブレイスウォープ教授と船に残るから彼女のところへは行けないし、ほかに家族もいないし。でも正直、休暇中は〈バンソン校〉を独りじめできていいんだ。高価な装置を使っても誰にも文句を言われない。時間があれば煤っ子たちを訪ねてみるよ」

「みんながよろしくって」

「そうだろうね」ビエーヴはさみしげにほほえみ、えくぼを消して小さな顔をくもらせた。

「ソープに会いたいな」

「あたしも」顔がこわばるのを感じ、ソフロニアはすぐに話題を変えた。「ピクルマンについて、ほかに言い忘れてることはない?」

ビエーヴは考えこむ表情でバルブをポケットに入れ、バンバースヌートをバッグひもで肩にかけた。「全部で四人。全員、下っ端だ——おそらくただの〈スパイサー〉階級だと思う。みんな若くて、あたしが抜け出す前に徒歩で〈バンソン校〉を出ていった」

ソフロニアはいぶかしげに顔をしかめた。「何が目的かしら」

「それを突きとめるのがきみの仕事じゃないの？　そろそろ戻らなきゃ」

「ありがとう、ビエーヴ」

「どういたしまして」ビエーヴはおどけて小さなお辞儀をした。

ソフロニアはゆうゆうと〈バンソン校〉に戻ってゆく友人を見送ってからバラの茂みを離れ、上空から見えないようヤギ道の端を選んで歩きだした。そのせいであやうくヒイラギの下の暗がりで双眼鏡を目に当て、空中学園の正面を見ていたモニクにぶつかりそうになった。

ソフロニアはどきっとした。小枝を踏んだ音で気づかれた？　見られないようには気をつけていたが、足音のほうは油断していた。

もし気づいたとしても、モニクはなんのそぶりも見せない。

ソフロニアはゆっくり身をかがめてヒイラギの反対側にそろそろと移動し、モニクが何を見ているのかを観察した。どこへ行くにも〈ジェラルディン校〉の標準装備はつねに身につけている。裁縫ばさみ、ハンカチ、香水、レモン、ヘアリボン、赤いレースナプキン。加えてソフロニアはホウレーに妨害器、つけひげにティーバッグ、腰鎖《シャトレーン》といった標準仕様以外の道具も携行しており、腰鎖からは舞踏会手帖と〈邪悪な精密拡大レンズ〉と小さなポークパイの入ったビロードの小袋がぶらさがっていた。しかし残念ながらこの膨大な携行品のなかに双眼鏡はなく、しかたなくレンズを手に取った。本来は細かいものを見たり、火をつけたりするためのものだが、ほかになければ遠くを見るのにも役立つ。

操縦室で何かが起こっていた。

もっと月が大きくて霧がこんなに低く垂れこめてなければいいのに——そう思いながら目をすがめると、シルクハットをかぶった三つの人影が〈ジェラルディン校〉の前方デッキから操縦室をささえる足場に向かってのぼっているのが見えた。

ピクルマンが学園に押し入っている！　人影はホウレーに似た引っかけ鉤を使ってじりじりと外壁をのぼっていた。教師部屋のバルコニーからはちょうど見えない位置だ。いったい操縦室の何が目的なの？　ソフロニアは操縦室のなかに入ったことのある数少ない生徒の一人だが、おびただしい数の歯車と導線とバルブとケーブルがあるだけで、わざわざ盗むようなものは何もなかった。少なくとも、財力も技術力も地位もあるピクルマンがほしがるようなものはない。

なぜこんな危険を冒してまで？　ソフロニアは首をかしげた。〈ジェラルディン校〉はピクルマンにとって、いわば敵の巣だ。彼ら秘密組織の存在を知っているのはもちろん、彼らに敵対し、そのためのスパイ網を持つ数少ない施設なのだから。とはいえ、なかなかうまい作戦だ。どうやら彼らは飛行船の見取り図を手に入れたらしい。そうでなければ船の下方から少人数で潜入するのが得策だとは判断できない。ソフロニアは敵ながらその戦略に感心した。

「接近警報はどうしたの？」モニクがつぶやいた。

ソフロニアも同じことを思っていた。操縦室の警備はとくに厳重だ。ピクルマンはどうやって学園のメカ兵士を無力化したのだろう？　妨害器を持っているの？　メカアニマルを製造する連中だから、メカ兵士の動力を切断するくらいできても不思議はない。ビエーヴが妨害器の技術を高額入札者に売った可能性もある。いずれにせよ〈ジェラルディン校〉は静かに眠っている。何か細工をされたのは間違いない。

そのときソフロニアは操縦室周辺の警報器が切断されているのを思い出した。ブレイスウォープ教授がひっきりなしに警報を鳴らすせいだ。墜落してつなぎひもが切れて以来、吸血鬼教授は最上段の梁の上を歩く——もしくは梁にそって踊る——行為にとりつかれていた。つなぎひも断裂による狂気が引き起こす厄介な症状のひとつだ。

そうとなれば飛行船に戻り、この手で警報を鳴らすしかない——それも急いで、ピクルマンが目的のものを盗む前に。

ソフロニアはヒイラギの陰から飛び出し、飛行船に向かって駆け出した。

「なんなの？」モニクは息をのんだが、彼女が受けた命令にソフロニアを止めることは含まれていなかったようだ。

しかし、ピクルマンの見張りはそうではなかった。

あたしったら、なんてバカなの――ソフロニアは自分をなじった。ビエーヴはたしかに四人のピクルマンと言った。でも船をよじのぼっていたのは三人だ。

見張りの男が道のまんなかに飛び出して立ちはだかり、恐ろしげな拳銃を向けた。

ソフロニアは凍りついた。ソープとフェリックスの一件以来、拳銃はあまり好きではなくなった。この武器はあまりにも品がない。でも発砲はしないと踏んだ。いま発砲したら学園が目覚める。

二人はにらみあった。

「夜中にひとりで荒れ地を走りまわるとは、お嬢ちゃん、ちょっと危険すぎやしないか。そうやって若い娘はケガをする」男は銃口を向けたまま、重そうな拳銃をさりげなく動かした。

そんな脅しにひるむソフロニアではない。「何が目的なの？」

「もっかの目的は愚かなお嬢ちゃんたちだ」男が近づいた。

ソフロニアは男をなぐれる距離まで近づこうかと思ったが、いかんせん敵は銃を構えている。

そのとき深夜の静けさのなかに銃声が響きわたった。男の銃ではない。男は驚愕の表情を浮かべて銃を落とし、両手で脇腹をつかんでがくりと地面に膝をついた。

「愚かなおぼっちゃんは銃の振りまわしかたより使いかたを覚えるべきね」小型拳銃を構えたモニクがかたわらをすり抜けて男に近づき、しゃれたヤギ革ブーツをはいた片足で男の胸を突いて仰向けに押し倒したかと思うと、ソフロニアを振り返りもせずに銃口を頭に向けて見下ろすように立った。

「〝そして愚かなお嬢ちゃんは二人一組で旅をする〟」ソフロニアはそう言い残すや、飛行船に向かって駆け出した。状況が変わりつつあった。よじのぼる三人は仲間の救出に駆けつける様子もなく、さっきより急ぎ、あわてふためいている。飛行船の前方――生徒立ち入り禁止の赤房区――にぽつぽつと明かりが灯りはじめた。さっきの銃声で教師たちが目を覚ましたようだ。

ボイラー室に通じるハッチが開き、数人の汚れた顔の少年――通称、煤っ子――が縄ばしごをおろし、急げと大きく手を動かした。

ソフロニアはまたたくまにはしごをよじのぼった。

「ケガは、ミス？」細身の少年がハッチから手を伸ばし、ソフロニアはその手につかまった。邪険にする気は毛頭ない。中流階級の生まれ育ちで、レディとしての訓練を受けてきたソフロニアだが、煤っ子には全幅の信頼を置いている。

「あたしじゃないわ、ハンドル。でも別の問題があるの。侵入者よ」

「警報は聞こえなかったけど」

「それよ！　巡回メカがいちばん多い最寄りの通路はどこ？」

耳の大きさと頼れる行動ぶりから〝ハンドル〟の名を持つ少年は、銃が発砲された状況であれこれたずねるような愚か者ではない。なにしろ前任者ソープからソフロニアの世話を引き継いだ少年だ。進んで手を貸すタイプではないが、物々交換の価値は認めている。ソフロニアができるだけ煤っ子にお茶ケーキを配るお礼に、自分たちにさほど危険がないかぎり彼女が変な時間に変な頼みごとをしても引き受けるという関係だ。ハンドルは仲間うちの推薦ではなく、煤っ子の飼い猫スモーキー・ボーンズによってリーダーに選ばれた。この猫はソープの次にハンドルが好きで、ソープがいなくなったいまハンドルがその地位についた。実に単純明快だ。

ハンドルはソフロニアの知らない、ボイラー室の奥にある扉に案内した。広い機関室だから驚くことはないが、この飛行船にまだ自分の知らない秘密があるとは思わなかった。這ってくぐらなければならないほど小さい扉だ。

扉の先は煤っ子の寝室を通る通路で、厨房と配膳室に通じていた。厨房と配膳室の床には学園の日常生活に欠かせない大量のメカ使用人の軌道があちこちにめぐらされ、深夜、蒸気の大半が停止しているあいだも何体かは洗濯や朝食の準備で動きまわっている。このあたりはめったに来たことがない。なにしろソフロニアは入学してこのかた、メカがゴロゴロ行き交う廊下を極力避けてきた生徒だ。

いつもならここで妨害器を取り出し、近づいてくるクランガーメイドの動きを止めるところだが、今回はわざと相手に気づかせた。

たちまちメイドは侵入者を認識した。妙な格好のメイドで、標準タイプと同じように顔はなく、頭部の歯車は剝き出しだが、円錐型の胴体に人間のメイドふうにエプロンドレスをつけ、汚れた寝具を山積みにしたかごを抱えている。

ソフロニアを感知したとたんメカメイドは立ちどまり、質問笛を鳴らした。ソフロニアが答えずにいると、もういちど横柄そうに笛を鳴らし、やがて笛吹きヤカンのような大音響に変わった。この音にまず近くのメカが反応し、それが船内じゅうに広まり、まるで石炭不足の悪夢から目覚めたかのように、停止していたメカが次々にうなりをあげて動きはじめた。

〈ジェラルディン校〉には〝警報が鳴ったらどこにいようと生徒はその場にとどまるべし〟という規則がある。今回で言えば、教師たちが警報の原因を調べ、侵入するピクルマンを見つけるあいだ生徒たちは部屋を出てはならないということだ。

メカの大半が防衛プロトコルにしたがって防衛態勢に入るなか、エプロンをつけたメカメイドが恐ろしげに近づいた。メカには〝可能ならば侵入者をとらえよ〟という命令が組みこまれている。

いまだとばかりにソフロニアは妨害器を発射してメイドを凍りつかせ、かたわらをそっとすり抜けた。あたりでは何十体ものメカが警報を鳴らしている。ソフロニアは行く手をさえぎりそうなメカに妨害器を発射し、別のプロトコルを備えたメカを避けながら全速力で厨房を駆け抜けた。いまここで教師に出くわしたくはない。そこで外壁を移動することにした。遠まわりだが、先生に呼びとめられてあれこれ弁解するより速い。

ホウレーを投げ、バルコニーからバルコニーへ危険きわまりない速度で飛び移った。船体がこれほど低くなかったら、さすがのソフロニアも怖じ気づいただろう。ホウレーはビエーヴが改良した新型で、前より小さくて目立たず、放出速度も増し、いざというときにピンと張れるように巻きあげ器がついている。どれもすばらしい改良だった。ソフロニアのこれまでの経験にもとづいて設計を変更したのだから当然だ。驚異の身のこなしは、ボンド・ストリートの靴職人の巧妙な手が加わった証《あかし》である、特注ゴム底のおかげでもあった。こうした秘密道具に加え、若いレディにあるまじき筋肉をつけたソフロニアを飛行船が閉じこめておけるはずがない。猛スピードで赤房区を移動しながらなかをのぞくと、警報で目覚め、何ごとかとあわてて通路を行き来する教師たちの人影が見えた。

飛行船の最前方にたどり着き、出っ張りからぶらさがって頭をのけぞらせると、頭上に操縦室が見えた。見張り台に似ているが、こちらは大型浴槽の上にもうひとつ浴槽をひっくり返してかぶせたような閉じられた構造で、数本の突っ張り棒と前方キーキーデッキから伸びる長い梁の先端に浮かんでいる。

三人のピクルマンはソフロニアより装備がいいらしく、すでに足場をのぼり、操縦室の外側を這いのぼっていた。一人はすでになかに入ったようだ。飛行船の操縦士は歯車とレバーと鎖とバルブでできたメカで、どれも大事な部品に違いない。ピクルマンは自分たちに特許権のない部品を盗もうとしているのだろうか？　もしかして英国全土を乗っ取ろうとする不埒な計画の一部？

侵入者を阻止するすべはない。なにしろ虚空に突き出た細長い梁の先という危なっかしい場所なのだ。ソフロニアは前にいちど、あそこからぶらさがり、操縦室のなかに閉じこめられたことがある。

先生たちはどこ？　何かで手がふさがっているの？　それもピクルマンの計画？

三人のなかでいちばん小柄な男が現われ、やがて全員が操縦室からおりはじめた。小男の肩かけかばんがふくらんでいるかどうか、ここからはわからない。

あわててバルコニーの支柱の後ろに隠れ、こっそりのぞくと、ちょうどクモが糸を吐くように男たちが操縦室から懸垂下降するのが見えた。このまま見過ごすわけにはいかない。こんな真似はしたことがないが、ソフロニアはホウレーを頑丈な手すりに引っかけると、タイミングに不安を覚えながらも深呼吸して船の壁を蹴り、敵を妨害すべくロープからぶらさがって振り子のように勢いよく飛び出した。

ねらいはわずかにはずれ、小柄なピクルマンを直撃はできなかったが、彼の帽子を突き飛ばし、帽子は悲しげに下の荒れ地に落ちていった。さらに振り子運動で船に戻る前に、壁に張りつく男の背中からかばんをもぎ取った。すべては不気味な静けさのなかで行なわれた。たとえ空飛ぶレディに度肝を抜かれたとしても、一刻も早くこっそり逃げたかったのだろう——侵入者は叫び声ひとつあげず地面に着地すると、ロープから身をほどき、ヤギ道を全速力で走って逃げていった。

ひとり残されたソフロニアがかばんをつかんだままぶらさがっていると、ようやくレディ・リネットとルフォー教授とシスター・マッティが前方デッキに現われ、レディ・リネットがデッキの縁から頭を突き出した。

「ソフロニア・テミニック？　あなたなの？　そんなことだと思っていました。い、いますぐここにいらっしゃい、お嬢さん」

ソフロニアはため息をついた。「いますぐは無理かもしれません、レディ・リネット」

ソフロニアは事件のてんまつを説明しようとしたが、教師たちはソフロニアをつかまえた事実にしか目を向けなかった。警報を鳴らしたのをごまかすためにとんでもない話をでっちあげたと思ったらしく、攻撃されたという話は誰も信じなかった。

「そのようなときのために警告する人がちゃんといるのです」ルフォー教授は相手にもし

なかった。教師たちはソフロニアが船を抜け出して〈バンソン校〉の生徒と逢い引きしていたと思っている。スパイ訓練の難点は、生徒が嘘をついているのか、それともごまかし術を使っているのかを判断できないことだ。

ソフロニアからすれば、どんなに弁解したくても〝何年もいまいましい警報を鳴らさずに船の外側をよじのぼってきたあたしがうっかり警報を鳴らすとでも思いますか？〟とは口が裂けても言えない。そんなことを言えばますます罪が重くなり、妨害器とホウレーを没収されるのがおちだ。

ソフロニアはピクルマンから奪ったかばんを見せた。なかは空っぽだ。

「あなたのものでないとどうしてわかるの、お嬢さん？」と、ルフォー教授。

「だってこんなにみっともないのに！」

「わたしたちをごまかすためじゃないの？」

「まさか。せめて操縦室を調べてください。問題が起こっていないか確かめるだけでも」

レディ・リネットの態度は変わらなかった。「あなたのいたずらのせいで、すでに今夜は嫌というほど時間を無駄にしました、お嬢さん。みな寝る時間です。明日しかるべき罰を考えます」

ソフロニアはいくらか温情のありそうな人に目を向けた。「シスター・マッティ？」

教師のなかでいちばん温厚なシスター・マッティも首を横に振った。「テントウムシは斑点模様を変えられません」

レディ・リネットが重々しくため息をついた。「明日の晩、ブレイスウォープ教授に頼んで――」

「ブレイスウォープ教授！　あの人に何ができると言うんですか？」ソフロニアはむっとして口をはさんだ。

レディ・リネットも負けないくらい憤然と答えた。「もうけっ、けっこう。いますぐ部屋に戻りなさい。もし来週、いちどでも正規の時間以外に教室の外を出歩いているのを見かけたら退学ですよ。わかりましたか？」

「はい、レディ・リネット」

危機その四　あやうい方針

ソフロニアは厳しい訓練と食器洗いの罰をあたえられ、操縦室を調べる時間はもとより気力まで奪われた。自由時間はすべてシスター・マッティの賞取りベゴニアを植え替えたり、ルフォー教授の実験室の試験管を洗浄したり、レディ・リネットの猛毒香水を容器に移し替えたりするのに費やされた。こうもひっきりなしに用事を言いつけられては、授業から授業へとつねに教師に監視されているようなものだ。

証拠品がなかったせいで労働を強いられるソフロニアをよそに――ああ、なにゆえかばんは空っぽだったのか？――学友たちはそれぞれ授業に集中した。最上級生の課題は自分の強みを伸ばすことだ。アガサがシスター・マッティの〈生け花暗号術〉に興味を示したのには当人も含め誰もが驚いた。アガサは小さい花束と空気伝搬毒薬を熱心に学び――あらゆる点で――驚くべきブーケを造った。ディミティは〈婦人帽子と陰謀術〉に取り組んだ。自分の帽子に細工する気は毛頭ないようだが、上等の帽子にはもともと隠し場所が備わっているという点は認めている。

いまや全員が合同で受けるのはブレイスウォープとルフォー両教授による武器の授業だけになった。これまで武器の授業は人狼教師ナイオール大尉の担当だったが、人狼団のゴタゴタを処理するべくスコットランドへ去ってから、学園は代わりの教師を置かなかった。

今日の課題がクロスボウと知ってソフロニアは胸をなでおろした。ヤギ道で銃を向けられて以来、この武器に対する感情は〝無関心〟から〝徹底した嫌悪〟に代わった。いまもフェリックスが銃弾を受けて血を流し、そのあとソープが撃たれて死にかけた記憶が鮮明に残っている。そうでなくても銃は音がうるさく、持ち手が固くて手袋がこすれるいまいましいしろものだ。

ソフロニアの気持ちをいちばん的確に代弁したのは、どういうわけかプレシアだった。

「人を殺すならもっと優雅にやるわ。銃はあまりに下品よ」

銃床が黒檀でできたフランス製雷管式訓練用小型銃を気に入ったのはディミティだけだ。

「簡単に使えるし、現場から離れていられるもの」

ディミティが言うのは血のことだ。いまもたまに血を見ると失神するが、ソープの一件以来かなり克服した。最近ではドレスに血が飛び散ったときだけだ。気持ちはわかる。ディミティは〝目標物を撃ったらすぐ違う方向を向く〟という流儀を確立させ、ルフォー教授も注意するのはあきらめた。

でも、なぜかソフロニアはクロスボウは平気だった。吸血鬼向けの武器だからかもしれない。いまのところ吸血群とは友好を保っているが、なんといってもディミティを誘拐した連中だ。どんなに信用したくても信用できない。その信用できないことといったら、スパイ訓練生のソフロニアが束になってもかなわない。

まわりはバンバースヌートがいないのに気づいたが、ビエーヴに休暇特別点検をしてもらっているというソフロニアの言葉を信じた。今後もルフォー教授の授業が続くのなら、そのほうが安心だ。これまでずっとバンバースヌートとルフォー教授が出くわさないよう細心の注意を払ってきた。どんなにあの子をびらびらフリルで小物バッグに変装させても、ルフォー教授ほどの機械狂の目はごまかせない。無登録のメカアニマルは下界の一般社会でも違法だ。ルフォー教授はこうした規則に厳しい。

それにバンバースヌートが船内にいないと、いま何をしているかとしじゅう気をもまずにすむ。当面、厄介ごとに巻きこまれる心配はないと思うと安心だ。そこでふとソフロニアは思った――もしかしたら先生たちはあたしのこともそんなふうに思ってる？

クロスボウの授業は中央デッキで行なわれた。デッキ奥に並ぶメカ兵士が鉤爪にハンカチの的をはさんでかかげている。生徒たちはその的をねらい、当たれば矢がハンカチを突き抜けて背後の穴の開いた壁に突き刺さるという寸法だ。

「みなさん、そこそこ腕をあげたようね」ルフォー教授がめずらしくほめた。

「当然よ」プレシアがつぶやいた。「何年もやってるんだから」

そのプレシアはみごとに的を射ぬき、メカ兵士の手からハンカチがはずれたが、壁に突き刺さりはしなかった。アガサは四回に一回は失敗し、ディミティは矢をつがえるのに苦戦したものの、そのあとはうまくやった。

「みなさん、ミス・バスの弓の持ちかたを見て」ルフォー教授が言った。「姿勢が傾きすぎです。もっと背を伸ばして、ミス・バス」

アガサは〈邪悪な精密拡大レンズ〉をいじりながらぼんやり宙を見ている。

それに気づいたソフロニアが「どこかの邪悪な天才からの愛の贈り物だと思われるわよ」と言うと、アガサははっとし、急に熱を持ったかのようにレンズを落とした。

ルフォー教授が二人に視線を戻した。「ミス・テミニック、お手本を見せて」

ソフロニアはクロスボウをかかげ、矢をつがえて弦を引きしぼり、あまり考えずにねらいをつけて放った。矢はハンカチのどまんなかを貫き、これには自分でも驚いた。こんなにうまいとわかっていたら、わざとはずしたのに。メカ兵士も意表を突かれたらしく、びっくりしたように首の継ぎ目の下からぷぷぷぷと煙を吐いた。

「またソフロニア」プレシアが不満そうに小さく鼻を鳴らした。

「悪くありません、ミス・テミニック」ルフォー教授は彼女なりの賛辞を送った。「でも、安定性も重要です。正確性と精度の両方を意識して。もういちど」

ソフロニアは矢をつがえ、はずれますようにと祈りながらいいかげんに矢を放った。でも、教授の目の前でわざとはずしたように見られたくもなかった。

「また命中です。こっそり練習でもしましたか、ミス・テミニック？」

ソフロニアは首を横に振った。

「生まれながらに才能のある人はいるものです」ルフォー教授はつぶやくように言った。

「あなたにはもっと重い弓に取り組んでもらいましょう」

教授が指示を出す横で、アガサが自分のクロスボウをごとっと落とし、胸もとを揺らしながら身をかがめて拾いあげた。

「ミス・ウースモス、レディらしい振る舞いはどうしました！」

教授にたしなめられ、アガサはコルセットをきしませてしゃがみこんだ。

ルフォー教授は底に小さな車輪が六個ついたばかでかい旅行かばんをがさごそ探りはじめた。謎のヤカン型物体やら、レンチを入れた刺繍入り巻き布やらを取り出したあと、ようやくひとまわり大きくて重いクロスボウを見つけ、ソフロニアに渡した。

「さあ、みなさん、この弓の弦がどんなに堅いかわかりますか？　これなら太い矢が使えます。遠くからでも致死率が高く、はずれる確率も小さい。さあ、やってみて、ミス・テミニック」

ソフロニアはありったけの力をこめたが、弦を引きしぼるのは楽ではなかった。なんどやっても弦はぴしっともとに戻り、爪がはがれそうになる。片足を壁に押しつけ、両腕を使ってようやく一矢を放った。〝うわ、衝撃度の高いクロスボウって楽しい〟。矢は胸のすくような強さで宙を切り、ハンカチをまっぷたつに引き裂くと、どすっと音を立てて背後の壁に突き刺さった。

「ミス・テミニック、あなたはそれを使って。さあ、みなさん、日が落ちてブレイスウォープ教授が授業に加わったら動く標的で訓練します」

「動く標的？」プレシアがおそるおそるたずねた。

ルフォー教授は言うまでもないとばかりに見返した。「もちろんブレイスウォープ教授本人です。彼には大きな木皿をかかげてもらいます。まんいち命中した場合に備え、損傷が残らない金属矢を使いますが」

ディミティが身震いした。「生身の標的をねらうんですか？」

「厳密には生身ではありませんが、まあそうです」いかめしい教授は平然と答えた。

ソフロニアは思わず口をはさんだ。「できません――好きな人を標的にするなんて」

「見あげた道義心ね、ミス・テミニック。それを克服しなさい、いずれしなければならないのだから」

「はい、教授」そう答えたが、言いたいことはまだあった。ブレイスウォープ教授は正気ではない。そんな人に矢を向けるなんてあんまりだ――たとえそれに同意した吸血鬼であっても。たしかに精神が不安定だと予想のつかない動きをするから、まず命中はしないだろうが、ソフロニアはこれ以上ブレイスウォープ教授を傷つけたくなかった。すでに彼に対してはいくつもの罪を犯している。結局のところブレイスウォープ教授は服の趣味がよく、とんでもなく不安定な口ひげを生やした少し厄介な不死者にすぎない。

「本当に危険だと思えば標的にはしないんじゃない？」ブレイスウォープ教授のドローンであるルフォー教授には主人の命を守る責任があるはずだと、アガサがほのめかした。なんといってもあの女教授は吸血鬼教授の食糧源だ。

生徒たちは日没まで練習を続け、ようやく短い休憩時間になった。真冬の雨が霧を洗い流し、荒れ地にはめずらしい晴れた夜だ。でも、すぐにまた霧が出るだろう。それはまるで、果てしなく広がるダートムアの空を背景に、いつまでも客を待ちつづける殺風景なテーブルセッティングのような光景だった。

体力を使う訓練で疲れた少女たちはデッキの手すりにもたれ、高台のヒース畑に沈む太陽を見ながら小声でしゃべっていた。話題の中心は、前回スウィフル＝オン＝エクスに係留したときに先生たちが手に入れた先週の大衆紙の記事だ。ゴシップ欄は行間を読む能力を身につけるうえで欠かせない訓練のひとつで、社会のしくみを理解するだけでなく、貴族社会の駆け引きや報道界の偏見を読み解き、販売促進の文言にひそむメッセージを探る題材になる。もっか毛皮マフの広告が注目を集め、何人かがこれに関する評論を読みこんでいた。ソフロニアにはただの広告としか思えないが、スカンジナヴィア人がスコットランド北部に潜入しつつある警告だと主張する生徒もいた。マフの見た目がデンマーク護衛兵の帽子に似ているというのがその理由だ。近年スカンジナヴィア諸国が他国との交流を避けているという事実もあいまって、誰もがあの国々には不信感を抱いていた。たしかにニシンの酢漬けはうさんくさい食べ物だ。

日が沈んだあとブレイスウォープ教授が授業に加わった。濃いワイン色のクラヴァットをきちんとウォーターフォール式に結び、ベストも上着もズボンもすべて消し炭色《チャコールグレイ》という、やけに堅苦しい格好だ。彼の精神異常はときおり服装にも表出し、山高ビーバー帽をかぶったりサテンケープをまとったりするが、それがみっともなかったことは一度もない。正気は失ってもファッションセンスは健在だ。もっとも、今夜のブレイスウォープ教授は吸血鬼というより葬儀屋のように見えた。

生徒たちは尻ごみしたが、当の教授は――終始アイリッシュダンスを踊りたいとたわごとを言いながらも――反射神経のほうはまったく正常で、さっと矢をかわし、もしくは木皿で矢を妨害し、誰も命中させられなかった。

「ほうら、吸血鬼を殺すのは簡単ではないでしょう？」ルフォー教授は得意げだ。

彼は操縦室の事件を知っているのだろうか？　ソフロニアはルフォー教授が標的の気をそらせる作戦だと思ってくれるのを祈りながらたずねた。

「ブレイスウォープ教授、最近、学園周辺を踊っていておもしろいことはありました？」

「空中に香辛料はほとんどない、は！」吸血鬼は真顔で答えた。

「そうたくさんはないかもしれませんが」言いながらソフロニアは首をかしげた。もしかしてピクルマンの侵入を暗にほのめかしてるの？「カラシ粉をなくしたとか？」ソフロニアはわざとゆっくり矢をつがえた。

「いや、薬味だ」言いながらブレイスウォープ教授はくるりと身をひるがえし、プレシアの放った矢を難なくかわした。

「そうだと思いました」と、ソフロニア。

ブレイスウォープ教授がソフロニアに注意を向けた。「どうしてわたしが何かをなくした《ロスト》と思うのかね？　さまよえるメカのすべてが迷子《ロスト》とはかぎらない。それにきみはしょっちゅうペットがぎゅう詰めの貨物室にいるではないか、は！」耳よりの情報を差し出すような口調だ。

ソフロニアは口を合わせた。「覚えておきます、教授」

「きみのほうが覚えは速いようだな、ミス。わたしの頭は茶こしのように穴だらけだ」

「作戦は失敗よ、ミス・テミニック」ルフォー教授が口をはさんだ。「矢を放つか、何か別の手をやってみなさい」

「〈扇子と振りかけ〉の変形とか？」

「吸血鬼に？」ルフォー教授はいぶかしげに眉を寄せた。〈扇子と振りかけ〉は人狼に効果的な作戦だ。

ソフロニアはパゴダ型の袖のなかからシュークリームを取り出して皮を割り、左手で白い中身をすくうと、ブレイスウォープ教授の染みひとつないズボンの片方めがけて投げた。吸血鬼教授は矢をよけるのに精いっぱいで、足もとをねらったべたべた攻撃には完全に意表を突かれたようだ。

ぴかぴかの靴にクリームの染みがつき、ぎゃっと悲鳴があがった。

ブレイスウォープ教授が惨状を調べようと身をかがめた瞬間、ソフロニアは矢を放った。

それでも異界族の速さには勝てなかった。

吸血鬼教授は瞬時に片手で木皿をかかげ、どまんなかで矢を受けながら反対の手でハンカチを取り出していた。

それが最後の一矢だったが、ソフロニアはすぐさましこみ扇子の革カバーをはずしてデッキに落とし、弧を描くように恐ろしげな金属刃を開くと、ブレイスウォープ教授が身を起こす前に首に押し当てた。

彼はぎくりと身をこわばらせ、ルフォー教授が舌打ちした。「ほかの武器を使っていいと誰が言いました？　それに、その扇子のどこが有効なの？　木製でもないのに」

ソフロニアはぴしゃりと扇子を閉じてあとずさった。「どれだけ近づけるかためしてみただけです」

ブレイスウォープ教授は変な目で——つまり、いつもよりさらに変な目で——ソフロニアを見返した。「なんだ、お嬢ちゃん、こんな真似をしなくても舞踏会手帖を差し出せばすむことではないか。喜んでダンスの相手をするよ」

「まったくです、ミス・テミニック、あなたはみんなの授業の邪魔をしています」と、ルフォー教授。

もとの場所に戻ろうとしたとたん、ソフロニアはブレイスウォープ教授にぐいと腰を引き寄せられ、急に怖くなって息をのんだ。彼の目からは知性が消え、ソフロニアの喉の動きを追っている。

あたしったら、どうして襟の高いドレスを着てこなかったの？

「ソフロニア」ルフォー教授の声は穏やかだが、有無をいわさぬ響きがあった。「首を隠してゆっくりさがりなさい」

ソフロニアは身をよじりながら喉の前で広げた扇子をかかげたが、腰にまわされた吸血鬼の腕は鉄のようにびくともしなかった。振りほどきもできなければ、あとずさることもできない。

「踊りたくないのかね、お嬢ちゃん？」ブレイスウォープ教授が誘うようにつぶやいた。つねに最初に接近する奇妙なちょびひげが、背を丸めて毛を逆立てる猫のように不気味に毛羽だち、その下から牙の先が突き出ているのが見えた。

「きみの首は実に白い」

「ありがとうございます」ソフロニアは声が震えていなくてほっとした。「マドモアゼル・ジェラルディンの指導のもと、何年もレモンとバターミルクで熱心に手入れをしているんです。その、そばかすが出はじめたから」

「そばかすは昔から大好きだ」ブレイスウォープ教授が顔を近づけた。「おいしい香辛料の粒みたいなものだ、は」

その隙にルフォー教授がさっと近づき、吸血鬼の顔前に片腕を突き出した。手首にはクロスボウの矢でつけたとおぼしきすり傷が見えた。

　とたんに腰に巻かれた腕の力がゆるんだ。

　ソフロニアは身を振りほどき、震えながら逃げた。

　ディミティが片腕でソフロニアを抱きしめた。「大丈夫？」

　ソフロニアはうなずいた。

　アガサは心配そうに目を見開き、なだめるようにおずおずとソフロニアの肩をなでた。

「あんな人を飛行船に乗せておくなんて」プレシアがぼやいた。「危険だわ。曲がりなりにもここは学校よ！」

「外界が危険じゃないとでも思う？」ソフロニアがすぐにブレイスウォープ教授を弁護し、これには誰もが驚いた。

「よくもそんなことが言えるわね。噛まれそうになったくせに」プレシアはあきれた。

「こんなことは前にもあったし、またあることよ」ソフロニアは気持ちを落ち着けた。これも訓練のうちだ。ディミティだけがソフロニアの震えを感じていた。

生徒たちは手にしたクロスボウをふくらんだドレスのひだのあいだにだらりとさげ、ブレイスウォープ教授がルフォー教授の手首から血を吸うのを見つめた。それはやけに親密で、どぎまぎするような、おぞましい光景だった。

ソフロニアは目をそらし、ごそごそとしこみ扇子をしまいはじめた。

ディミティはしかたなく手を放した。「ソフロニア？」

「大丈夫、心配しないで」平然と答えたが、頭のなかでは牙の感触がなんどもよみがえっていた。ソフロニアはレディ・リネットの教えを思い出し、無理にさっきのできごとを分析した。〝レディらしからぬ行動のあとには、それを補うだけのレディらしい反応がなければなりません。何が必要かを考え、結果を分析し、不始末を片づけることが重要です〟

ソフロニアはブレイスウォープ教授の動きと腰にまわされた腕の力を思い出した。彼のクロスボウに対する反応は敏捷だったが、以前ほどではなかった。しかも一度にひとつのことにしか集中できなかった。

ソフロニアは新しい矢を探すふりをして友人たちから離れた。突然の胸の痛みを気取られたくなかったからだ。恐れ。罪悪感。悲しみ。ブレイスウォープ教授の状態は悪化している。それは自制力だけでなく、異界族の能力にもおよんでいた。吸血鬼はつなぎひも断裂から回復できるものと思っていた。縄張りである飛行船内にいれば、いずれつなぎひもは復元され、また完全に正気を取り戻すだろうと。でも、状態はますます悪化している。どうしていままで気づかなかったのだろう？　同僚の教師たちはこの状況を知りながら、ずっと隠していたの？

手首に包帯を巻き、吸血鬼を生徒から遠ざけるルフォー教授は疲れ、前より年老いて見えた。

ブレイスウォープ教授はこれからますます危険になるのだろうか？　でも、それを言うなら人狼は満月のたびに気が狂う。正気を失いつつある吸血鬼はどうなるの？　プレシアの言うとおり、さすがの〈ジェラルディン校〉の生徒も狂った吸血鬼には対処できない。新入生は特に危険だ。できれば生徒の就寝後は彼を閉じこめておいてほしい。

おやつと短い消化時間を取ったブレイスウォープ教授は無事に授業を続けた。二時間後、生徒たちは痛む腕と指先を抱え、夕食を待ちわびた。今夜の一件はおおかた――当人を除き――ソフロニアのいつもの悪ふざけとして忘れ去られたようだ。

着替えのあとは半時間の瞑想時間だ。ソフロニアは浮かぬ顔で舷窓から外を見つめ、アガサは宝石を何にするかで悩み、ディミティはせつない恋愛小説を読みはじめた。

ソフロニアは陰鬱な気分を振りはらうように声をかけた。「本はどう？」

それなりに楽しんではいても、ディミティは読書そのものより、読書について話すのが好きだ。話題を探すために読んでいるだけかもしれない。

「ええ、とてもおもしろいわ。ちょうど吸血鬼が女主人公を自分のタウンハウスに連れてきたところなんだけど、彼の目的が高潔なのか卑劣なのかわからないの」

アガサが息をのんだ。この一週間、小説のあらすじをずっと聞かされている。「まあ、本当？　主人公の血を吸う気なの？」

「それどころか改造しようとしているみたい」ディミティは桃色の綾織りのディナードレスの前についている真珠貝のボタンをいじった。続きを話したくてたまらないが、それをアガサに気取られたくはないらしい。

アガサが恐怖と興奮が入り混じった声をあげた。「完全改造？」

ソフロニアはあきれて鼻を鳴らした。なんてくだらない。

〈ジェラルディン校〉は十二月なかばにスウィフル＝オン＝エクスに戻ると、いつものように夜半すぎに川の上空に浮かんで水を吸いあげ、ぐるりと弧を描いてヤギ道の近くに係留した。夜が明ければ両親たちが馬車で迎えに来る。若いレディたちは就寝時間を過ぎてもうきうきと荷造りをし、くすくす笑い、しばし別れ別れになる友人と贈り物を交換し合った。

冬の休暇は〈ジェラルディン校〉でもっとも長い休みだ。一年を通し、この時期以外は外界と接する機会がほとんどないため、一般的な学校より早く休みに入る。荒れ地の上空をゆらゆらとただよっていてはクリスマスの贈り物も注文できない。買い物は何より大事だ。〈ジェラルディン校〉の生徒はクリスマスのかなり前に帰省し、クリスマスが終わればすぐに戻って年末年始は学園でみなと一緒に過ごす。新年を危険かつおしゃれに迎えるための年中行事だ。

ソフロニアは荷物をせっせと帽子箱や旅行かばんに詰める友人たちを見つめた。ディミティはどの光り物を詰めて、そのうちこのクリスマスではどれが本物になるかと思いをめぐらせている。かわいそうに。きっとがっかりするだろう。両親が水晶バルブを売ったおかげでプラムレイ＝テインモット家の財政はいくらか改善したが、サファイアを買う余裕はない。そしてディミティはサファイアが大好きだ。それを言うならルビーも。エメラルドも。でも……ダイヤモンドだけは違った。

「ダイヤモンドも光るんじゃない？」と、ソフロニア。

「ダイヤは色がないのよ」ディミティが答えた。「ダイヤの白い光は派手すぎると思わない？」

「あら、あなたにも派手だと思うものがあるのね」

「ちょっと、ソフロニア、わたしの趣味をなんだと思ってるの！」

アガサは荷造りもせず、所在なくぼんやりしていた。どんなに学校が嫌いでも家よりはましなのだ。

ソフロニアはほとんど帰省準備に時間をかけなかったが、それはプレシアの言う、〝荷物が少ないせい〟ではない。ソフロニアはそっと扉を開け、誰にも気づかれずに廊下に出た。消灯時間は過ぎているが、門限破りはお手の物だ。もはや仲の悪い学友も告げ口すらしようとしない。まわりはソフロニアが教師の誰かの命《めい》を受けていると思っていた。なかには——プレシアもその一人だが——モニクの後釜としてブレイスウォープ教授の二番目のドローンになったと噂する者さえいた。

「だからブレイスウォープはクロスボウ訓練のときソフロニアに近づいたのよ」——プレシアは新しい友人のフレネッタにそう説明した。

ソフロニアは好きなだけ言わせておいた。吸血鬼の後ろ盾があるという噂は格好の隠みのになる。人狼と奉公契約を結んだことは知られたくなかった。ソフロニアはソープの命と引き替えに〈将軍〉に自由を捧げた。あれは正しい取引だった。少なくともいまはそう思っている。いざ〈将軍〉に仕えるようになったら何を要求されるのか想像もつかないけど、どう考えても人狼は吸血鬼よりましだ——そう願いたい。

だから、深夜のほっつき歩きが血にまみれた契約のせいだと思われても当面は否定する気はなかった。かえって好都合だし、そのせいで誰にも邪魔されないのならなおさらだ。

ビエーヴは約束どおりバラの茂みの裏で、またもや全身から安酒のにおいをただよわせて待っていた。

「いまに大酒呑みの評判が立つんじゃない？」

「大歓迎だ」素性を偽るビエーヴもまわりからは見くびられたがっている。

ビエーヴがバンバースヌートを差し出した。表面のさびが取れ、いくらかぴかぴかにはなっていたが、それ以外はなんら変わったようには見えない。挨拶がわりに煙をぷっぷっと吐き、小さなしっぽを前後にチクタクと動かしている。

「取りつけはうまくいった？」

「なんとも言えないね。なにしろ事前に確かめようがないから。水晶バルブ連動警報器がちゃんと作動するかどうかはピクルマンが行動を起こすまでわからない。彼らがすべてのメカになんらかの命令を出せば、バンバースヌートは酷使された手動制動装置のようにキーッと音を鳴らすはずだ。でも、いまのところはずとしか言えない」

「心もとないわね。警報が鳴るかどうかに命運がかかってるなんて」

ビエーヴは片眉を吊りあげた。「そう？　じゃあ、そんな事態にならないようにやればいい」

「あたしの能力を買いかぶりすぎよ」

「きみもね」

二人はにっと笑った。

「新年のお茶会で会える?」と、ソフロニア。

「新年早々、学校間の親睦会があるの?」ビエーヴは〝うっかり科学者〟ふうに答えたが、この子が新年茶会のことを知らないはずがない。

「噂だけど」ソフロニアも口を合わせた。

「てっきり先生たちは仲が悪いと思ってた」

「だからこうして何度も親睦会を開くんじゃない?」

「着飾って一堂に会すのなら仲の悪い学校どうしのほうがうんと楽しいってこと?」

「そのとおり」

「少なくとも食べ物は上等だね。言っとくけど、ソフロニア、男子校の何がつらいって食べ物だ。男子には味覚がないと思ってる。あそこで出される食事のまずさと言ったら、不法な児童虐待だよ」ビエーヴはやけにフランスふうにぼやいた。

「きっと脳みそにはいいんじゃない?」

「舌のことも考えてもらいたいよ。ああ、〈ジェラルディン校〉のお茶が恋しい」ビエーヴはため息をついた。「お茶会にはクランペットが出るかな? まともなクランペットのためなら人殺しだっていとわない」

「人を殺す必要はないと思うけど、これぽっかりはなんとも言えないわね」〈ジェラルディン校〉の生徒が近くにいるときはうかつに〝人殺し〟のたとえは使わないほうがいいと、ソフロニアはつねづね思っていた。「クランペット製造器みたいなものは造れないの？」

「調理器具は難しい」ビエーヴは眉を寄せた。「人を殺すとか、世界と科学者を支配するとかいうのと違って、ケーキを焼くのは真剣な仕事だ。まっとうな菓子職人にゆだねるしかない。料理人には人間しかなれない。メカには無理だ。そして〈バンソン校〉の料理人は菓子パンを作るレベルにない」

ソフロニアはうなずき、よじのぼりやすいようにバンバースヌートを背中に斜めにくくりつけた。とたんにバンバースヌートはぷっと音を立て、ドレス脇に少量の灰を排出した。

「まあ、バンバースヌート！」

「あ、そうだ」ビエーヴはこの無礼にも平然と答えた。「言っとくけど前より頻繁に出すよ。新型バルブを収めたぶん、貯蔵容量が小さくなったから。面倒なことになるって警告したよね？」

「そんなの聞いてないわ」

「そうだっけ？　とにかく改造の結果は受け入れてもらうしかない。あたしが設計から稼働まで手がければ小型で美しいものになるけど、他人の設計をいじるとなるとどこかに不具合が出る」

「わかった。いいわ、バンバースヌート、許してあげる」金属メカは叱られてしょげもしなければ、許されてうれしそうでもなかった。しょせんはただのメカダックスフントだ。

「戻る前に、おばさんへの贈り物をあずかってくれない？　休暇中にこっそり会う時間はなさそうだ。あたしたちが親戚だってことをまわりに思い出させないほうがいいしね。なんたってガスパール・ルフォーは疎遠な甥なんだから」

ビエーヴはそう言ってバラの茂みの陰から巨大な箱を取り出した。バンバースヌートが五、六体は入りそうな大箱だ。

「これ？」ソフロニアはたじろいだ。これを抱えてどうやって船内を移動しろというの？

「ひもをつけておいた、ほら、ここところに。リュートのように背中にかつげばいい。バンバースヌートはちょうどその下にぶらさげられる」

ソフロニアは箱を手に取った。さいわい重くはない。「なんなの、これ？」

ビエーヴはにっと笑って箱のひもをほどいた。帽子箱のようで、蓋を開けると、思ったとおり帽子が入っていた。

念のために言っておくと、その帽子は〈ニブ&クリンクル〉の裏がヤギ道に近いバラの茂みに覆われた薄暗い場所で、その日は満月でもなく、霧が深く垂れこめていたにもかかわらず、ひとめでわかるほど不格好だった。

「ビエーヴ、なあに、このみっともない帽子」ルフォー教授にはいろんな呼びかたがある。

そのなかに間違っても〈ファッション・リーダー〉はないが、ここまで悪趣味ではない。ビエーヴはソフロニアより自分のおばの趣味を知らないようだ。「そんなにひどい？おばさん、気に入るかな？」

ソフロニアはいぶかしげに眉を吊りあげた。

「うん、わかってる。でも、まあ見るだけ見てよ」ビエーヴはそろそろと帽子を取り出した。それは大きな日よけ帽で、藁ではなく濃い群青色のサテン地でできており、広いつばには星を模したガラスのかけらがちりばめられていた。よく見ると、有名な星座の形だ。帽子のてっぺんは——太陽のつもりなのだろう——黄色に塗られ、光が広がるように側面からつばに向かって伸びている。それだけでも珍妙このうえないが、これは土台にすぎなかった。片方の耳のそばにオルゴールについているような小型巻きあげ器がぶらさがり、このねじを巻いて手を放すと、なんと七つの惑星が帽子のまわりを回転するのだ。惑星は最新の科学調査に基づいて色分けされ、つばの縁から突き出た長さの違う針金の先で実際の太陽系と同じように軌道をぐるぐるとまわった。青緑色の鉱床に覆われた金星は淡い青。青々とした緑地が広がる地球は緑。鉄分を多く含む砂に覆われた木星はオレンジ色……。帽子の後ろについた、とびきり長い針金からぶらさがる毛玉は流星だろうか？　群青色のサテンにはところどころに綿毛が貼りつけてある。

「それはなんなの？」

「最新の冊子によると、ある種の宇宙霧が存在するらしい」ビエーヴは目を輝かせた。

「まだ名前はないけど、おばさんなら新しい天文学説に興味があると思って」

ファッション性はともかく、その芸術性と構造のすばらしさにソフロニアは目をみはった。ビエーヴは瞳をきらめかせ、賞賛を期待している。「とてもよくできてるわ」ソフロニアは思いつくかぎり最高の、嘘でないほめ言葉を口にした。

「おばさんは気に入ると思う？」

「これに合うドレスがあるかしら？」ソフロニアはおそるおそるたずねた。

ビエーヴは笑い声をあげた。「とんでもない。あたしだっておしゃれな帽子がどんなものかくらい知ってるよ。まさか、こんなものをかぶってもらおうなんて思うもんか！　ルフォー家のちょっとした冗談さ」

ソフロニアはほっとした。「ああ、そういうことならすばらしいわ」

ビエーヴは大きなえくぼを浮かべると、太陽系帽子を箱に戻し、ソフロニアの背にくくりつけた。

「大好きなビエーヴ、いつもながらすばらしい発明をありがとう。そのうちお礼をさせて」

「ソフロニア、いとしい人《マ・ミー》、楽しみにしてるよ」ビエーヴはシルクハットをひょいとあげると、両手をポケットに突っこみ、調子はずれの唄を小さく口笛で吹きながら〈バンソン校〉に帰っていった。

危機その五　姉妹とその影響

「家族があたしのことを忘れていたらどうしよう?」ソフロニアはディミティとアガサと一緒にスウィフル＝オン＝エクスにある中央喫茶室でプディングを食べながら迎えを待っていた。お迎えは一日がかりで、空中学園はとっくに視界から消えている。

「いっそ家族のいない自由なクリスマスを楽しんだら?」アガサが提案した。

「それはどうかしら。みんながそこまでひどいわけじゃないの。エフレイムの奥さんのことは大好きだし」しばらく会っていないせいでソフロニアはきょうだいに寛大な気持ちになっていた。

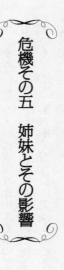

「わたしと一緒に帰ってもいいわよ」

「ご両親が許すかしら?」ディミティの言葉にソフロニアは目を輝かせた。よその家で休暇を過ごすのはいつだって自分の家で過ごすよりうんと楽しい。

「もちろん。パパとママはあなたがピルとわたしを吸血群から救ってくれたことを知ってるの。許すどころか恥ずかしいほど感謝してるわ。母親どうしで、あなたの聡明さや、わたしたちのすばらしい友情について手紙でやりとりしてるかも」

「まさか、お母様はうちの母さんに学園の本性を話してはいないでしょうね？」

「まさか。ママが〈ジェラルディン校〉の秘密をばらすはずないわ。ごまかしを真剣に受けとめる人よ」

ソフロニアはほっとした。「よかった。それで、今日が迎えの日って知ってるの？」

「いつものことよ、〈ジェラルディン校〉のクリスマス休暇が早いのは」

「弟さんは？」アガサがさりげなくたずねた。

「おぞましい毛虫男。あの子がどうしたの？」

「ここで落ち合うの？」

「いいえ。〈バンソン校〉は休暇までまだ一週間あるわ。ママはいつも、二度も迎えを出さなきゃならないってぼやいてる。今回はあなたのおかげでその心配はなくなったけど」

ディミティは親しげにアガサの肩に腕をまわし、アガサはプディングをちびちび食べながら笑みを隠した。

アガサの家はロンドンに向かう途中にあるので、ディミティはアガサの馬車に同乗させてもらうことになった。アガサは連れがいるほうがいいし、ディミティは列車にうんざりしている。ソープが列車で飛行船に突っこんだあとのあれこれのせいですっかり列車嫌いになっていた。

三人は広場がよく見える窓際の席に陣取り、生徒たちが迎えの馬車に乗りこむ様子を見ながらあれこれ噂しあった。アガサの潤沢なお小遣いのおかげで、どんな店でも特等席に座れるが、残念ながらプディングはお酒が強すぎて、燃えるものに興味のあるバンバースヌートしか喜ばなかった。バンバースヌートは青緑色の旅行ドレスのふくらんだスカートの下に隠れ、ソフロニアのおこぼれをせっせと食べている。

そのときソフロニアの迎えの馬車が止まり、さまざまな計画はすべて振り出しに戻った。もっとも、それがソフロニアの迎えとわかったのは馬車の持ち主が降りてきてからだ。

ペチュニアは少し太ったようだが、それ以外はまったく変わらなかった。その姿を見てソフロニアの血縁者であるのを疑う者はまずいないだろう。同じ卵形の顔に薄緑色の目。髪の色はペチュニアのほうが少し濃く、頬はより丸く、頬紅でほんのり赤い。姉の巻き髪はフランス人メイドの手によるもので、妹のそれはディミティの努力とこれでもかと巻きつけたカール布のたまものだが、すっと通った鼻筋と小さな口と背格好はそっくりだ。

「嘘でしょ!」ソフロニアは友人と驚きの視線を交わし、あわててバンバースヌートを抱えあげた。ペチュニアを待たせたらろくなことにはならない。ソフロニアはお茶の残りをアガサとディミティにまかせ、荷物室から荷物を持ってきた。

ペチュニアは立ったまま横柄そうに風変わりな街を見まわした。旅行ドレス、毛皮のマフ、しゃれた帽子、ビロードの手袋……全身からロンドンのにおいをただよわせている。

「ペチュニア、驚いたわ」ソフロニアは荷物を床におろし、頰をつけあって挨拶した。「ソフロニアったら、まだそのみっともないイタリア製犬型バッグを持ち歩いてるの？」

ペチュニアの帽子には――旅行用なのに――ダチョウとクジャクの羽根がついていたが、何より驚いたのは姉がほほえんでいたことだ。

「これには特別の思い入れがあるの。それにしてもペチュニア、いったいこんなところになんの用？」

「よく聞いてくれたわ。まったく殺風景なところね。母さんがあなたを花嫁学校《フィニシング・スクール》に入れたのはいいとして、どうしてフランスとかスイスじゃないの？　どうしてデヴォン？」

「経費の問題じゃない？」

姉妹のあいだとはいえ、あからさまな金銭の話題にペチュニアは巻き毛を揺らし、たしなめるように舌打ちした。ペチュニアは社交シーズンを一回経験しただけで結婚した。本人も信じられないほど有利な結婚だった。ミスター・ヒッセルペニーは当初の望みほど血筋はよくないものの、れっきとした街の名士で、ペチュニアは夫の財産をしこたま使って上流階級の仲間入りを果たし、そこそこうまくやっているようだ。甘い夫は妻のあらゆるわがままを許しているらしく、四頭立て馬車もそのひとつに違いない。

「それでも行っただけのことはあったようね」ペチュニアは妹の容姿と振る舞いを片目で見やり、年配女性のような口ぶりでめずらしくほめた。

「まあ、ありがとう」ソフロニアは言い返したくなるのをこらえた。ペチュニアは大麦湯よりリキュールに反応するタイプだ。下手に刺激しないほうがいい。「そう言ってくれてうれしいわ」

ペチュニアはまんざらでもなさそうだ。「荷物はそれだけ?」

ソフロニアの荷物は旅行かばんがひとつと帽子箱がふたつきりだ。それに、もちろんバンバースヌートも。「そうなの。母さんがあまりドレスを送ってくれなくなって。姉さんが結婚してからはおさがりがなくて、手持ちのドレスはどれもすりきれて詰めるようなものはないの」

とたんにペチュニアは目を輝かせた。「そうじゃないかと思った! だからこうしてわざわざ迎えにきたのよ。なんと言ってもあなたはもうじき社交界にデビューするんだし、街に住むわたしがちゃんとしたドレスを見立ててあげるわ。それに、いちどくらいロンドンでクリスマスの買い物をしたいでしょ?」

はは一ん、ペチュニアったら、自分はさんざん散財して上流階級とのつきあいにも飽きてきたから、こんどは妹で楽しもうって魂胆ね。ソフロニアは着せ替え人形にさせられる自分を想像して顔をしかめたが、胸の高鳴りは抑えきれなかった。ロンドンで買い物したくない人がどこにいる? この高鳴りは間違ってもソープがいまロンドンに住んでいることとは関係ない。断じて。

ペチュニアは押し黙る妹を見て気が進まないと思ったようだ。「行きたくないの？　あなたってどうしてそんなにつまらない子なの？」

昔のソフロニアなら歯を剥いて言い返すところだが、いまは相手をおだてるすべを知っている。「そうじゃないわ、姉さん。すてきな考えね。そこまで気をつかってくれるなんて。ちょっと驚いただけよ。いくらあたしでもロンドンでの買い物に文句があるもんですか」たとえそれに口うるさい姉がくっついていても――ソフロニアは心のなかでつぶやいた。ずっと仲の悪かった二人だが、姉は妹がフィニシング・スクールで身につけた雰囲気と上品さを認め、妹はその雰囲気と上品さでどれだけ姉に耐えられるかをためすつもりでいた。

あのペチュニアが――なんと――にっこり笑った。しかもうっすら頬を染めて。「そんなにくどくど言わなくてもいいわ。お楽しみはこれからよ」

「本当に？」

そこへアガサとディミティが駆け寄り、ペチュニアが振り向いた。「どちらがミス・ウースモス？」

アガサが深々とお辞儀した。「お目にかかれて光栄です、ミセス・ヒッセルペニー」

「ああ、やっぱり。あなたのお父上と夫は仕事仲間なの。ソフロニアを迎えにきたんだけど、夫が言うにはあなたとお友だち――ディミティだったかしら？――も一緒に連れてきてはどうかって。きっとロンドンまで楽しい旅になるわ」

アガサとディミティは歓声をあげ、ペチュニアは気前のいいところを見せられて得意げだ。ペチュニアは気前のいい女主人になりたかっただけってことに、どうしてあたしはいままで気づかなかったのだろう――ソフロニアは首をひねった。これはペチュニアが変わったせい？　それともあたしの姉に対する認識が変わったから？　いずれにせよペチュニアは心から楽しそうに、屋根の上に荷物を積む御者に〝くれぐれも落とさないで〟とかなんとか指示を出している。

「それで、誰が前向きに座る？　ミス・ウースモス？」ペチュニアは、アガサには特に親切にするよう夫から言い含められているようだ。そうとわかっていても、〈ジェラルディン校〉の生徒は意味もなく敵を作るようなバカではない。ペチュニアがアガサのご機嫌取りをしたいのなら喜んでさせるまでだ。

「まあ、ミセス・ヒッセルペニー、なんてすてきな馬車でしょう。とてもクッションがよくて」アガサが動揺する相手は大人と男性だけで、ペチュニアくらい難なくあしらえる。

「足温器に気づいて？　ミスター・ヒッセルペニーはわたしにはもったいないほどやさしいの」ペチュニアがまくしたてた。

続いてディミティが乗りこんだ。「まあ、すてき」

「ありがとう」とはいえ、もともとぜいたくに慣れていないペチュニアはさほど寛大には見えなかった——とりわけそのぜいたくに浸っているときは。

何ごともない旅だった。ソフロニアは〝最初に頭に浮かぶ辛辣な言葉をのみこんで三番目に思いつく穏やかな言葉を口にする〟という方針を貫き、アガサはどこまでも愛想よく応対した。見え透いたおべっかにこやかに笑えるのはアガサくらいのものだ。そしてディミティとペチュニアはたがいの距離をくめどもつきぬおしゃべりで埋め、一時間後にはすっかり打ち解け、一日目の移動が終わるころにはとびきり薄っぺらい親友になっていた。

ペチュニアはこれまでにない気前のよさで、宿で最上の続き部屋を取り、カメのスープもどきとローストビーフのセイヨウワサビ添え、芽キャベツにキャビネットプディング、スティルトンチーズのセロリとちぎりパン添えという素朴なごちそうをふるまった。

ペチュニアはもっぱら野菜しか食べず、スティルトンチーズのにおいに青ざめた。これにはソフロニアも驚き、夫がどこかの宗教団体に属していて姉も改宗したのだろうかといぶかった。それ以外にチーズを食べない理由がどこにある？

「あら、そうじゃなくて」個室にもかかわらずペチュニアは声をひそめた。「おめでたなの」

悲鳴があがったのは言うまでもない。未婚の女性が知るべき内容ではないが、〈ジェラルディン校〉の生徒は予防策としてシスター・マッティからいくらか教育を受けている。なにしろスパイにとって子どもほど足手まといなものはない。これでロンドンに着くまで話題には困らなさそうだ。この時点で、すでにアガサもディミティも無条件にロンドンに行くことが決まっていた。アガサの家はロンドンにあるから当然だが、ディミティもソフロニアと一緒にヒッセルペニー家に滞在しなければならなくなった。買い物はみんなで一緒にするものと決まっているからだ。

ディミティは〝うちの両親は娘をロンドンに連れていってもらえるなら大歓迎よ〟と保証し、宿から実家に手紙を出した。〝本当に大丈夫？〟とこっそりたずねるソフロニアにディミティはこう答えた。

「二人は新しい発明の真っ最中なの。それに、子どもが一人だけ家にいても途方にくれるだけよ。あの人たちはわたしとピルが二人でいれば退屈しないと思ってるの。そのために子どもを二人産んだようなものよ。かわいそうなピルオーバー——赤ちゃんのころはもっぱら着せ替え人形がわりだったわ。つくづく先に生まれててよかった。わたしが年下だったらあの子に何をされていたことか。考えただけでぞっとするわ」

「よかった。あなたと一緒ならうんと楽しいわ。それにペチュニアはあたしたちが礼儀以上のことを学んでいるのを知らないの」ソフロニアはとびきり不敵な笑みを浮かべた。

ディミティがくすっと笑った。「あなたの才能か、そうでなければお姉さまがよほどだまされやすい性格かのどちらかね」

「ほめてるの？」

アガサが赤い巻き毛を揺らした。「いいほうに取るべきよ、ソフロニア。ほめ言葉についてレディ・リネットが言ったのを忘れた？」

「〝女の子にかけるなら宝石よりほめ言葉のほうがいい〟」

ディミティは納得できないようだ。「わたしは信じないけど、それしかなければ喜んで受け取っておくべきね」

ペチュニアの住まいはアガサの実家ほどではないものの、雑用係と料理人のほかにバトリンガーとクランガーメイドという二体のメカがいる立派な家だった。空き部屋は育児室に改造されていたため、ディミティとソフロニアは相部屋になったが、かつてそうやって暮らしていた二人は昔に戻った気がしてわくわくした。

ペチュニアは、朝はたいてい、夕方もときどきつわりを訴えて顔を出さなかった。おかげであまり顔を合わさずにすみ、ソフロニアは姉夫婦家の滞在にもなんとか耐えられた。ペチュニアは調子がよくなると、いまとばかりに着飾って知り合いを訪ねたり買い物をしたりして過ごし、気分が悪くなると部屋に引っこんだ。

ペチュニアが不格好な装飾品を嫌うので、外出のときはたいていバンバースヌートを家に残した。留守番のあいだは糸くずや綿ぼこりを探して食べているらしく、帰ると部屋の隅にこんもり灰の山が積もっていた。さいわい灰を出す場所は決まっており、片づけは簡単だ。

ペチュニアは店を訪れるたびに興奮するディミティがますます気に入った。二人がこれほど気が合うとは思ってもみなかったが、すでにディミティは〝ソフロニアが一緒でなくても遊びにきてちょうだい〟と誘われていた。

「あの手袋を見て。あんなに美しいのを見たことがあって？　しかも革の感触といったらまるでバターみたい」ディミティが歓喜の声をあげた。

「まあ、ミス・プラムレイ＝テインモット、本当にすばらしいわ。ソフロニアの新しいお出かけドレスに合うかしら？　あら、ミスター・ピルドルフ？　ミスター・ピルドルフ、この藤紫色の手袋をどう思う？」

「あのレースを見た、姉さん？」ソフロニアがたいした理由もなく口をはさんだ。「レ、レ、レースの手袋なんてすてきだと思わない？」

ペチュニアは興奮したシマリスのようにさっと顔をあげた。「レース？　いまレースの手袋って言った？　またそんな冗談を」

ソフロニアが目的もなく冗談を言うことはめったにない。無言で商品を指さすと、ペチュニアとディミティはあわてて駆け寄り、店主のミスター・ピルドルフがぺこぺこしてつきしたがった。

アガサがソフロニアに近づいた。「何をたくらんでるの？」

ソフロニアは手袋に興味がない。日ごろの行動パターンを考えると、敏捷な動きをさまたげる手袋は邪魔になるだけだ。でも、職人が使うような強化革の手袋ならロープを伝ってのぼるのに便利かもしれない。「退屈しのぎに騒ぎを起こしてみただけよ」

「その必要もなさそうだけど」

「そうね。お気の毒なお義兄様《にいさま》。まあ、さほど気にしてるふうもないけど」

ここ数日を一緒に過ごすうちにソフロニアはミスター・ヒッセルペニーが好きになった。中年の紳士で、紳士に似合わず銀行投資に興味があり、愚かな妻に財産の大半を使いたいという理不尽な衝動にかられている。ペチュニアにこれ以上お人好しの夫は二人と見つからないだろう。もじゃもじゃ眉毛くらいなんでもない。ヒッセルペニー夫妻は消費主義と増資趣味でなりたっていた。すなわち、夫は金を増やすのが好きで、妻は使うのが好き。

ソフロニアとアガサは店の奥にぶらぶらと向かった。

「ずいぶん買いこんだわね」アガサがこの店だけで山積みになった箱を指さした。

「どうしても新しいものが必要なの」ペチュニアの趣味はまあまあで、肌の色も同じだから、選択眼はいちおう信頼できる。たまにソフロニアが〝もっとポケットが多いほうがいいわ〟とか〝もっと頑丈なベルトにして〟といった実用重視の希望を言っても考慮してくれるのは、それ以外のドレス選びを一任したからだ。おかげで姉妹の関係はわずかながら改善した。

「たとえ家柄のいい結婚相手を見つけるためのものだとしても文句はないわ」

アガサがほほえんだ。「自分はお金持ちと結婚したから、あなたには地位のある人と結婚してもらいたがってるってこと？」

「姉はマージー卿を当てにしてたみたい。自分には甘やかしてくれる夫がよかったけど、あたしには……。ペチュニアは自分が結婚で手に入れた財産と、あたしがフィニシング・スクールで受けた訓練があればおたがい社会的地位があがると信じてるの。そうなれば生まれてくる子どもの地位もあがるってわけ。まあ、それもペチュニアが夫の財産をすべて手袋に使ってしまわなければの話だけど」

ソフロニアの推測にアガサはかすかに顔をしかめた。「お姉様は心からあなたとの時間を楽しんでいるみたいだけど」

ソフロニアは驚いた。「そうかしら」

アガサは憐れむような表情を浮かべた。「誰もがみな――自分の家族までが――秘密の目的を持ってると考えるべきなの？〈ジェラルディン校〉はあなたに何を教えたの？」

言われて初めてソフロニアは不安になった。学校で受けた訓練が――これまでの人生で初めて本当に得意だと思えたことが――自分を疑り深い人間に変えてしまったのだろうか？　スパイ訓練のせいで世のなかをうがった目で見るようになったの？　もちろん身を守るためには必要だけど、その代償は何？　そのことに目の前のアガサは気づいていた。娘に厳しい父と、生きてはいてもつねに不在の母を持つアガサでさえも。

ソフロニアは物静かで小柄な友人に向きなおった。「わざとつらく当たってるわけじゃないわ」

「そうね。だからなおのこと心配なの」

そのとき店の前でミスター・ピルドルフが歓声をあげ、みながそちらに気を取られた。パリから新商品が届いたらしく、ペチュニアとディミティほか数人の客が声のするほうに近づいた。それともソフロニアに一人で考えさせる時間をあたえようとしたのかもしれない。アガサまでがそわそわしている。アガサはそういう気がまわる娘だ。

その騒動にソフロニアは当然ながら疑いを抱き、店内を見まわした。誰かが何かを盗もうとしているのかもしれない。アガサの言うとおり、何かというと陰謀の影を疑いすぎかもしれないが、染みついた習性は簡単にはぬぐえなかった。

ふと奥の作業室のカーテンが開き、ずっと帽子を選んでいたかのように長身の若者が現われた。優雅な身なりだ。前裾が斜めになった上着に鹿革のズボン。上品なシルクハットにエメラルドグリーンの絹のクラヴァット。伊達男ではないが、おしゃれなのは間違いない。ボンド・ストリートで買い物をする紳士となんら変わったところはないが、その肌は上流階級にはめずらしい漆黒だ。

ソフロニアはもう少しで見間違うところだった。ひさしぶりに会ったからではない。あれからたったの九ヵ月しかたっていない。見違えたのは服と身のこなしのせいだ。あのころもひょろりと背が高く、筋肉質でたくましかったが、大人になりかけのぎこちなさが全身からただよっていた。それがいまでは流れるような動きで、足取りは捕食者のようだ。人狼なのだから当然だ。

「太陽が沈んでいたとは気づかなかったわ」

「ここに何時間いると思う？　出てくるのを待ってたけど、もう出てこないんじゃないかとしびれを切らした」

「あなたのしわざ？」ソフロニアは店正面の騒ぎを指さした。

「もちろん」

「おみごと」

言えない本心とかなわない行為のあれこれが押し寄せ、二人は言葉に詰まった。ソフロニアの頭をいくつもの思いが駆けめぐった。謝罪。告白。抱擁。たくさんありすぎてどうすればいいかわからない。ふと、彼の胸に飛びこみ、ペチュニアとミスター・ピルドルフを驚かせたい衝動にかられたが、これまでに叩きこまれた訓練を思い出してピンと背を伸ばし、両手を脇につけた。

ようやく彼が口を開いた。「レモンとバラの香りがする」

さすがは人狼だ。たしかにチンキ瓶を身につけているが、蓋はしっかり閉まっている。

「また会えてうれしいわ、ソープ」

「きみがロンドンに来てすぐに会いにきてくれたら、その言葉を信じたかもしれない」

「無理言わないで。姉の家に滞在してるんだから」

「ごまかし術の訓練を受けた人にどこが無理なの？　きみがタウンハウスを抜け出すのに苦労するとはとても思えない」

「鋭いわね」

「だったら何？　やっぱりマージー卿のこと？」

「フェリックス？　バカ言わないで。彼の父はピクルマンよ」意外な言葉にソフロニアは動揺し、ソープの目を正面から見つめた。表情は変わらないが、さっきよりあごがこわばっている。

「あいつの父親はもともとピクルマンだ」

「そう、でも、もしかしたら息子は間違いに気づくかもしれないと思った。でも無理だった」どうしてあたしたちはフェリックスのことなんか話しているの？

「あいつが線路上できみを裏切ったから？」

「あたしたち全員を裏切って、そのせいであなたが殺されたからよ」ソフロニアは口調にいらだちをにじませた。どうしてソープは何もなかったかのように目の前に立ってるの？

「ああ、そこは憶えてる」ソープは肩が触れあうほど近づき、二人は亡霊のように、ミスター・ピルドルフと女性客が叫びながら商品箱を開けるさまを見つめた。レディたちはわれ先にスカーフをまとい、たがいにほめ合っている。ディミティとアガサがしきりにペチュニアに話しかけているところを見れば、二人はソープに気づいたのかもしれない。

「だったらどうして会いに来なかった?」ソープが一息に言った。

ソープの口調は……何? おびえているの? 「受け入れられるかどうかわからなかったから」ソープの前で取りつくろう必要はない。これまでにいちどだってごまかしたことはなかった。心から信用できる唯一の相手だ。そのことにソープは気づいてるの?

「きみはおれの命と引き替えに自由を手放した。おれには」——そこで言葉が詰まったかのように言いよどみ——「逆立ちしてもその恩は返せない」

「でしょ? そういうこと。あたしたちのあいだで貸し借りはなしよ」ソフロニアはそっと近づき、腰のあたりで曲げたソープの腕に二本指で軽く触れた。

ソープはソフロニアの指を見下ろし、さっと顔をあげた。「だったらおれたちのあいだには何がほしい?」

「最初は友情かしら」

「いや、ミス、友情はすべての終わりだ」

危機その六　招待状――食うか、食われるか

いまやその口調にへりくだった響きはなく、対等の雰囲気がにじんでいた。ソープは不死者になり、時間に関しては完全に優位に立った。もちろん、そのためには人狼どうしで闘わなければならないし、満月のたびにみずからの狂気とも闘わなければならない。そんな運命になればどんな人間も――石炭を運んでいた人間だって――変わるはずだ。たったのひと噛みでソープは煤っ子から異界族になった。かつては肌の色と階級のせいで気おくれしていたが、狼の肌と一匹狼の地位を得たいま、ソープとソフロニアは――社交界では受け入れられなくとも――法的には対等だ。

もはやソープはソフロニアの気まぐれでダンスを踊りはしない。

ソープを避けてきた本当の理由はそれかもしれない。二人の関係は大きく変わった。あたしは自分が主導権を握れないのが怖いの？　ソフロニアは苦々しさにかられ、つい嘘をついた。「あなたなんか怖くないわ」

と、いきなりソープは異界族のすばやさで、旧交を温めるにふさわしい距離から、夫で

も兄弟でも子どもでも人前では許されない距離まで近づき、ソフロニアにぴたりと身体を寄せた。

「ソープ！　いったい何を――」

ソープは片手をソフロニアの腰にまわし、ワルツを踊るようにくるりと回転させてカーテン奥の作業室に連れこんだ。そのあいだソフロニアの足は一歩も床に触れなかった。もともとソープは力持ちだったが、いまや彼にとってソフロニアはビスケットほどの重みもない。

息つくまもなくソープは反対の手をソフロニアの頬に伸ばした。ソープらしいしぐさだ。指にはたこが残っていた。ソープはたこをつけたまま不死者になった。卑しい育ちの証《あかし》を永遠に残して。

ソープのたこが好きだったソフロニアは思わず頬を寄せた。そしてこれがいかに世間からはずれた関係かを思い出した。こんなこと、絶対に許されない。ソフロニアはナイオール大尉から教わったとおり、力ではなくテコの原理を利用して身をよじり、彼の手を振りほどいた。うまくいったのは、たんにソープが驚いて抵抗できなかったからだ。

「レモンとバラだけじゃない。きみはとてもいいにおいがする」

人狼の嗅覚は鋭い。〝あたしは食べ物なの？〟

ソープが顔を近づけた。吐息で、ペチュニアのフランス人メイドが片耳にかかるよう、きれいに整えてくれた巻き髪が乱れた。

「もう友情はないよ、ソフロニア。友情のボイラーはからっぽだ」

「だったら何？　あたしたちはそれ以上にはなれないわ」思わず甲高い声が出そうになり、ソフロニアは必死に抑えた。「あたしたちに未来はないの」二人は決して結婚できない――たとえ〈将軍〉が結婚を認め、ソープを異界族社会で正式に認めたとしても。いまのところソープの変異は秘密だ。〈将軍〉は手のうちを見せないが、新しい人狼は切り札だ。それとも隠し球だっけ？　なんだか混乱してきた。いずれにせよ〈将軍〉の考えはわからない。

こんなに考えがまとまらないのはソープが近すぎてどきどきしてるせい？　それとも言い合いで興奮したせい？　きっとそうね。

「聞こえる」

「あたしの考えが？」人狼にはそんな能力もあったのかとソフロニアは驚いた。

「まさか。きみの心臓の音。まだ脈がありそうだ」

「そんなに大きいとは思わなかったわ」

ソープは首を傾けた。「異界族の聴覚がどんなに鋭いか忘れた？　最初は変な気分だった。小さな音がこんなにもしじゅうまわりにあるとは思ってもみなかった。重要なことだけを聞き取れるようになるまでに数カ月かかった。それだけじゃない。なぜ生まれたての人狼には指南役のアルファが必要なのか、やっとわかった」

とても洗練されたしゃべりかただ。これも人狼の訓練のひとつ？

ソープは馬をなだめるように片手でソフロニアの頰をゆっくりなで、昔と変わらぬ笑みを浮かべた。

「失礼よ、ソープ」

ソープはさっと手をおろした。

「その気になればきみはいくつもの方法でおれを殺せるんだろ？」

「もう無理よ」

「できなくなったの？」ソープは信じられないという顔をした。

「あたしが受けた訓練はもっぱら人間を殺す方法だってことを忘れたの？　あなたは人狼よ。人狼を殺す方法は三つしか知らないわ。とはいえ致死率は高いから気をつけて」

ソープはソフロニアを引き寄せ、身体を押しつけた。そのぬくもりにソフロニアは驚いた。てっきり不死者は冷たいと思っていた。

「じゃあ、くどいてもいい？」

「さっきなんて言った？」どんなに好きでも一緒にはなれない。それが怖かった。ソフロニアの両親は娘を人狼と結婚させるほど進歩的ではない。土地持ちのアルファでも無理なのに、ましてや下層階級の出身で、生まれたばかりの、しかも肌の黒い人狼なんてありえない。だったら最初から始めないほうがましだ。そうすればわずかでもソープとつながっていられるかもしれない。

ソープは簡単にはあきらめなかった。「将来なんかどうでもいい」

「そんなこと言えるのは将来がありあまるほどあるからよ」

「そうなったのは誰のせい？」

ソフロニアは顔をしかめ、うなだれた。

ソープは言い過ぎたと思ったようだ。「責めてるわけじゃない」

問題はそこだ。ソフロニアはいっそ責めてほしかった。自分の計画がソープを危険にさらした。彼を失うのが怖くて、彼から選択の自由をすべて奪った。そしていますべてが混乱し、手がつけられないほどどうしようもない状況になっている。

「わかってる」ソフロニアは立ち去りかけた。

「おれたちのことについて、きみの考えを変えたい、ソフロニア」ソープらしくない言葉だ。これまで名前で呼んだことはいちどもなかったのに、もう二度もそう呼んだ。本当に状況は変わってしまった。

「じゃあやってみて」ソフロニアは冷たく言い返した。

「わかった」

うっかりソープをその気にさせた自分に腹が立ち、ソフロニアはとげとげしく返した。

「何がほしいの、ソープ？」

「これ以外にほしいものがあると思う？」言うなりソープはソフロニアの手をつかみ、甲にキスした。手袋ごしにも唇のやわらかさが伝わってくる。

ソフロニアはつらそうに見返した。

そこでソープは手を放してシルクハットをひょいとかかげ、内側の帯のなかから型押しカードを取り出してうやうやしく差し出した。「どうしてもきみに会いたいそうだ。土曜の夜に」

晩餐会と芝居の招待状だ。ソフロニアはカードにすばやく目をやり、胸もとに押しこんだ。「あたしはまだ正式にデビューしていないわ。ペチュニアが認めるかどうか」

「今回は特別に認めるさ。招待されたのはきみと、きみが選んだ人だ。姉さんが行きたがっても、きみがいなければ参加できない」

「あなたも行くの？」

ソープはいたずらっぽい、イヌ科を思わせる笑みを浮かべた。「おれもまだデビューしてないんでね」

ソフロニアは唇を噛み、思いきって言った。「ねえソープ、落ち合う場所を決めておかない？　まんいち、どちらかの行方がわからなくなったときのために。誰かに通信をさえぎられたときのために」

「行方をくらますつもり?」

「そうじゃないけど、どんな状況にも対応できるようにしておきたいの。あなたはロンドンにいる唯一の本当の友人だから」

「たいしたスパイだ」ソープは怒ったような口調で、「わかった。夜明けの一時間前にリージェント・スクエア」そう言うと、黒い瞳でソフロニアの後ろのカーテンを見やり、奥の窓から出ていった。こっそり立ち去る異界族のすばやさはさすがだ。

ソフロニアは顔をしかめた。ソープは〝どいてもいい?〟と言ったくせにまともにキスもしなかった。そのことに怒るべきか、ほっとするべきかわからず、困惑する自分に腹が立った。

作業室から出ると、ちょうどペチュニアがなかをのぞこうとしていた。

アガサとディミティが心配顔であとからついてくる。

「あら! こんなところで何をしてるの?」

「陳列台にまだ並んでいない、すてきな帽子があったような気がして」ソフロニアは装飾品が並ぶテーブルを指さした。

「あら? どこに?」

「それほどすてきでもなかったわ。パリから届いた箱には何が入ってたの?」

「それはすばらしいショールよ! 来て」ペチュニアはすべるように店の前に向かった。

アガサとディミティがソフロニアの両脇に近づいて腕を取り、あとに続いた。商品がところせましと並ぶ店内で三人が横一列になるのは無理があるが、内緒話のためにはやむをえない。

「何があったの？」と、ディミティ。

「ソープ」ソフロニアが答えた。

「いつ現われるかと思ってたわ」ディミティは慎重に声を落とした。「なんだって？」

「晩餐会と寸劇に招待された」

ディミティは両手を組み合わせて飛びはねた。「まあ、すてき、誰の招待？」そこで顔をくもらせ、「まさかソープじゃないわよね？　それじゃ気づまりだもの」そう言うやすぐに顔を輝かせた。「じゃあ〈将軍〉？」

「だとしたら政治がらみで退屈ね」アガサはヴィクトリア女王政府の〈将軍〉の役職を知っている。

「いいえ、〈将軍〉じゃないわ」ソフロニアは友人をじらして楽しんだ。

「だったら誰？　もうじらさないで！」ディミティがにらんだ。

「アケルダマ卿よ」

「吸血鬼？　あらまあ」ディミティはがっかりした。「まさかわたしたちを食べるつもりじゃないでしょうね」

ソフロニアが屋敷に届いていたふりをして例の招待状を差し出すと、ペチュニアは喜びを爆発させた。これぞ彼女が上流階級の一員になって以来、待ち望んでいた行事で、まさに晩餐会のなかの晩餐会だ。そこでひょっとしたら自分たちが晩餐そのものになるかもしれないという危惧も、招待される名誉に比べればなんでもない。

「まあ、どうしましょう。こんどの土曜日ですって？　もう時間がないじゃないの。明日はまずドレスを買いに行かなきゃ。もう既製品にするしかないわね」

「でも、姉さん、あたしたちはまだ正式にデビューしてないわ」ソフロニアはわざと真面目ぶった。「姉さんが礼儀知らずと後ろ指を指されてもいいの？」

「こんなにも高名な招待主が催す個人的な集まりよ？　今回は例外にできるわ。わたしの判断を信じて。それにこの数日、一緒に過ごしてみて、あなたたちがみな礼儀をわきまえているとわかったわ。あなたたちの学校はたいしたものね」

「それだけじゃないんだけど」

ペチュニアはソフロニアのつぶやきを無視し、「娘が生まれたら行かせようかしら」と言いながら得意そうにお腹をなでた。

「いい考えですわ」ディミティが涼しい顔で応じた。「マドモアゼル・ジェラルディンに伝えておきます。きっと喜ぶに違いありません」

ペチュニアは気取ってディミティの手をなでた。「ああ、わたしとしたことが、どうしてイブニングドレスより訪問ドレスのほうがたくさん必要だなんて思ったのかしら？ すでに買い物日を二日も無駄にしたわ。ミス・ウースモス、あなたはディナードレスの心配はないわね。ミス・プラムレイ＝テインモットはどう？」

「昨シーズンのいちばんいいドレスを持ってきました。それでいいと思います」

「招待主はほかでもないアケルダマ卿よ」ペチュニアは眉を寄せて首を振った。「ファッション・リーダーにして現代のブランメル。それを言うなら、伊達男ブランメル以前に彼の何倍ものあいだ伊達男の名をほしいままにした人よ。ああ、どうしましょう、ソフロニア、あなた、何かふさわしいドレスを持ってる？」

ソフロニアは首を横に振った。「姉さんのをどれか貸してくれない？」

「悪くない考えね。嫁入り道具のなかにあるかもしれないわ。背丈と肌の色が同じでほんとによかった」

ペチュニアは気取った足取りで出ていき、きれいなサテンドレスを抱えて戻ってきた。姉の趣味にしては思ったより地味で、ソフロニアはひとめで気に入った。薄青色の綾織りで、上半身にロイヤルブルーの花のアップリケが散らされ、裾にも同じ色のリボンがついている。袖口には上品なクリーム色のレースがたっぷりほどこされ、妨害器とホウレーをうまく隠せそうだ。何より細長く開いたレースの襟もとが気に入った。胸もとを広く開けたドレスが多いなかではめずらしく、目を惹きそうだ。これなら背が高く、きっと優雅に見える。

「なんてすてきなの！」

誰もが動きを止め、ソフロニアを見つめた。ドレスに歓声をあげるなんて、まったくソフロニアらしくない。

「大丈夫？」ディミティが鋭くささやいた。

ペチュニアの気をそらすためだったが、ちょっとやりすぎたようだ。ソープとの一件のせいで気が昂ぶっているのかもしれない。ソフロニアはディミティに〝黙って〟と手信号を送り、ディミティは口を閉じた。

「本当にこれでいいの？　明日の朝、買い物に行ってもかまわないのよ」ペチュニアはお金を使える機会を逃しはしない。

「これとまったく同じドレスが見つかるのなら」

ペチュニアはうれしそうに頬を染めた。「そこまで言うのならあげるわ。次にわたしが着られるころには、どうせ流行遅れだから」

「わあ、ありがとう」ソフロニアは本気でペチュニアを抱きしめた。

ペチュニアは抱擁を受け入れ、すぐに身を離した。「ちょっとソフロニア、そんなしぐさには慣れてないのよ。疲れるわ。さて、わたしは昼寝の時間よ。あなたたちは部屋で準備をしてちょうだい。そうしたくてうずうずしてるんでしょ？　装飾品をどれにするか決めておくのよ」

三人は言われたとおりに部屋に引っこんで準備を始めたが、それには、どうやって危険な小型ナイフを髪に隠すかとか、晩餐会にソフロニアお気に入りの舞踏会手帖を持ってゆくのはやりすぎだろうかとか、バンバースヌートをドレスに合わせて飾るべきかとかいった相談も含まれていた。ソープの話題は出なかったが、ソフロニアにはディミティがその話をしたがっているのがわかった。

蓋を開けてみればソフロニアの青いドレスは正しい選択だった。アケルダマ卿は自分の身なりは過激でも、他人には上品さを求めるタイプだ。リージェンツ・パークにほど近い豪華な屋敷で客を迎えるはぐれ吸血鬼はにこやかな笑みを浮かべていたが、目は鋭い。その目で見つめられたとたん、ディミティは何を言われたわけでもないのに宝石をつけすぎたと悟り、ペチュニアは懐妊に気づかれたとわかった。そしてアガサはかわいそうに――最新のドレスをまとい、髪には三時間もかけたのに――すべてにおいて失敗だったと確信した。

そのなかでソフロニアの繊細なドレスとひかえめな真珠だけはお眼鏡にかなったらしく、しげしげと見つめるアケルダマ卿のぽってりした完璧な唇にはかすかに笑みが浮かんだ。

「なんと美しい**チョウチョたち**よ。レディの一団は大歓迎だ。これでわがテーブルも**美しく**釣り合いが取れる。なにしろこちらは殿方の数が多いからね。殿方と言えば、ドローンよ！　わがドローンたちはどこだね？　きみたちチョウチョは似合いの花にエスコートしてもらわなければならん」

当のアケルダマ卿はクリーム色と金の縦縞ベストにエメラルド色のサテンの上着、クリーム色の絹のクラヴァットの上にエメラルド色のリボンというでたちだ。金とエメラルドのタイピンを見てディミティは軽いヒステリーを起こし、ソフロニアにささやいた。「ちょっと、あれはどう見ても本物だわ！」

アケルダマ卿の声に、目も覚めるような若者の一団が階上の自室からぞろぞろとおりてきた。みな主人と同じように――主人ほどけばけばしくはないが――一分の隙もない身なりだ。ソフロニアはアケルダマ卿から後援の申し出を断わったことをちょっと後悔した。承諾していたら、この美男集団に囲まれて暮らせたかもしれない。ドローン団はご主人様が誰と誰を組ませるかを慎重に選ぶ横で平然と立っている。組み合わせの基準は言うまでもなく〝色〟だ。

性格も考慮に入れているようだとソフロニアはひそかに思った。アケルダマ卿は軽薄、もしくはそう思われたがっているが、ファッションのために会話の流れを犠牲にするほど軽薄ではない。少なくとも一晩をまるまる犠牲にする気はないはずだ。

「ミセス・ヒッセルペニー、なんとも愛らしいローズピンクのきみには、このピーナットがお似合いだ」ピーナットは長身で、驚くほど豊かなキャラメル色の髪と愛想のいい長顔の青年で、青リンゴ色の服がペチュニアのピンクと並ぶとバラの茂みのようだ。

「ミス・プラムレイ＝ティンモット、その光り物と合うのはボロだな。グッド・イブニング、ボロ、**わが真珠よ**」ディミティのドレスはスカートが層になったクリーム色のモスリン地で、袖が透けるほど薄く、裾にぐるりとラベンダー色の刺繍がある以外は地味だが、そこにアメジストふうの光り物をこれでもかとつけていた。かたやボロは小柄でたくましく、天使のような丸顔に息をのむほど黒い瞳の持ち主で、黒いビロードと灰色の服にはピン一本の飾りもない。

「きみはボロの夜空にかかる**お月様だ**」そう言ってアケルダマ卿は二人をうながした。

ソフロニアは笑みを押し殺した。

「さて、ミス・ウースモスにはディングルがよかろう」ディングルが前に進み出た。たとえ〝アガサにお似合い〟と言われるのが屈辱だったとしても、そんな表情はおくびにも見せず、焦げ茶色のイブニングスーツをまとった金髪碧眼の若者はにこやかにアガサと腕を組んだ。アガサの残念なオレンジ色のひだドレスと合うものがあるとすれば焦げ茶色しかない。二人が並ぶとまさにカボチャ畑だ。

こうして二人組が次々に奥へと進み、ようやくアケルダマ卿はソフロニアに向きなおった。「さて、最後はきみだ、わが**いとしの子猫ちゃん**よ」

「またお目にかかれて光栄です、アケルダマ卿」ソフロニアはようやく会話に加わった。なにしろ呼び鈴を引いた瞬間からアケルダマ卿は侵略軍さながらの勢いでしゃべりどおしだった。

アケルダマ卿は牙を見せてほほえんだ。

ソフロニアは吸血鬼に教育された娘のようにほほえみを受け、歯を全部見せつつ口角をあげすぎない、狼ふうの笑みを返した。

「ほう？　いまや子猫というより**雌ライオン**のようだな」アケルダマ卿は首を傾け、ソフロニアに会話のきっかけをあたえた。

「しがない女生徒三人をご招待くださるなんて思ってもみませんでしたわ」

「すべてはきみのためだ、鋭い歯の**花束ちゃん**」

「あたしには鉤爪もあるんですのよ」

アケルダマ卿は笑い声をあげて腕を出し、ソフロニアは主人じきじきに案内される栄に浴した。「危険は承知のうえだ、**わが獰猛なるペット**よ。きみには非常に興味をそそられる」そう言ってひらひらと手を振ると、残りのドローンたちは自分の仕事に戻った。

「興味？　てっきりそのような衝動は失っておられると思っていましたわ」

「おやおや、**子猫ちゃん**、たしかにわたしを衝動的と呼んだ者はこれまで一人もいない。

いろんなことを言われてきたが、それだけは皆無だ。わたしにとって時間はほとんど意味を持たない。いくらでもゆっくりとかける余裕がある。いかなる興味の対象も入念に調査するのだよ」

ソフロニアは興味の対象と言われて反応に困ったが、ここは万人の安全のために状況をはっきりさせたほうがいい。「手紙を受け取っていただけました？」

アケルダマ卿は表情をくもらせた。「がっかりしたよ、ちび猫ちゃん。わたしが女性にドローンの地位を申し出ることはめったにないのだが」

「名誉なことなのはわかっていました。でも、どうしても別の道を選ばなければならなくて」

「無理強いかね？」卿は完璧な額にしわを寄せた。「マイ・ディア、そんな話は聞きたくない」

「そんなに悪い身分じゃありません」ソフロニアはあわてて打ち消した。「あたしは自分の将来と契約に満足してます」ピクルマンが活動中のいま、有力なはぐれ吸血鬼であるアケルダマ卿と有力な一匹狼である〈将軍〉の、いわば嚙みつき合いだけは避けたい。

ソフロニアはアケルダマ卿から年季奉公を打診され、実際の契約相手を明かさぬまま、手紙で申し出を断わった。いまのところアケルダマ卿はソフロニアが学園を出てから人狼のために働く約束を知らないはずだ。この事実はいざというときの武器として取っておきたかった。アケルダマ卿は何はなくとも情報好きだ。そのうち自分にまつわる噂をだしに彼の援助を乞うときが来るかもしれない。いまばらすのはもったいない。アケルダマ卿は慈善事業家ではない。この晩餐会に呼んだのも、何か目的があるはずだ。招待されて浮かれるほどソフロニアはバカではなかった。

アケルダマ卿にじっと見つめられ、ソフロニアは本心が顔に出ていませんようにと祈った。そしらぬ顔はレディ・リネットからみっちり叩きこまれたが、目だけはごまかせない。そしてアケルダマ卿は気づいていながら相手にはそう見せない達人だ。あれは年齢によるものか、それともやはり過去に訓練を受けたのだろうか？

秘密の会話はそこまでで、二人は客が集まる奥の広い応接間に入った。室内はバロック調にしつらえてあったが、ソフロニアは金箔の額縁や豪華なランプ、美しい花瓶の多くが凶器になる点に目を引かれた。製造社のいくつかに見覚えがあった。はずして衝撃をあたえると爆発するガスランプはスイスの時計会社のもので、木の葉型の装飾にナイフをしこんだ額縁はマンチェスターの業者から仕入れたものだろう。アケルダマ卿とはなかなか趣味が合いそうだ。正直ソフロニアの趣味はここまで派手ではないが、ディミティは豪華な内装に歓喜した。

応接間は音楽室のように、長椅子と肘かけ椅子がすべて小さな舞台に向かって並べてあった。

「なんという劇ですの、アケルダマ卿？」ソフロニアは周囲に聞かれるのを意識しながらたずねた。

「ボロの手になる軽妙な創作寸劇だ。いまのところ『オコジョ《アーミン》が肝心』（訳注／オスカー・ワイルドの戯曲『真面目《アーネスト》が肝心』のもじり）と呼んでいるが、題名は変わるかもしれん。さあ、座ろう」

それはまさしく軽妙な創作寸劇だった。明らかにレディと色男向けの作品で、全編、言葉の応酬にあふれ、ふだんは真面目な作品を好むソフロニアも楽しんだ。シェイクスピア劇ふうにすべての役を男が演じ、それがますますおかしみを添える。ディミティは気のきいたやりとりになんども歓声をあげ、ペチュニアも声を立てて笑った。アガサまでがくすっと笑い、最後のお辞儀が始まると、才気あふれるボロに惜しみない拍手が送られた。

愉快な劇のおかげで食前酒片手の会話もはずみ、やがて食事だけに招待された客が到着しはじめた。

誰それ伯爵夫妻……ミスター誰それ……と名前が呼びあげられるにつれてペチュニアは動揺しはじめ、途中でソフロニアを部屋の隅に引っ張って爆発寸前とばかりにしゃべりだした。「今夜はただならぬ人たちが勢ぞろいしているわ。しかも昼間社会の新聞をにぎわす人だけじゃなく、《夜の食器棚《イブニング・カバード》》紙に登場するお歴々も！　ああ、ソフロニア、お願いだからお行儀よくしてちょうだい。フィニシング・スクールのおかげであなたが心を入れ替えたのは知ってるし、この一週間はとてもいい子だったけど、どうか人に食べ物を投げるような真似だけはしないで。お願いよ」

もちろんソフロニアは客の全員を知っている。上流階級については――人間と異界族にかかわらず――正気を失う前のブレイスウォープ教授からみっちり教わった。たしかに各界の代表者が顔をそろえていた。地主階級が四人、特殊警察の現役警官が二人、異界管理局の主任現場捜査官、英国銀行保管室の支配人、そして〈ゴースト追い人《ラングラー》〉まで。さらにペチュニアが知るべくもない重要人物にも気づいた。地味で目立たないミスター・サーモポップルは実は女王陛下公認の発明家で、物腰やわらかい薄茶色の髪の教授は地元人狼団の副官《ベータ》だ。

だから〈将軍〉の登場にも驚かなかった。〈将軍〉はソフロニアに向かって短くうなずいた。ソフロニアは〝契約は秘密のままに〟という無言の合図を受け取り、そしらぬ顔をした。それくらいお手の物だ。予想どおりソープの姿はなく、ソフロニアは知らぬまに止めていた息をふっと吐いた。

〈陰の議会〉のもうひとりの議員である〈宰相〉の姿はなかった。女王陛下の助言役にして〈ジェラルディン校〉の支援者である〈宰相〉はまぎれもなきただならぬ人物だが、安全上の問題から吸血鬼がほかの吸血鬼屋敷を訪ねることはめったにない。とはいえ、このなかには〈宰相〉の息のかかった者が少なくとも一人、もしかしたら数人はいるはずだ。

執事ふうの男が食事の始まりを告げた。メカを使わない吸血鬼にはめずらしくもない。なんの特徴もない中年男でうっかり見過ごしそうだが、その動きにはいざとなれば鮮やかに人を殺しそうな殺気が感じられた。〈ジェラルディン校〉の三人は伏せたまつげの下から執事をしげしげと見た。執事は扉を押さえ、無表情でまばたきした。注目を集めまいとしている――ソフロニアは思った――そして、この男はアケルダマ卿を嫌っている。

席順に取り立ててこだわりはなさそうだが、ドローンたちはアケルダマ卿の指示にしたがって優雅かつ決然と客を案内し、ソフロニアたち三人は離れた席に座らされた。メモのやりとりができない席だ。ミスター・サーモポップルの隣に座ったディミティは奇妙な小柄の発明家をしげしげと見つめた。ディミティはテーブル会話の達人だ。どんな相手でもその専門知識を利用し、会話をはずませる。発明家の抑揚のない声と疑わしい内容を聞いて、ディミティは一本調子で相づちを打つ覚悟をした。だいたい〝浮遊力学〟なんてものに関心ある人がどこにいる? アガサは人狼団の代表者の隣に座った。人狼ベータはアガサをなごませようと気をつかいながらも、そうそうたる顔ぶれのなかに三人の女生徒と付き添い役がいる理由を探っているふうでもある。そしてペチュニアは〈将軍〉の隣でおびえていた。

「グッド・イブニング」〈将軍〉がとどろくような声で言うと、ペチュニアは「みー」と蚊の鳴くような声で答えた。無理もない。ソフロニアでさえ〈将軍〉が怖いときがある。

〈将軍〉はあきれてぐるりと目をまわし、反対隣の客に顔を向けた。

細長いテーブルは羊飼い少年少女の像で飾られ、ふわふわしたシダをびっしり挿したギリシアふうの壺が並んでいた。これでアガサとディミティとソフロニアは手信号もできない。巧妙なテーブルセッティングに、ソフロニアは左隣のアケルダマ卿にわざとらしく会釈した。〝おみごと〟。通信手段を奪われて心細くなったが、アケルダマ卿はソフロニアが単独行動も得意であることを忘れていた。たしかに友人は彼女の強みだが、強みはそれだけではない。

食事が始まろうとするころ最後の客が現われた。派手な登場を好み、わざと遅れてくるタイプの客だ。

モニク・ド・パルースは息をのむほど美しかった。黒い縁飾りで細い腰を強調した濃い青緑色の波紋シルクのドレスに、青緑色のリボンを編みこんで高く結いあげた金髪。袖は武器を隠せるほどたっぷりだが、食事をさまたげるほどではない。ちょっと口紅をつけすぎだと思ったのはソフロニアだけのようだ。

アケルダマ卿が立ちあがって出迎え、もったいなくも左の空席――ソフロニアの正面――を手で示した。

「ようこそ、親愛なるミス・パルース。みなミス・パルースはご存じかな？　けっこう。伯爵夫人の名代がそろったところで始めるとしよう」

下僕ではなく、ドローンの一団が給仕を始めた。今宵アケルダマ卿は信用できる人間だけを使うつもりらしい。人間の客には美しい料理の数々、人狼にはみごとな生肉の載った皿、そしてアケルダマ卿には血入りのシャンパンが出された。

アケルダマ邸の料理は主《あるじ》の身なりと同じくらい派手に違いないと期待したが、食べ物に関してはあっさり趣味なのか、そうでなければいまも食べ物の味がわかる誰かに一任したのか、さほど奇抜でもなかった。人間の料理は豚肉だしの豆スープと粉ミントまぶしパンで始まり、マトウダイのセージソースがけに、骨つき牛肉のニンジン添えと仔牛のカツレツカレーソース、キジ肉のトリュフ添えと続き、デザートのホワイト・プディングと煮リンゴで締めくくられた。おいしく、ていねいな料理だったが、ソフロニアが見るかぎり、周囲の客はありふれたメニューにがっかりしたようだ。

アケルダマ卿は会話を切らさないことに忙しく、ソフロニアは右隣に座る客のほうを向いた。男は空気を嚙むような笑い声をあげ、女生徒のおしゃべりにはつきあえないとばかりに隣の客と話しこんでいる。ソフロニアはすぐに同じ無関心と軽蔑で男を無視した。年齢と性別を理由に相手を見くだすなんて！　こんなふうに無視されたときの対処法も訓練されていたが、それは嫌でもシダの葉ごしにモニクと向き合う結果になった。

「ミス・パルース、今夜はごきげんいかが？　おひさしぶりね」ソフロニアは思いきって話しかけた。

「ひさしぶりのほうがおたがいのためではなくて、ミス・テミニック？」相変わらずモニクは辛辣だ。

「あら、昨冬の季節はずれの水浴びがお身体にさわっていなければいいけれど」ソフロニアはモニクの怒りまじりの悲鳴をうっとりと思い出した。

「いいえ、まったく。体力には自信があるの」

ソフロニアは魚をかじりながら次の手を考えた。「近ごろ吸血群の様子はどう？」

「おかげさまでとても快適よ」モニクはすまして答えた。「ロンドンには休暇で？」

「愛する姉を訪ねるために。最近、結婚したばかりなの」ソフロニアは、ひきつり顔で〈将軍〉に笑いかけるペチュニアにあごをしゃくった。

モニクはペチュニアを不快そうに見た。「どうやらあたしたちはみな背負うべき十字架があるようね」

「まったく。では、あの災難のあとも吸血群の居心地はいいのね？」ソフロニアは親身な切り口で迫ってみたが、あっさりとかわされた。

「最近、すばらしい飛行船を手に入れたの」

「もうすぐやってくる夏には最高ね。でも、吸血鬼は乗れないんじゃなくて？」

「残念ながら。でも、あたしたちは飛行の基礎を学んでいるわ。ドローンは吸血鬼が行けないところへ行かなきゃならない。それがあたしたちの役目よ」

「いいわね。大型船？」ソフロニアは首をかしげた。どうしてモニクは吸血群の所有物に関する情報なんかを漏らすの？　これって、遠まわしな脅しか何か？

「それほど大きくはないけど、かなりの速度が出るわ」

そんなことまで教えるなんて。いったい何をたくらんでるの？「空強《フライウェイマン》盗対策？」

「いいえ、フライウェイマンじゃないわ」

そのひとことに、なごやかに流れていた会話がとぎれて沈黙がこだまのようにテーブルを伝わり、全員がモニクを見た。

「ああ、あの恐ろしい悪党たちね」ペチュニアがぎこちない沈黙を破った。

「心配なのは彼らじゃないわ」モニクはつんと頭をそらせた。「近ごろフライウェイマンの背後でこそこそしているのが誰かはみな承知のはずよ。あたしたちはそのことを相談するためにここに呼ばれたんじゃなくて？　それとも勘ぐりすぎかしら、アケルダマ卿？」

ソフロニアはシダの葉のすきまから招待客の表情をうかがった。驚いているのはペチュニアのほか二、三人だけだ。

アケルダマ卿は泡立つ血をすすり、椅子の背にもたれた。「伯爵夫人がきみに何かそのようなことを言ったのかね、ミス・パルース？」

「彼らをみすみす逃がすつもり？」モニクは魚にフォークを突き刺してテーブル先の〈将軍〉を見やり、「あなたも？」それからマトウダイを乗せたフォークで人狼ベータを指して言った。「あなたも?」

「まあまあ、ミス・パルース、魚を向けることはなかろう。自然な会話を楽しもうではないか」アケルダマ卿の言葉に、みな隣席との会話に戻った。

ソフロニアは旧敵に向かっていぶかしげに首を傾けた。モニクは不満そうだ。

「休暇のご計画は、ミス・パルース?」言いながらソフロニアは空いた手で信号を送った。〝さっきのはどういう意味?〟

「家族のいるパリを旅しようと思って。美しい街よ、あなた、パリへは?」〝知ってるくせに〟——意外にもモニクは手信号を返した。手信号の難点は、もともと社交的もしくは身体的、ときにその両方で面倒な状況から脱するためだけに考案されたもので、具体的な内容を伝えられないことだ。

「残念ながらないの。いつかぜひ行ってみたいわ。パリでの買い物はそれはすばらしいそうね」どうしてモニクが物議を醸すような発言を? ピクルマンの目的を突きとめたの? ナダスディ伯爵夫人から〈将軍〉と手を結べという命令でも受けているの? たしかに吸血鬼というのはまずピクルマンを攻撃し、そのあとに質問をする種族だ。

モニクはソフロニアを無視し、食事に戻った。

ソフロニアも食事に戻り、まわりから聞こえる会話に耳を澄ました。よく通る声の新聞記者が〈将軍〉相手にメカ誤作動について声高にしゃべっている。ペチュニアが相づちを打っているところを見れば、誰もが知る話題なのだろう。記者は誰かれかまわず議論をふっかけるタイプのようだが、口論好きは便利だ。おかげで席が遠く離れていても一言一句よく聞こえる。

「個人企業の不手際を政府のせいにはできぬ」〈将軍〉が女王陛下を弁護した。

「いや、責めているのではありません。われわれはあくまで客観的立場ですが」――そこで誰かが冷ややかに笑った――「いまやそれなりの家庭がみなメカを所有していることを考えれば、これは社会全体の問題であり、政府にも責任ありというのが社会の認識です。水道やガスやヘリウムと同じように」

記者の言葉にあたりが静まりかえった。晩餐の席で公共施設の話題を持ち出すなんて無礼もはなはだしい。

記者の失言をかばうべくディミティが訓練の成果を発揮した。もちろん、失態を見るに見かねてというふりをしながら、さらなる情報を探るテクニックだ。「こんなことをおたずねするのはなんですけど、わたし、ふだんはフィニシング・スクールにいて世間のことに疎くて。またオペラ事件があったんですの？」さすがはディミティ、あなどれない。

新聞記者は、丸顔でハシバミ色の大きい目をした、ハチミツ色の髪の無知な少女をやさしく見やった。「ええ、そうなんです。つい最近のわが新聞によれば――もちろん《ムアリング・スタンダード》紙はご存じでしょう？――メカ誤動作の波が英国じゅうに広がっているんです」

ふとソフロニアはバンバースヌートに気を取られた。椅子の背でずっとおとなしくしていたが、いまは〝おろして〟というようにもがいている。

さいわい誰にも気づかれなかったが、アケルダマ卿だけが横目でちらっと見た。バンバースヌートを命令で黙らせることはできない。しかたなく膝に載せたが、じっとしていないので床におろすと、とことこと扉に駆け寄り、廊下に出ていった。あの子に対処できるのはアケルダマ卿のドローンたちくらいのものだ。つかまえて、行き遅れのおばのようにドレスを着せるかもしれない。

「まあ、でもメカが歌うオペラは耳ざわりでしょう?」ディミティが甘い声で続けた。

「阻止する方法はありませんの?」

「オ、オペラではありません、お嬢さん。わが社の優秀な調査員が突きとめるまで誰も気づかなかった、一瞬の小さな作動停止音の波のようなものです。それが英国じゅうの家庭で起こったのです」

ソフロニアは〈将軍〉をじっと見つめた。

「ほら?」この話題にモニクが飛びついた。「彼らは間違いなく何かをたくらんでいるのよ。大英帝国の中枢を破壊しようとしてるんじゃないかしら」

「それほど深刻な影響はなかった」ディミティの隣の発明家が発言した。「迷惑な作動停止があちこちで起こり、最初にささいなオペラ事件があっただけだ」

新聞記者は自社の記事を非難されたと受け取ったようだ。「しかし、現に作動停止は起こり、われわれが明らかにするまで誰も気づかなかったではないか」

「御社の記事を興味深く読みましたわ」ペチュニアがさりげなく会話に加わった。「うちにもメカが数体いますけれど、信頼していいものかどうか。家族の安全のこともありますし」

「まさに言いたいのはそこです」記者はこれを援護射撃と受け取った。「慎重になるのは賢明です、ミセス・ハネルプリシー」

「ヒッセルペニー」

ソフロニアはこのときほど〈将軍〉と話したいと思ったことはなかった。政府はこのメカ停止の件を知りながら隠し、わざと新聞に暴かせたの？　それとも知らなかったの？　前者なら、かなりたちが悪い。後者なら政府が無能で、ピクルマンのほうが一枚上手だということだ。

「これは一連の実験にすぎません。彼らはもっと大がかりなことをたくらんでいるわ」モニクの自信ありげな口調に記者が興味を示した。「ほう？　それであなたの言う彼らとは誰のことです？　政府ですか？」いまにも手帳を取り出しそうな雰囲気だ。

「バカを言うな、ゲンガルファス」〈将軍〉が冷ややかにたしなめた。

記者はむっとし、モニクも顔をこわばらせた。

〈将軍〉は会話操縦術の訓練を受けていない——ソフロニアは思った。自分の支援者《パトロン》を教育しなきゃならないなんて、なんて面倒な。

とたんに夕食の席は議論の場となり、政治批判が飛び交った。ピクルマンの名が出ないところを見れば、新聞記者もほかの客も彼らの存在は知らないようだ。〝保守派が進歩派の信用を落とそうとしているのではないか〟……〝いや、つねに反メカ主義の吸血鬼と人狼がメカの欠点を証明するためにわざと誤動作を引き起こしたのではないか〟……。

論争はテーブル全体を巻きこみ、ディミティはにこやかに議論をけしかけた。うまい作戦だ。人は興奮するとつい口をすべらせる。かたやアガサはなりゆきをじっと見守り、絶妙のタイミングでいかにも無邪気な質問をして論争の火に油を注いだ。

ソフロニアは遠慮なくアケルダマ卿を見つめた。いったい何をたくらんでいるの？

アケルダマ卿は無表情だが、視線はもっぱら新聞記者に向けられていた。彼の名前はなんだっけ？　ああ、レミュエル・ゲンガルファスだ。

もしかしたらあたしたちは勘違いしてるのかもしれない——アケルダマ卿とモニクを見ながらソフロニアは思った。アケルダマ卿はピクルマンのたくらみを知りたがっている。モニクもあたしもそうだ。でも、これこそがピクルマンのねらいだとしたら？　彼らの本当の目的は死でも破壊でも戦争でもなく、〝政府と異界族は技術を制御できない無能者だ〟と思わせることだとしたら？　大規模なメカ誤動作を起こしてメカを暴れさせておいて、自分たちが英雄よろしく支持者を救うという筋書きだとしたら？　そうすれば彼らは異界族を無能呼ばわりして政府の地位から突き落とせる。〈将軍〉はメカ工学に今より強力な制限を加えるべきだと考えているらしく、〝いざとなれば政府が介入し、武力でメカを排除もしくは破壊しなければならない〟と発言した。

この考えにペチュニアはいまにも失神しそうに青ざめた。「でも、メカ使用人がいなかったらどうすればいいんですの？」

新聞記者とテーブルの人間たちも――発明家も含め――〈将軍〉の提案に驚愕した。

「ナイフが危険だからと言って規制することはできない！」発明家が反論した。

「まさしく」と、〈将軍〉。「しかしガスはいつ爆発するかわからない、だから規制されている」

こうした問題のつねで、議論は具体性を欠き、観念的になった。でも、ソフロニアは具体的な事実がほしかった。ピクルマンの目的がわからずに、どうやって阻止できる？

アケルダマ卿が立ちあがった。華奢で威圧感はないが、主人が立ちあがったことでテーブルは静かになった。

「まさに宴たけなわだが、みなさん、チーズもなくなったようだ。そろそろ居間のほうへ移動してはいかがかな？　おもしろいものを用意している」

ざわめきが起こり、やがて紳士はレディが立ちあがるのに手を貸して廊下に出ていった。〈将軍〉がペチュニアに腕を出し、なんとペチュニアはその腕を取った！〈ジェラルディン校〉の三人は最後までぐずぐずしていた。ディミティは何かを置き忘れたふりをし、アガサはわざと手袋を忘れ、ソフロニアは壺のシダに魅せられたふりをし、誰もいなくなるのを待って顔を寄せ合った。

「どう思う？」

ソフロニアの問いにディミティは鼻にしわを寄せた。「食事はいつも学校で食べるのとあまり変わらなかったわ」

「モニクのドレスはすてきだった」アガサが言った。

ソフロニアは二人をにらんだ。

「あなたって本当にわかりやすいのね」ディミティがくすっと笑った。

「さあ、早く」

「まるでレディ・リネットみたい」ディミティはなおもはぐらかした。

「まだ続ける気？」ソフロニアは両手を腰に当てた。

アガサが先に折れた。「〈将軍〉は政府が不正行為で糾弾されるのは望んでいないけど、議会が表立ってピクルマンを攻撃するのも避けたがってるみたい。いまのところピクルマンが法に触れることをした証拠は何もないから」

「なるほど。ディミティ？」

「ミスター・ゲンガルファスは新聞記者のわりには中立じゃないわね。政府の顔がつぶれるのを望んでいるようだし、吸血鬼と人狼にも罪がおよぶのならなおけっこうと思ってるみたい」

「保守派ってこと？　それともピクルマンに借りがあるの？」

ディミティは唇を引き結んだ。「どちらでもないと思うわ。誰であろうと権力者を疑ってかかるタイプじゃない？」

「気持ちはわかるわ」ソフロニアはうなずいた。

「もちろんあなたはわかるでしょうね、異端児さん」ディミティは不埒な友人がちょっと自慢のようだ。「ただ、裏であやつってるピクルマンははるかにたちが悪そうよ」

「たしかに」ソフロニアは唇を嚙んだ。「これ以上ぐずぐずしてたら変に思われるわ。これからどうする？」

「このままみんなをけしかけて《エッグ・オン》みるわ」ディミティは自分の強みを知っている。

「あなたのけしかけはみごとね」ソフロニアがにっと笑い、ディミティがいたずらっぽく答えた。「卵《エッグ》の黄身が破れるまでとことん探ってみるわ」

「わたしは発明者に張りついてみる」アガサが言った。「どうして彼が招待されたのかしら。この状況に政治的な利害関係がありそうには見えないし、女王陛下のお抱えだとしてもそれほど有力ではないわ」

「もしかしてピクルマンのスパイ?」と、ソフロニア。

「アケルダマ卿がそんな人をわざわざ招待するかしら」

「さあね。それを言うなら彼がどうしてこの晩餐会を開いたのかも謎よ」だが、ソフロニアはさほどくやしそうではなかった。誰であろうと吸血鬼主催者の考えは一生かかっても理解できない。ましてや晩餐会の食事のあいだにわかるはずがない。

「いろんな目的がある人だから」アガサがぼそりと言った。

「それとも、もっと悪いことに何も考えていないか」と、ソフロニア。

三人が廊下に出たとたん甲高い回転音が聞こえ、ウーというなり声に続いてとてつもない爆音が響きわたった。

客間の扉が衝撃で外側に吹き飛び、爆風でシルクハットが数個、煙に乗って扉から飛び出し、フラシ天の絨毯の上に落ちて悲しげに転がった。

考えられるのはひとつしかない。

「バンバースヌート!」ソフロニアが叫んだ。

危機その七　動機の問題

ソフロニア、アガサ、ディミティは、いまやいちばん下の蝶番《ちょうつがい》だけでつながっている扉めがけて走った。屋敷のあちこちからドローンが飛び出してくる。

ソフロニアの胸に不安が押し寄せた。バンバースヌートもあそこにいるの？　爆発はあの子のせい？　もしかしてあの子自身が爆発したの？　それに……ペ、チ、ュ、ニア！

戸口に顔を寄せてなかをのぞくと、煙は消え、驚きの光景が広がっていた。爆発したのは部屋中央のテーブルの上にあった大型メカらしく、いまや部品がそこらじゅうに散らばり、テーブルはまっぷたつに割れていた。原型がなんだったのかはわからないが、あたりにはガラスもしくは水晶の破片、歯車や石炭、鎖やバネが散乱していた。だが、何より驚いたのは客の様子だ。

異界族が人間を守っていた。アケルダマ卿はとっさにモニクを長椅子の背後に押しやり、薄茶色の髪の人狼は発明家と新聞記者を床に伏せさせて上から覆いかぶさり、〈将軍〉はペチュニアを腕の下でかばい、殺気ただよう執事は——異界族か人間かはわからないが——

―ひっくり返ったテーブルを盾に部屋の隅で二人の客を守っていた。だが、いくら異界族でも全員を助けることはできない。守られなかった者たちは背を向けて頭をかばい、腕や背中から大量の血を流していた。死者はいないようだが、何人かはひれ伏し、もがき、特殊警察の二人の警官と異界管理局の主任捜査官、英国銀行保管室の支配人と〈ゴースト・ラングラー〉が倒れている。

ペチュニアはこわばった表情ながら失神しそうなそぶりも、わめき叫ぶ様子もなく、なぜかソフロニアは誇らしく思った。

「お姉様は意外に気丈ね。きっと同じ血が流れてるんだわ」アガサがソフロニアの気持ちを読んだかのように、妙に大人びた口調でテミニック家の性格を評した。

そのとき、すぐそばでかさっとドレスのこすれる音と小さなため息が聞こえ、二人は横を向いた。

人間の血だけでなく、爆弾の破片でずたずたに裂けた異界族たちの背中から大量の黒い血がどろりと流れているのを見てディミティが失神し、ドローンの腕のなかに倒れこんでいた。

ソフロニアとアガサはディミティをドローンにまかせた。

ソフロニアは姉を気づかう妹をよそおいながらペチュニアに近づき、バンバースヌートを探してこっそり部屋を見わたした。アガサは濡らしたハンカチを手に心配そうな顔であたりを歩きはじめた。ドローンたちが主人に駆け寄り、主人の代わりにモニクに手を貸して立たせ、なだめ、埃を払い落としている。アケルダマ卿はただちに湯、絆創膏、ちりとり、掃除用具、嗅ぎ塩、衣服、紅茶その他を持ってくるよう命じ、ドローンはご主人様が無傷で冷静なことを確かめてから命じられた品々を取りに走った。アケルダマ卿は人間の血に誘惑されないよう、香水をたっぷり染みこませたハンカチを鼻に当て、人狼たちにも同じものを渡した。

彼は何より服が台なしになったことに気分を害したらしく、命令する口調にはふだんにはないいらだちの響きがあった。

客たちはゆっくりと身を起こし、あたりを見まわした。新聞記者は喜びと恐怖が混じったような顔でそそくさといとまを告げると、廊下から上着を拾い、しわだらけになった夜会服の上にはおって宵闇に消えた。これで明日の朝刊の見出しは決まったようなものだ。

異界族たちは被害状況を確かめながらあたりをうろつき、ドローンはケガ人を手当した。

「ペチュニア、ケガはない？」ソフロニアはディミティのおぞましいゴシック小説の場面を思い出し、両手で姉の手を握りしめた。

「大丈夫よ、ソフロニア。〈将軍〉どのが守ってくださったおかげで。命の恩人よ。本当になんて親切なかたかしら。でも、まさか晩餐会でこんなことになるなんて。いくら出席者の顔ぶれがすばらしいとはいえ」

「何が爆発したの？」

「変なメカよ。アケルダマ卿の話では、思いがけず手に入ったもので、とてもめずらしいからわたしたちにも見せようと思ったんですって。そうしたら、いきなりけたたましい笛吹きヤカンのような音がして、ボン！」

ソフロニアは唇を嚙んだ。なるほど。笛吹きヤカンの音はバンバースヌートが立てたのね。ビエーヴが加えた改造のどれかがこのメカの何かに干渉したのかしら？　ソフロニアは姉を立たせるふりをしながらなおも室内を見まわした。

バンバースヌートはどこにもいない。

さいわい壊れた破片のなかにバンバースヌートの部品らしきものは見当たらなかった。バンバースヌートは小型のメカアニマルだから、部品はどれも小さい。散乱している破片は大きいものばかりだ。ふと見ると、青みがかった色で切り子面のある新型水晶バルブの大きなかけらが落ちていた。つまり、この爆発メカのどこかにピクルマンの手が入っていたということだ。

ソフロニアはペチュニアが身を起こすのに手を貸し、気持ちをなだめるために角砂糖を三つ入れた紅茶を渡してからアガサに近づいた。二人はケガ人を介抱しながら、何か手がかりがないかとあたりを見まわし、散らばる破片に目を光らせた。

だが、やることはあまりなかった。ディミティが失神から覚めるころには異界族の傷は完全に治り、ドローンがきれいなシャツと上着を着せ終わっていた。似合っているとは言いがたいが、おかげでディミティの繊細な神経はかき乱されず、ふたたび失神せずにすんだ。ディミティはみなに交じって軽いおしゃべりをし、あれこれと世話を焼きはじめた。

三人は訓練どおりに行動した。〝無粋なことは言いたくありませんが、みなさん、事故のあとは諜報活動がもっともばれやすいときです、決して油断しないように〟――レディ・リネットはつねづねそう言った。だから三人はあたりを動きまわり、慈悲深き天使となって甘い声をかけ、なだめながら耳を澄まし、情報を集めた。それはモニクも同じだ。

ソフロニアは〈ゴースト・ラングラー〉の様子をうかがった。いかにもそれらしい白いベールと灰色の長衣にすっぽり身を包んだ老婆で、片方の上腕と肩がひどくすりむけている。やさしく介抱しようとしたが、老婆はしきりに身をよじり、何か言おうとしていた。ソフロニアはなんとか老婆に包帯を巻き、そばの丸椅子に座らせた。

老婆は狂ったようにあたりを見まわし、ほかの客から顔をそむけてわずかにベールの隙間をあけた。唾でも吐かれるのではないかとソフロニアがひるんだとき、老女が震える声でささやいた。「もっと近づいて！　これをあなたに届けるのに大変な危険を冒したのに、あなたはその場を見逃したのね」

その声にソフロニアははっとした。マダム・スペチュナ！　〈ジェラルディン校〉の卒業生で、ピクルマンに潜入している凄腕の現役スパイだ。

「わざと爆発させたの？」ソフロニアにはスペチュナの口しか見えない。その口が不快そうにゆがんだ。

「いいえ。でもこのパーティを召集したのはわたしよ」

「アケルダマ卿に仕えているの？」

「たまに。そんなことより、重要なのは彼らが戦闘メカを造っていることよ。それがこれ。連中はわたしたちの操縦技術を利用して軍事飛行船を乗っ取るメカを造ろうとしているわ」

だからピクルマンは飛行船に潜入したのね！　何かを盗むためではなく、〈ジェラルディン校〉の操縦メカを複製するべく配線図を書き写していたんだわ。

マダム・スペチュナが続けた。「学校との通信手段が奪われたいま、この情報を託せるのはあなたしかいない」

「レディ・リネットがあたしの言うことを信じるはずないわ」

「い、い、信じさせるのよ」

「どうやって？」

「記録室にあるわたしのファイルに……」そこへソフロニアの会話に興味を示したモニクが近づき、言葉は途切れた。さらに別のドローンが現われ、〝医者に診せなければ〟とかなんとかつぶやいてマダム・スペチュナを連れていった。彼女のことだから、うまく抜け出してピクルマンのところへ戻るだろう。マダム・スペチュナはソフロニアがこれまで出会ったなかでもっとも優秀なスパイだ。

その後は何も起こらず、とうとうバンバースヌートは見つからなかった。ソフロニアたちは片づけを手伝うふりをしながら怪しまれない程度にぐずぐずと居座ったが、ペチュニアは優雅な辞去にこだわり、頑として掃除を手伝おうとはしなかった。礼儀は尊重されなければならない。ソフロニアは些末なことでアケルダマ卿を煩わせまいとドローンに伝言を託した。〝どこかに小物バッグを置き忘れました。犬の形で、とても思い入れのあるバッグです。もし見つかったら送り返してもらえませんか？〟パーティ客の誰かが盗んだのだろうか。でも、この状況ではこれ以上どうしようもない。ケガ人や、ずたずたになった服や、割れたテーブルに比べれば、バッグひとつで騒ぐのはあまりに身勝手だ。

それぞれが帰路につく前に〈将軍〉が意味ありげな視線を向けた。今回の件に関して詳しい報告を期待しているようだ。ソフロニアは〝あたしはまだあなたの部下じゃありません〟とばかりににらみ返した。

四人はペチュニアの豪華な馬車に乗りこみ、落ち着かない気分でヒッセルペニー家のタウンハウスに帰り着いた。予定よりもずいぶん早い帰宅だ。

「姉さん、アガサはもう少しいてもいいでしょ？　まだ時間も早いし。ほら、その、トランプとかで遊んでも？　ちょっと気を鎮めたいの」ソフロニアは小刻みにまつげをぱちぱちさせた。

「ああ、あなたたちのように若かったころを思い出すわ――疲れを知らないころを」姉の言葉にソフロニアは笑いをこらえた。ペチュニアだってまだ十八歳なのに。「お父様が待ってらっしゃるんじゃなくて、ミス・ウースモス？」ペチュニアは形ばかり心配してみせた。

アガサは赤い巻き毛を揺らして首を横に振った。

かすかに回転音がして、バトリンガー型メカ執事が赤い漆塗りの盆を持って近づいた。

「外出のあいだに届いていたのね？」ペチュニアは数枚のカードをひっくり返した。招待状が二通と清掃の知らせだ。「たいした招待状じゃないけど、ないよりましね。それに、そろそろ煙突掃除のころだわ」

メカ執事はゴロゴロと去っていった。

「見せてもらってもいい？」ソフロニアがていねいにたずねた。

ペチュニアはいぶかしげに片眉をあげつつ、盆を渡した。ソフロニアは「よかった、アガサもまだいていいんですって！　トランプはルーにする？　あれってすごく楽しいわ」とかなんとか言いながら姉の気を引き、すばやく煙突掃除のカードをポケットに入れた。

「わたしは休ませてもらうわ」ペチュニアは片手でこめかみを押さえた。「今夜のことはミスター・ヒッセルペニーには内緒にしてちょうだい。夫は心配症なの」

「心配しないで、姉さん。あたしたち余計なことは言わないから」ペチュニアは新聞記者のことを忘れているようだ。黙っていても明日の新聞には詳細な記事が載る。それともミスター・ヒッセルペニーは《ムアリング・スタンダード》を読まないのかしら？　「ルーとレモネードがあれば落ち着くわ」

「いいわ。終わったら馬車でミス・ウースモスを送らせるのよ。じゃあおやすみなさい。明日は……」とたんにペチュニアは顔を輝かせ、「明日は帽子を買いに行きましょう」それだけ言うと自室に引っこんだ。

三人は応接間の暖炉のそばに集まり、誰かにのぞかれてもいいようにトランプを手にゲームをしているふりをした。ソフロニアはマダム・スペチュナとの会話を二人に話し、彼女が誰に忠誠を捧げているのか、なぜ情報を渡すのにわざわざアケルダマ卿を通したのかを論じ合った。

「でも、この方法がうまくいったのは確かね」ディミティはいつだって認めるときは認める主義だ。

「先生があたしたちの言うことを信じるはずないわ。あまりに突拍子もない話だもの、戦闘メカなんて。過激すぎて」

「先生たちは信じたくないのよ。恐ろしすぎて」

アガサの鋭い指摘に言葉が途切れ、三人は顔をくもらせた。

「マダム・スペチュナは記録室のファイルについて何か言いかけたわ」しばらくしてソフロニアが言った。「あそこに、本当だと証明する暗号があるんじゃないかしら」

「ほかに何がわかった？」ディミティは記録室の話題を避けた。記録室には嫌な――べたつく――思い出がある。

「〈将軍〉は爆発を利用して計画を進めるつもりみたい」アガサが言った。「彼は女王に〈情報機密法〉を提案しているの。特許を管理するふりをして陛下に有利な技術力を独占するための法律よ。〈将軍〉はこの法案を通すためにアケルダマ卿を味方につけたいんだと思うわ」

「それはそうと、あの怪しげな執事については何かわかった？」と、ソフロニア。

「濡れハンカチを渡しただけで、何も」アガサが顔をしかめた。

「わたしも。でも、彼は今回の利害関係にからんでるわね」ディミティが髪リボンを指先に巻きつけた。

「どうしてそう思うの？」

「〈将軍〉が技術支配権を口にするたびに近づいてた」

「特許権利者かしら？」と、アガサ。赤い巻き毛の下には知性が隠れている。

「特許権利者が両袖に小銃を一挺ずつ隠すと思う？」ソフロニアは首をかしげた。

「そしてブーツの折り返しにはナイフ」ディミティが髪リボンをさっと払いのけた。

「気をつけて──目をくり抜く気？」ソフロニアは身構えるように片手をあげた。

「わたしも気づいた」アガサは執事の話を続けた。「特許権利者に雇われた暗殺者？」

「執事と言えば」ソフロニアは煙突掃除の来訪カードを取り出した。「ちょっと失礼。外で誰かが待ってるみたい」

アガサとディミティはいぶかしげに目をすがめ、からかうようにチュッと音を立ててソフロニアを見送った。


ソープの言葉どおり、ふだんから厳重警備の空中学園を這いまわっているソフロニアがヒッセルペニー家のタウンハウスを抜け出すのはバカらしいほど簡単だった。

ソープは厨房勝手口のそばの路地裏で待っていた。

ソフロニアはどきどきしながら努めて平静をよそおった。「こんばんは」

ソープはそれほど遠慮がちではない。異界族特有のスピードで近づき、ソフロニアが抵抗するまもなく狼らしく首の横に鼻を近づけた。「どうしてきみはいつもこんなにおいしそうなにおいがするんだ？」

ソフロニアは照れ隠しにわざと鼻をくんくん言わせてソープのにおいを嗅いだ。もう石炭とボイラーのにおいはしない。どこか生々しくて荒っぽく、かすかに、解体したばかりの牛肉と開《ひら》けた草原のようなにおいがした。不快じゃないけど、いいにおいでもない。ソフロニアは石炭粉と油のにおいが好きだった――かつては。

そこで咳払いが聞こえた。「感動的な場面だが、きみたち、やらねばならない仕事がある」

ソープがあとずさり、暗がりから〈将軍〉が現われた。

あたしとしたことが〈将軍〉の存在にまったく気づかなかったなんて。ソープにばかり気を取られていた。いったいソープはどんな魔法を使ったの？　ソフロニアは〈将軍〉の社会的地位にふさわしく深々とお辞儀した。実際に荘園はなくとも、この人狼はアッパー・スローター伯爵というれっきとした土地持ちの貴族だ。

「一晩に二度もお目にかかれるなんて光栄です」ソフロニアは問いかけるように――あだっぽくならない程度に――首をかしげた。人狼や吸血鬼に首をさらしすぎるのは失礼だ。

「おっと、小さな詐欺師よ、わたしをたぶらかそうとしても無駄だ」〈将軍〉はソフロニアに向かって目を細めた。

ソープはソフロニアの腰に腕をからめて引き寄せ、肩と肩がくっつくように立った。

〈将軍〉がソープをじろりと見た。「そういうことか？」

ソープはまばたきして見返した。「おれはいつだって彼女のものです。彼女がそれを受け入れるのには時間がかかってるだけで」

「おまえがそんなに従順とは知らなかった、仔犬よ」〈将軍〉は、そんなことはどうでもいいというようにそっけなく大きな手を振った。

ソフロニアはさりげなくソープを振りほどこうとしたが、かえって腕には力が加わった。

ソープのきっぱりとした言葉にソフロニアは不安になった。彼の気持ちをどうすればいいの？

〈将軍〉は晩餐会で得た情報についてあれこれ質問し、ソフロニアは一部を話した。いずれは支援者《パトロン》になる人だし、不本意ながら近々この人の助けが必要になりそうだ。ソフロニアが〝〈情報機密法〉の支持を集めようとしているんでしょう？〟と探りを入れても〈将軍〉はほとんど反応しなかったが、執事の話にはかすかに表情を変えた。

「気づいたのか？」

「拳銃を二挺とナイフを一本持っていたこと？　もちろん」

〈将軍〉はうなりと鼻鳴らしが混じったような変な音を立てた。「わたしに仕えている。少なくともいまはそのはずだ。あまり気にするな。かつては帝国に敵対する人物の従者だったが、主人が死に、きみが執事と呼ぶあの男は、いまは大義のもとに女王と帝国のために働いている」

ソフロニアはさらなる情報を探るようにソープを見たが、彼もそれ以上のことは知らないようだ。

「あなたの計画はなんですか、〈将軍〉どの？　ピクルマンを泳がせておいて、法律で取りしまる気ですか？　人狼にしてはやけにまわりくどいやりかたではありませんこと？」

〈将軍〉はソフロニアを上から下までながめまわした。「ほめ言葉と受け取るべきかね、ミス・テミニック？」

「それがピクルマンの計画だったらどうします？　彼らの目的があからさまな攻撃ではなく、あなたや〈陰の議会〉や帝国の異界族全体をおとしめることだとしたら？」

「そんなことはヴィクトリア女王が決して認めない」

「そして一般大衆はメカを取りあげられることを決して認めないでしょう。もしピクルマンが英国じゅうでメカ誤作動を引き起こし、それを吸血鬼の恨みのせいだと主張して、ピクルマンの息のかかった製造会社がすべてを修理したらどうなります？　異界族は悪者になり、世論によって政治力は揺らぎます。新聞が書きつづけるかぎり」

「それが彼らのやり方だと言うのか」〈将軍〉が興味を示した。

「可能性はあります」

「だから言ったでしょう、彼女の脳みそはいろんな方向に回転するって」と、ソープ。

ソフロニアの胸にうれしさがこみあげた。ソープはあたしのことをそんなふうに〈将軍〉に自慢してたんだ。さすがはソープ。

〈将軍〉はとりあえずソフロニアの意見に耳を傾けた。若い娘の意見にも耳を貸してくれるなら、この人に仕えるのもまんざら悪くないかもしれない。

だが同意はしなかった。「そこまで裏があるとは思えない。ピクルマンは英国じゅうのメカを制御すべく多額の費用をかけて新型バルブを取りつけた。彼らは命令中枢本部がほしいだけだ」

ソフロニアは興奮してたずねた。「つまりアケルダマ邸の爆発メカは軍事飛行船を制御するために設計された操縦メカだったってこと？」

〈将軍〉はソフロニアの質問を無視して続けた。「たとえ結果が政治勢力の微妙な変化にすぎないとしても、異界族を中傷しようとする輩《やから》はいたるところにいる。きみの説には、世論と報道機関を制御する細心の作戦と操作術が必要だ。そしてこのふたつを操作するのはきわめて難しい。わたしが思うに、彼らの攻撃計画はもっと過激だ」

〈将軍〉の意見には一理あるが、ソフロニアは――操縦メカが爆発した理由は説明できなくても――自説にこだわった。たとえ自分に不利な証拠でも無視せず、柔軟な考えを持つことが肝要だ。諜報活動に先入観は持たないほうがいい。

「目と耳をよく開いておきます、〈将軍〉。現にあたしは公爵の行動を予測できませんでした」

「公爵？　ゴルボーンのことか？」

ソフロニアはうなずいた。

「ああ、そうだった」〈将軍〉は運命の一発を放ったのがゴルボーン公爵だったことを忘れていたかのようにソープを見た。「わたしの記憶が正しければ、きみはかつて若きマージー卿といくらかつきあいがあったようだ」

ソフロニアは顔を赤らめないように気をつけた。「ええ、いくらか」

ソープが身をこわばらせた。

「噂によればゴルボーン公爵は〈大ガーキン〉に昇格したらしい。あの卑劣な人間にはもったいないほど有力な地位だ。ピクルマンであれより高い地位は〈チャツネ〉しかない」

「おっしゃるとおりですわ」ソフロニアはもっと詳しく知りたかったが、〝ピクルマンの構成くらい知っていて当然〟と言いたげな〈将軍《キユウリ》〉の口ぶりに、つい知ったかぶりをした。せっかく一人前としてあつかわれているときに無知と思われたくはない。

「この件では若きマージー卿が使えるかもしれん。彼は父親の計画に通じていると思うか？」

ソフロニアは先日の舞踏会を思い出した。「残念ながらその手はもう使えないかと」

「またまた。きみのような美しい娘が？　信じられん」

腰にまわしたソープの腕が離れたとたん、ソフロニアは寒さを感じた。〈将軍〉の言いたいことはわかる。たしかに誘惑術をためすいい機会だ。本気で好きでもないのにフェリックスの気持ちを引き戻せるだろうか？　かなり難度が高い。でも、だからこそ腕が鳴るというものだ。「これだけははっきりさせておきます。あたしは興味があるからやる――

あなたに指示されたからやるんじゃありません。あなたとの契約はまだ発効していません。でも、マージー卿から情報を探ってみます」

ソープがうなった。たとえではない、本当のうなり声だ。

ソフロニアがソープのやきもちに腹を立てる前に〈将軍〉がさえぎった。「これこれ仔犬よ、前に言ったことを忘れたか。上流階級の会話に狼の感情を差しはさんではならない。ミス・テミニックは具体的な対象にスパイ訓練の成果をためそうとしているだけだ。そのことと」――そこで〈将軍〉は唇をゆがめ――「おまえとこのお嬢さんの関係はなんのかかわりもない。どんな関係であろうと」

ソフロニアは思わず言葉をはさんだ。「お言葉ですが、〈将軍〉はどうしてあたしたちが――？」

〈将軍〉は鼻を鳴らしてさえぎった。ふとソフロニアは、このいかめしい人狼がソープの味方で、秘密の黒い人狼と良家の娘の恋を応援しているような気がした。

〝わかって〟と言うようにソープを振り返ったとたん、ソフロニアは彼の背の高さとつややかな肌にあらためて息をのみ、身体をすり寄せた。愛情表現も訓練のひとつだ。

ソープは顔をしかめた。「やめてくれ」

ソフロニアは罪悪感を覚え、身を引いた。情報のためなら愛する人を傷つけてもかまわないなんて、いったいあたしはどんな人間になってしまったの？　ソフロニアは心のなかで迷いを振り切った。「あたしが情報を探るあいだ、〈将軍〉は何をなさるつもり?」

「阻止する。やつらが新型バルブで何をたくらんでいるかは知らんが、ことが起こる前に阻止するつもりだ」

「もしできなかったら? 緊急の場合はどうするんですか?」

「必ず阻止する」〈将軍〉は憤然と答えた。「きみはそれだけ知っていればいい」

緊急対応策は自分で考えたほうがよさそうだ。マダム・スペチュナはいまごろピクルマンと空強盗《フライウエイマン》のねぐらに戻っただろうか?

「ずいぶん遅くなった」〈将軍〉は話を打ち切った。「こいつを夜明けまでに家に連れて帰らねばならん。別れの挨拶をしたまえ、きみたち」

ソープはすばやく振り向き、ソフロニアがあらがうまもなくキスした。

彼の唇はやわらかくて温かく、前とは違う味がした。前よりも濃厚な、焦がしバタースのような。そして怖かった。たぶんそこに何より惹かれた。同時に新月だったことにもほっとしていた。娘が人狼にキスされるにはもっとも安全な日だ。

ソープはソフロニアがキスに応える前に顔を離し、ソフロニアは自分の弱さに腹が立った。そしてあらためて、こんな関係はありえないと自分に言い聞かせた。あたしたちのような関係は世間の物笑いの種になり、つまはじきにされるだけだ。

ソープの目にも物足りなさが浮かんだが、彼にはここでやめるのがこつだとわかっていた。ソフロニアが完全に満足したら死ぬほど退屈する。ソープはそんな性格を知っていて、わざと途中でやめたのだ。

それはおたがいわかっていた。ソフロニアは無言で家に戻りはじめた。

「待て」

玄関の前で振り向くと、〈将軍〉が何かを放り投げた。ソフロニアは反射的によけそうになるところをこらえて受けとめた。ビロード地の大きな袋で、中身が詰まっており、金属製の重いものがカチャンと音を立てた。

口ひもをゆるめると、チクタク、チクタク！　袋のなかで音がした。

「バンバースヌート！」

「メカアニマルをあんなふうに野放しにするものではない、お嬢さん。人狼がつまずく」

と、〈将軍〉。

ソープはくすっと笑い、〈将軍〉と並んで姿を消した。

ソフロニアは二人の物音ひとつ立てない、敏捷な動きをうらやましげに見送った。その気になれば人狼は優れたスパイになれる。

危機その八　記録と後悔

その後のロンドン滞在は何ごともなく過ぎた。いくつか晩餐会に出席し、買い物にも出かけたが、それ以降は爆発事件もなく——アガサがついにオレンジ色は自分に似合わないと気づいたことを除けば——新たな事実の判明もなかった。アガサの件はディミティとソフロニアにとっては大事件だが、大英帝国の運命に影響があるとは思えない。

三人は厳粛に別れを惜しみ、ディミティとアガサはペチュニアの歓待に心から感謝した。ディミティはペチュニアが好きそうな温室栽培の花束を贈り、アガサはペチュニアの手を握って〝年が明けたら父が仕事の件でご主人を訪問します〟と約束し、誰もが今回の訪問に満足して別れた。

三人は休暇前にそれぞれの家族のもとに戻り、ロンドン滞在が実りあるものだったと報告した。なにしろ新しいドレスを数枚、帽子に手袋、ショールにブーツまで手に入れたのだから。ペチュニアは妹たちの感じのよさと好ましい礼儀と上品なおしゃべりをほめちぎり、スパイ学校生たちはそんな幻想を抱かせたことに深い達成感を味わった。

ソフロニアは兄姉たちがそれぞれ結婚して家庭を持ち、ますます大家族になった実家での休暇を楽しんだが、楽しさはそれなりだった。会話の内容は田舎くさく、話題もとぼしく、退屈な日常は三日で充分だった。だからアガサが学園に戻る途中、父親の四輪馬車で到着したときは跳びあがって喜んだ。

荷物を積みこむあいだ、ソフロニアは友人を表の応接間でもてなした。ペチュニアが母さんに〝アガサの家は裕福な上流階級だ〟と話したのだろう。テミニック家でこんな特別待遇があたえられたのは初めてだ。

「クリスマスは最悪だった?」挨拶もそこそこに一杯目のお茶を飲み干したあと、ソフロニアは心配そうにたずねた。

「まあなんとか耐えたわ。あなたみたいな大家族がうらやましいわ、ソフロニア、とにかくわたしは注目を浴びたくないし、たまには忘れられたいの」

「それはどうかしら。近ごろ母さんはあたしより飼い猫のほうが大事みたい。クリスマス晩餐会に招待されたときもあたしの名前を呼ぶのを完全に忘れたのよ。まあ、それも悪くないわ——〈ジェラルディン校〉に入る前は呼ばれっぱなしだったから」

「しじゅう父親の望みと夢の対象になるより、忘れられたほうがましよ」

「たしかに。スパイにとって忘れられるのは重要ね」

「ああ、わたしにも兄弟がいたら!　さもなければ男に生まれたかったわ」

ソフロニアは正面のソファに座る友人の手を握った。「まあアガサ、かわいそうに。お父様はいまも厳しいの？」

「父はどうしてわたしの評価が低いのか、どうしてフランス語が流暢に話せないのか、どうしてクルミ割りで大人の男を殺せないのかを知りたがってるの」

二人の会話は騒々しく駆けこんできた双子の弟で中断された。弟たちは興奮して奇声をあげ、〝また馬車が来た〟と告げた。

ソフロニアとアガサはお茶の残りを飲み干すと、長旅に備えてクランペットをくすね、荷物をかき集めて裏庭に飛び出した。

やってきたのは貸し馬車に乗ったディミティとピルオーバーだ。プラムレイ＝テインモット家の姉弟はずっと大声で言い争ってきたような顔で馬車から降りてきた。

手が離せないテミニック夫人に代わってペチュニアがあれこれ世話を焼き、スウィフル＝オン＝エクスまで送り届けるようえらそうに御者に命じた。ピルオーバーがいることにはなんの文句もなかった。本来なら若い男女が付き添いもなく同席すべきではないが、ペチュニアは社交界デビュー舞踏会でピルオーバーと奇妙な友情を結び、いまもこの少年には好意を持っている。

「ペチュニアがあんなに物わかりがよくなるなんて夢にも思わなかったわ」ソフロニアは四輪馬車のフラシ天のクッションにもたれた。「これって妊娠と関係あるのかしら？」

アガサがぎょっとしてピルオーバーに身ぶりした。

「平気よ、アガサ」と、ディミティ。「ピルは子どもがどこから生まれるか知ってるわ」

「でも……」アガサは悲鳴にも似た声で言った。

ディミティはアガサを思って話題を変えた。「選べるものならペチュニアみたいなお姉さんがほしかったわ、ソフロニア、こんなピルじゃなくて」

「ピルはそんなに悪くないって」ソフロニアが反論した。「ペチュニアの脳があそこまで発達するのに何年かかったと思う？　ピルオーバーは最初から脳みそがあるじゃない」

「そりゃどうも」ピルオーバーが帽子の下からつぶやいた。姉の隣で馬車の隅に座る少年はあごをクラヴァットに埋めるようにうなだれ、ラテン語の詩集に没頭しながら、ときおりレモン味のぱちぱちキャンディを口に放りこんでいる。

「あの子は死んだタラよ」ディミティは当のタラに向かって鼻にしわを寄せた。

ピルオーバーは旅のあいだじゅう三人を無視する意志を全身にみなぎらせていたが、それでもときどきアガサのほうを盗み見た。

ラテン語の詩に少しばかり興味のあるバンバースヌートはピルオーバーの足もとに陣取り、キャンディの茶色い包み紙のおこぼれにあずかっている。

「世のレディはピルが好きみたいよ」ソフロニアは本人の反応を見たくてわざと言ってみた。

ピルオーバーは顔をしかめた。

「宇宙の大いなる謎のひとつね。キュウリを食べる人がいるのと同じく」ディミティはキュウリに揺るぎない意見を持っている。彼女にとってキュウリはぬるぬるして、とてつもなく水っぽく、どんな状況であれテーブルに出されるべきではない食べ物だ。

ソフロニアはディミティの知り合いの男たちに話題を振り、誰が求婚者としてふさわしいかを噂した。ディングルプループス卿はとっくに見かぎられたが、見こみのありそうな男性はほかにもいる。

ピルオーバーはラテン詩の英語訳をバンバースヌートに向かってつぶやき、バンバースヌートは熱心に聞き耳を立てた。

ソープのことは黙っていた。キスの経験は友人の参考になるかもしれないが、思い返すと恥ずかしさとときめきが押し寄せる。この二人には知られたくなかった。不快に思われるのが怖かったし、同情されるのはなおつらい。自分の心だけでもこんなに葛藤してるのに、そこに友だちの気持ちまで加えたらどうなることか。あたしには秘密の恋人がいる――ソフロニアは思った。そして秘密の部分を少なからず楽しんでいる。なんだか自分がずる賢く、大胆になった気がした。いまならディミティにも恋愛の助言ができそうだ。

さいわいディミティは馬車に乗っているあいだじゅう、自分の求婚者について、もしくは求婚者がいないことについてえんえんと話しつづけた。ピクルマンと空強盗《フライウェイマン》とバルブの話は一瞬、出ただけで、ピルオーバーもそのときだけはしぶしぶ会話に加わったが、〈バンソン校〉の部内者もたいしたことは知らなかった。それはピルオーバーだからかもしれない。彼ほど〈バンソン校〉の内情に疎い生徒はいない。

「いよいよピクルマンが先に動くのを待つしかなさそうね」ソフロニアは不満そうだった。ディミティはすぐに話題を男性に戻した。これからたわむれることができそうなのに、得体の知れない脅威から国家を救おうなんて考える人間がどこにいる？

〈ジェラルディン校〉に戻ると、共同居間にはミス・テミニック、ミス・プラムレイ＝ティンモット、ミス・ウースモスあてに一通のクリスマスカードが届いていた。宛名が連名になっているだけでわくわくした。三人がいつも一緒だと知っているのは、よほど親しい人物だ。差出人がシドヒーグとわかると、三人は飛びあがって喜んだ。シドヒーグはさほど文才もなければ、とりたてて筆まめでもないが、便りがあるのはうれしい。かつてソフロニア組の忠実な四番手だったシドヒーグことレディ・キングエアは故郷スコットランドに戻り、人狼団と婚約者とともに長期化しそうなクリミア半島の軍事作戦に参加するべく出国の準備をしていた。カードはありきたりの内容で、重要なことは何も書かれておらず、暗号めいた言葉もなかった。当然だ――シドヒーグは生徒に暗号の作りかたを教えた教師が手紙を読むのを知っている。それでも元気そうでよかった。手書き文字には例のがさつな性格が表われていたが、文面は申しぶんなく礼儀正しい。〈ジェラルディン校〉に在籍した期間は短くても手紙の書きかただけはちゃんと習得したようだ。

「スコットランドにいるほうが幸せそうね」アガサがさみしそうに言った。シドヒーグはアガサといちばん仲がよかった。

「ナイオール大尉とはうまくやってるのかしら」と、ディミティ。

「さあね。シドヒーグはそんなことを書くタイプじゃないから」ソフロニアとシドヒーグはともに恋愛がらみの話が苦手だ。

ソフロニアはうなだれるアガサの頭ごしに問いかけるようにディミティを見やり、ディミティが〝わかった〟というようにうなずいた。

「アガサ、この手紙をあずかってくれない？」ソフロニアが言った。

「わたしが？　いいの？」

「もちろん」ディミティはやさしくほほえみ、首からさげた時計を見やった。「いけない、あと五分で厨房に行く時間よ！」

生徒たちは次々に新しい授業を受けたが、これまでもっとも理解に苦しんだのは〈調理〉の授業だった。上流階級の女性が――毒の調合は別にして――なぜ料理をしなければならないのか、大いなる謎だ。それでもルフォー教授の指示に文句を言う者はいなかった。なかでもタマネギ刻みは最悪だったが、飛行ゴーグルが役に立つのをディミティが発見してから問題は解消した。ルフォー教授は生徒たちがフライウェイマンの攻撃を迎えうつかのような格好でタマネギに取り組むのを見て、いつもの渋面に驚きを浮かべ、「なかなか革新的です」と感想を述べた。

新年茶会まで一週間を切り、教師たちは一刻も早く生徒をいつもの生活に戻そうとやっきになった。パーティはスパイ術の実践に最適な場だ。いつまでも休暇や買い物やクリスマスプレゼントに浮かれている場合ではない。〈ジェラルディン校〉の若き良家の子女はいい、なんであれうつつを抜かしている暇はないのだ。

ソフロニアはマダム・スペチュナの警告をレディ・リネットに伝えたが、まったく相手にされなかった。「あなたがそんな嘘をでっちあげるとは見損ないました！　どうして彼女がロンドンに？　長らく連絡を断ったあとでどうしてそんな突拍子もない話をあなたに伝えなければならないの？　なぜ証拠品をわたしたちではなくアケルダマ卿に送るの？　バカげています」

「でも――」

「お黙りなさい。そんな話はもうたくさん」

それ以来レディ・リネットは猟犬のように目を光らせ、ソフロニアはおとなしく日々の授業を受けるしかなかったが、宙ぶらりんの感覚は振り払えなかった。まるで奈落の上にぶらさがっているような気分だ。少しでも動いたら恐ろしいことが起こり、いつ誰かが近づいて命綱を切っても不思議はないというような。マダム・スペチュナが唯一の望みだという思いは日ごとに募った。その考えにとりつかれたと言ってもいい。ピクルマンの内幕を知るのはあの人しかいない。

「ああ、くやしい！」ソフロニアはお茶を片手にぼやいた。「どうしてレディ・リネットはあんなにも聞く耳を持たないの？」

「スパイ術はなんでも得意なあなたが、どうして待つのだけは苦手なの？」アガサがオレンジパウンドケーキのかけらをかじりながら言った。

「動いてるのが好きだからよ」ディミティが答えた。「気づかなかった？　われらがソフロニアはどこかを這いまわっているか、何かからぶらさがっているときがいちばん幸せなの。それが大きくて、それ自体が動く何かだと、なおいいのよ」

「でもレディ・リネットはいつも、スパイには忍耐が必要だって言ってるわ」と、アガサ。

「ソフロニアは優秀なスパイ候補だと思ってたけど」

「それはあたしがうまくその欠点を隠してるだけよ」と、ソフロニア。「ダメ、もう待てない。マダム・スペチュナは記録室の何かがあればレディ・リネットを信じさせられるとほのめかしたの。押し入るしかないわ」

「また？」ディミティがうめいた。「前回はかわいいドレスが台なしになったわ」

「そんなこと言わないで。いい気晴らしになるわ」ソフロニアは緑色の目を輝かせた。

「これまでにあなたの〝とんでもない気晴らし〟を叱った人はいないの？」

「アガサ、あなたは？」と、ソフロニア。

「やめておく」赤毛の少女はため息をついた。「わたしは寝るほうがいいわ」

「ディミティ？」

「そんな危険を冒せるわけないでしょ。新年茶会は目の前よ。見つかったら退学になってパーティに出られなくなるわ。今回は一人でやって」

ソフロニアはにっと笑った。「今夜の、そうね、夜明けの一時間前に」

アガサは言葉どおり来なかったが、もちろんディミティはやってきた。なにしろゴシップの種を手に入れる絶好の機会だ。ソフロニアがマダム・スペチュナの記録を調べるあいだ、ディミティは学友のファイルをのぞき見できる。

前回、記録室に押し入ったときはベタつく捕獲網を吐き出すメカ兵士が警備に立っていたが、今回は恐ろしげなものは何もなく、折りたたみ式のトランプ台と三脚の小さな椅子が扉の外に無造作に積んであるだけだった。家具は不要品のようにうち捨てられ、メカ一体いない廊下は不気味に静まりかえっている。

扉には前と同じように**記録保管室**――**重要記録あり**と大きな金文字で書かれた札がついており、その下に誰かが**危険、誤解の恐れあり**と刺繍した切れ端をピンで留めていた。二人は扉チェックの技を総動員して調べたが、仕掛けはなさそうだ。それでも錠をこじ開けるソフロニアの手つきはゆっくりと注意深く、これにはディミティさえしびれを切らした。我慢が苦手なソフロニアも状況によっては時間をかける。

扉を開けてもすぐには入らず、念のため身を乗り出してなかをのぞきこんだ。

室内は前と少しも変わっていなかった。四方の壁に装置と回転ベルトがずらりと並び、天井に埋めこまれたコンベヤーの紙ばさみから数千枚もの記録紙が、物干しひもに吊るした洗濯物のようにぶらさがっている。革張りの椅子を備えた三台の机にオイルランプ、便せんも前回とまったく同じ位置で、メカ兵士警備団がいるよりかえって不安になった。記録室に押し入られたあとで保安措置をすべて取り払うなんて、どういうこと？

最初にソフロニアが入り、ディミティが続いた。二人はおわん形に丸めた両手をゆっくりと、つつしみ深く身体の前におろした。背筋がぴんと伸びた、凛とした姿勢は〈ジェラルディン校〉の推奨ポーズで、隠しポケットをすばやく探ったり、手首のホルスターから武器を抜いたり、腰鎖からさがる道具をつかんだりするのに有効だ。この姿勢は〈予測〉のひとつで、かすかな動きにもとっさにどの方向にも反応できる。

ソフロニアは無意識に妨害器を発射、もしくはしこみ扇子を抜けるよう身構えた。

ディミティは最近、握りの部分が真珠でできた小型拳銃を手に入れた。致死力はないが、当人いわく〝ものすごくかわいい〟。そのお気に入りを半分ホルスターから出しながら、ディミティも一歩なかに踏みこんだ。

何も起こらない。装置は静まりかえり、下層階のボイラーと同様、蒸気供給装置も眠っている。装置を作動させたらさぞ音が響きそうだが、記録を見るためには動かすしかない。記録室に到着するのに最短経路と妨害器を使って二十分近くかかった。先生たちが物音に気づいて駆けつけるのにも同じくらいかかるはずだ。ソフロニアがささやいた。

「ディミティ、装置を作動させるしかないわ。今から二十分、時間を計って、五分前になったら教えてくれる?」

「時間にはあまり自信がないけど」言いながらディミティは首飾り型の時計を引っぱり出し、開始合図を出す準備をした。

三台の机にはどれもてっぺんにレバーの突き出た真鍮の取っ手がついており、文字の書かれた大きな円形の羊皮紙が基部を囲んでいた。文字は机ごとに異なり、ひとつめは人名、次は地名、最後の机は特技名で検索できるようになっている。

ソフロニアは人名の机に向かった。マダム・スペチュナの本名はわからない。通称名でも登録されていることを祈るだけだ。

ディミティがうなずき、ソフロニアはレバーを〝スペチュナ〟のSに倒した。とたんに装置はものすごい音を立てて動きだした。さっきまでの異様な静けさのあとではよけいに大きく響く。熱と蒸気がシューと噴き出し、歯車とピストンと回転装置がガチャガチャとすさまじい音を立てた。さすがのシスター・マッティも目覚めそうだ。ブレイスウォープ教授は間違いなく気づくだろう。正気は失っていても異界族の聴覚は正常だ。それに、ほかの教師はいざしらず今の時間に吸血鬼が起きていないはずがない。

記録紙が部屋のあちらからこちらへ分かれたりくっついたりしながら、規則正しいバレエを踊るようにうなりをあげて動き、やがて大きな塊がソフロニアのほうに接近して机の真上で停止した。真鍮の取っ手を強く押しさげると、がちゃんと大きな音がして記録紙の束が目の高さにおりてきた。

急いで紙束をめくったが、〝マダム・スペチュナ〟のファイルはない。ソフロニアは毒づき、何か手がかりはないかと必死に記憶をたどった。彼女に関して知っているのは変装した姿だけだ。これまでの短い接触のあいだに、マダム・スペチュナは老齢の占い師から空強盗《フライウェイマン》、さらにピクルマンの一味に姿を変えた。〈ジェラルディン校〉に現われてバンバースヌートを預かったかと思えば、吸血群のただなかにも現われた。彼女の任務はウェストミンスター吸血群に潜入した別のスパイが枕に刺繍した情報を読むことだった。その若いスパイはピクルマンに潜入するのを優先したマダム・スペチュナに見捨てられ、殺された。

命令に逆らったスパイはどうなるのだろう？　逃亡したり、敵に寝返ったりした若い女スパイはどうなるの？　〈ジェラルディン校〉を裏切った罪人たちの記録がどこかにあるはずだ。そう考えるとレディ・リネットが怒る理由もわかる。彼女はマダム・スペチュナが学園を裏切り、そのせいで連絡が途絶えたと思っているのかもしれない。

ソフロニアは地名の机に移動した。「ディミティ、裏切ったスパイとか、任務中に連絡を絶ったスパイをなんと呼ぶ？」

ディミティは最初の机に駆け寄って人名を打ちこみ、記録紙がおりてくるのを待つあいだ首掛け時計に目をやった。「あと十分。つまり、裏切り者を暗号でなんと呼ぶかってこと？」

「そう。政府なら反逆者、軍なら脱走兵。じゃああたしたちスパイは？」

「不注意かしら」ディミティは紙をはずして記録を読み、にやりと笑ってからもとの位置に戻し、次の名前を打ちこんだ。

たしかにうちの学長が〝スパイの所在が不明〟なんて聞いたら、不注意だと思いそうだ。

ソフロニアは地名の机で〝失踪《ロスト》〟と打ちこんだ。

記録紙が勢いよく近づいた。想像以上の数だ。少なくとも十二、三枚はある。ソフロニアは不安になった。たしかにレディ・リネットは不注意だわ。

「あと七分！」ディミティが猛然と次の人名を打ちこみながら告げた。ソフロニアは好きにさせておいた。時間さえ測ってくれれば文句はない。ディミティには好きなだけ好奇心を満たす権利がある。

最後の一枚でようやく目的のものが見つかった。最新の記録だ。

〝マダム・スペチュナ〟の偽名で登録されたスパイの本名がいちばん上に書いてあった。**ラヴィシュ・ヴィヴィータ**。二十年ものあいだ活動を続けるスパイで、〈ジェラルディン校〉と契約を結び、ときおり〈宰相〉にも仕えている。記録にはこれまで演じてきた人物名がずらりと並び、なかでもマダム・スペチュナはもっとも成功した役と見なされていた。フライウェイマンになった事実を記した項目があり、その下にはピクルマンの内部に潜入するためにメカアニマルを利用したことまで書かれている。

そしてファイルのいちばん下には、三カ月前の日付でこんな覚え書きがあった。**ミス・ヴィヴィータ、所在不明、おそらく失踪**。だが、暗号めいたものはなく、レディ・リネットを説得できそうな手がかりは何もない。

気持ちが沈んだのは手がかりがなかったせいだけではない。スパイに対する、どこかぞんざいなあつかいのせいだ。まるで使い捨てのような。ソフロニアは身震いした。

「時間よ！」ディミティが駆け寄った。

ソフロニアはファイルを閉じて紙ばさみに戻し、適当にウェストミッドランズの地名を打ちこんだ。どうかディミティもでたらめな名前を打ちこんでいますように。記録室に忍びこんで装置を作動させた事実はごまかせないが、どのファイルが閲覧されたかまで知られる必要はない。

「急いで！」と、ソフロニア。

扉から駆け出した二人を待ち受けていたのは、廊下にトランプ台と椅子を並べ、ゲームに興じるレディ・リネット、ルフォー教授、ブレイスウォープ教授だった。

「あら、ミス・テミニック、ミス・プラムレイ＝テインモット、こんなところで」レディ・リネットがトランプを置いた。「こちらへいらっしゃい」

ルフォーとブレイスウォープ両教授は顔もあげずにゲームを続けている。ブレイスウォープ教授の口ひげはめずらしくまともな位置にあり、先端にワックスをちょっとつけてぴんととがらせていた。手持ちのカードににんまりし、少しも危険そうには見えない。

ソフロニアとディミティは視線を交わし、おとなしくレディ・リネットの前に立つと、頭をさげて両手を身体の前で組み、いかにもしおらしい――実はあらゆる状況に対応できる――姿勢を取った。

レディ・リネットは椅子に座ったまま身体の向きを変え、二人に自分のカードを見せた。

「悪くないでしょう？」

二人はレディ・リネットを見つめ、それからゲームを続ける二人の教授を見た。両教授は無言だ。持ち札について話す？　ありえない。

レディ・リネットはため息をついた。「しばらく待ってちょうだい、お嬢さん、ゲームが終わるまで」

二人は待った。

レディ・リネットは謎の人物だ。舞台女優のように美しく、スタイルもよく、作ったような声で、いつもラベンダーの香りがする。髪は人工的に染めた金色で、巻き毛も生まれつきではなくカールごてによるものだ。デビューしたての若い娘が着そうなパステル色のドレスを好むが、分厚いおしろいのせいで実際より老けて見える。そのすべてが本性を隠すためのまやかしめいていた。レディ・リネットの得意分野が人心操作であることを考えると、すべてはスパイ仕様なのだろう。

ゲームは——プレーヤーが四人ではなく三人なのを除けば——ホイストのようだ。もう一周したところでレディ・リネットがゲームから抜け、あとの二人はそのまま続けた。

「もちろん、ただではすみませんよ」レディ・リネットは表を下にしてきちんとカードを置いた。「なんてことでしょうね、よりによって現場を押さえられるなんて」

ディミティの目に涙があふれた。

ソフロニアは毅然と立っていた。弁解しても無駄だ。レディ・リネットは前もあたしの言うことを信じなかったし、マダム・スペチュナを裏切り者だと思っている以上、今回も信じないだろう。そこでふと恐ろしい考えが浮かんだ。もしマダム・スペチュナが本当に裏切り者だったら？　これがすべて罠だとしたら？　アケルダマ邸の晩餐会がすべてあたしたちを惑わすために計画されたものだったとしたら？　頭のなかでいくつもの疑念が渦巻いた。

「あなたたちに新年行事の参加を禁じます」

「退学？」ディミティは泣きそうな声だ。

「いいえ、そうではなく、その晩はブレイスウォープ教授のお守《も》りをしてもらいます。そうすればルフォー教授も参加できるわ。もちろん、ブレイスウォープ教授には事前にたっぷり食事をあたえておきます。あなたたちの任務は教授を楽しませ、安全を守ること。それでよろしいかしら、ブレイスウォープ教授？」

自分の名を呼ばれた教授は牙を剥き出し、焦点のさだまらない、うつろな笑みを向けた。

ディミティは恐怖に顔をひきつらせ、ソフロニアは観念した。

ルフォー教授は顔色ひとつ変えなかったが、この女性が新年茶会に参加したがっているとはとても思えない。かたや吸血鬼教授は会話につきあうそぶりも見せず、手もとのカードに視線を戻した。

「茶会が始まる一時間前に教授の私室に出頭すること。トランプとおやつを持ってきて。ああ、それからカーネーションも。近ごろブレイスウォープ教授は緑色のカーネーションがお気に入りなの」

ソフロニアとディミティは顔をしかめた。ダートムアの上空に浮かぶ飛行船のなかで、いったいどうやって緑色のカーネーションを手に入れろというのか？

それでも二人は罰を受けているときに口答えするほどバカではない。

「以上、解散！」そう言ってレディ・リネットはゲームに戻った。

ソフロニアとディミティは愚弄されたような、打ちのめされたような気分で小走りで立ち去った。

部屋に戻ったディミティは居間の長椅子に仰々しく座りこんだ。夜明けも近く、さっさと寝るべき時間だが、これほどの事件のあとで黙って寝られるはずがない。「だからお茶会に出られなくなるって言ったのよ。ああ、なんたる悲劇！」

「変ね」ソフロニアが言った。

「いいえ、変でもなんでもないわ。言ったとおりのことが起こっただけよ」ディミティは怒りにまかせてヘアピンを次々に引き抜いてはこねくりまわし、金属の巣のようにねじまげた。ほどけた巻き毛が渦を巻き、まるで光り物が好きな狂気の世捨て人のようだ。

「そうじゃなくて、変だったのは記録室で何を探していたのかをたずねたときのレディ・リネットよ」

「その部分は聞きそびれたわ」

「そこよ！〝ときにもっとも重要な情報は会話からごっそり抜け落ちるものです〟」ソフロニアは節《ふし》をつけ、ルフォー教授のよどみない口調を真似た。

「あら」ディミティは腹を立てながらも興味を引かれ、ヘアピンの巣を置いた。「レディ・リネットはわたしたちが何を探していたかを知ってたってこと?」

「もしくは、どのファイルが閲覧されたかがわかるような新しい技術を取り入れたか。見えない粉とか? 指先に何か感じる?」

「何も」

「あたしも。だとしたら……」ソフロニアは言葉をのみこみ、唇を噛んだ。

「だとしたら、何?」

「先生たちはあたしたちの目的を知ってて、わざと偽の情報を見つけさせたのかも」

「これも課題のひとつってこと? わたしたちがそれを見破れるかどうか?」

「おそらく。それとも先生たちが予想していたのがあたしたちじゃなかったか」

「レディ・リネットは〝驚かなかった〟と言ったわ」

「あの人は偽装の女王よ、忘れた?」

ディミティは勢いよく長椅子に寄りかかった。「ときどきここが嫌になるわ。いちどくらい、すべてが見た目どおりでもいいんじゃない?」

「やめて、ぞっとする」

「そう言うと思った。それで何がわかった? その情報が偽物かどうかは別として」

「マダム・スペチュナの本名と、消息不明で敵に寝返ったと思われてるってこと。レディ

・リネットがあたしの言葉を信じないのは、マダム・スペチュナが学園を裏切ったと思ってるからかもしれない。それとも本当に裏切り者なのか。いずれにしてもいまごろはピクルマンのもとに戻ってるはずよ。それであなたは？　誰のファイルを調べたの？」

ディミティはいよいよゴシップの時間とばかりに座りなおした。「あなた、わたし、モニク、そしてアガサ。シドヒーグの記録はなかったわ。跡形もなく。そういう人たちの記録はどこにあるのかしら——学校を去った生徒たちの」

「失踪者と同じあつかいじゃない？　で、何かおもしろいことがわかった？」

「わたしのは特に何も。ただ、思ってたよりもいい評価で、それはうれしかったわ」

「当然よ、ディミティ。あたしたちはみんなそう思ってるわ」

「まあ、ありがとう」ディミティはうれしそうに顔を赤らめた。「モニクのファイルには吸血群のことがびっしり書いてあったわ。学校はモニクをフィニッシュさせないことで罰し、その時点で実働スパイ登録簿からは抹消したけど、記録だけは残したようね。スパイ活動ができるだけの訓練を受けた生徒だからじゃないかしら」ディミティはソフロニアが自分のファイルの内容を知りたくてたまらないのを知っていて、わざとあとまわしにした。

ディミティがじらすつもりなのはわかっていたが、ソフロニアは楽しませることにした。なんといっても先生たちに見つかったのは自分のせいだ。

「アガサのはおもしろかったわ」

「どんなふうに？」

「盛りだくさんよ。アガサのお父様がいろんなパイのなかにいる《イン・オール・ソーツ・オブ・パイ》って知ってた？」

ソフロニアはアガサの顔をした大の男が湯船に浸かるようにシェパーズパイから顔を突き出している図を想像し、鼻で笑った。

「いろんな仕事を手がけてる《フィンガー・イン・ザ・パイ》ってことよ」ディミティはあわてて訂正した。「そして、アガサは前にも何度かアケルダマ卿に会ったことがある。あの二人のあいだには取引があるみたい」

「晩餐会ではそんなそぶりのひとつなかったけど」

「そうなの。しかもかなり長期でスパイ活動をしている」

「アガサが？　本当に？　誰の？　家族？」

「詳しいことはわからない。〈ジェラルディン校〉かもしれないし、わたしたちかもしれない。とにかくそういうこと」

ソフロニアは眉をひそめた。信じられない。アガサはそんなに優秀じゃないはずだ。それともあれは見せかけ？　ソフロニアは首を振った。親友を疑いたくはない。疑いだしたら、ブレイスウォープ教授がとりつかれたような恐ろしい狂気が待ち受けている。現にソフロニアはマダム・スペチュナを疑いはじめていた。

「本人にきいてみる？」ディミティが興味津々の顔で言った。

「きいてもいいけど、覚悟はある？　疑って友情を失ってもいいの？　真実を失うほうがいいんじゃない？」

そこでディミティは立ちあがった。「もう寝るわ。ああ、大変な夜だった」

「ディミティ？」

「なあに、ソフロニア？」ディミティがいたずらっぽく応じた。

「今夜は迷惑かけて悪かったわ」ソフロニアは精いっぱい下手《したて》に出た。

「わかった。それで？」

「罰としてお茶会に出られなくなったのはあなたの言うとおりだった」

「そうね。それで？」

「目標もさだめずに、あんな無謀な真似をするべきじゃなかった」

「そうね。で？」

「あたしのファイルになんて書いてあったか教えてくれない？」

「そこまで言うんならしかたないわ。ほとんど予想どおりよ。最初に、秘密候補生だってことが書いてあった。有能な単独スパイになる見こみがあり、どこかの皇子《プリンス》もしくは高位のピクルマンが相手でないかぎりいますぐ結婚は勧めない。でも、血筋のいいプリンスはたぶん無理だろうって。アケルダマ卿がパトロンを申し出たことも書かれてたわ。〈誘惑〉の評価は低かった。先生たちはソープのことを知らないようね、ソフロニア？」

「もう、ディミティったら」ソフロニアは啞然とした。

ディミティは得意顔だ。「そこが諜報員として、あなたとマダム・スペチュナが似ている点じゃないかしら」

ソフロニアはがっかりした。どれも知っている――少なくとも予想どおりの――内容ばかりだ。単独スパイに推薦されたのはよかった。生徒の大半は社交界にデビューし、権力者と結婚してフィニッシュする。情報を手に入れやすく、世論を操作するのに都合がいいからだ。そしてその大半が数回、結婚する。それとは違う能力があるとほめられるのは変な気分だ。それはつまり誘惑能力に欠けるということでもあった。

「それだけ？」

「まあそんなとこかしら」ディミティはまだ何か重要な情報を隠している。

「ディミティ、お願い」それは蜥牛に卵を産んでと頼むようなものだった。

ついにディミティが折れた。「あなたが〈将軍〉と契約したことがばれてた」

「えっ？」

「ファイルの最後に書いてあったわ。どうやって知ったか、誰から知ったか、それをどう思っているかについては何もなかったけど、とにかく先生たちは知ってるってこと」

「隠したつもりでいた自分がバカだったわ」

ディミティはいよいよ得意顔だ。

「さあ、もう寝てちょうだい」

ソフロニアの言葉にディミティは笑って出ていったが、今回の勝負は完全にディミティの勝ちだ。

部屋に戻るとバンバースヌートが待っていた。

しばらくアガサが遊んでいたらしく、頭にはアガサのレース襟がいかしたティアラのように巻きつけてある。

ソフロニアはバンバースヌートを持ちあげ、抱きしめた。固くて、油っぽくて、灰まみれの熱い金属犬は抱きしめるのには向かないけれど、それでも気分が落ち着く。

ベッドの足もとにバンバースヌートを入れ、顔と手を洗って寝間着に着替えた。それから毛布の下にもぐりこみ、温かいメカアニマルの下に足を入れて目を閉じた。〈将軍〉との契約が記録にあったとすれば、誰かがレディ・リネットに告げたということだ。可能性がある人物と言えば、ディミティ、アガサ、ソープ、ナイオール大尉、そして〈将軍〉本人……。五人のなかで心から信じられるのはソープだけだ。

ソフロニアは胸が痛くなるほどソープが恋しかった。

危機その九　茶会出席禁止令

大晦日の朝は重苦しくて湿っぽい、ぐしょ濡れのふきんのような天気だったが、昼には雨も霧に変わり、日没ごろには夜の祝宴に晴れ間も見えそうな雲行きになって生徒たちは喜んだ。雨が降れば食堂に閉じこめられるが、晴れればキーキーデッキにも出られるし、教師たちもすべてのカップルには目が届かない。マドモアゼル・ジェラルディンは荷車からこぼれ落ちそうなリンゴみたいな胸で大きく息をし、〝くれぐれも二人きりになるのは避けるように〟と厳命した。だが、ここがスパイ養成学校だと知らないのは学長だけで、ほかの教師はみな今夜が紅茶がらみの長いいちゃつきの場になると見ており、ルフォー教授は見るからに渋い表情を浮かべていた。

満月まぢかの月が地平線の上にぽっかり現われるころ、飛行船はすべるようにスウィフル＝オン＝エクスに近づき、花束や贈り物を手にヤギ道の端に整列する〈バンソン校〉の生徒たちが見えてきた。ディミティとソフロニアは中央の受付デッキで待ち受けるレディのなかにはいなかったが、いわば最高のボックス席からこの様子を見ていた。たしかにブレイスウォープ教授の私室のバルコニーにあるデッキチェアはとびきり上等だ。

「そしてわたしたちは散りゆく霧の渦に乗り、消えかけの白い太陽を背にふくらんだ優雅な姿を浮かびあがらせ、すべるように現われる……」ディミティが喪失感のあまり詩的なたわごとをつぶやいた。

「何言ってるの」ソフロニアはそっけなくあしらった。「〈ジェラルディン校〉は壮麗な気球の幻想を抱く、ずんぐりイモムシ飛行船よ」

参加は禁じられても二人はパーティドレスを着ていた。ブレイスウォープ教授までが、かつてのしゃれ心を取り戻したかのように濃い紫のビロードスーツとラベンダー色の綾織りベストに紫色のクラヴァットでめかしこみ、二人のレディのあいだにおとなしく座ってハリネズミ型の紅茶ポットカバーらしきものを編んでいる。黒のクラヴァットをつけたバンバースヌートは満足そうにデッキに寝そべり、ときおり毛糸かごに向かってワンとほえるが、いまのところかじる気はなさそうだ。

「やめてよ、ソフロニア。感傷的な気分に浸ってるんだから」

「失礼、ディミティ。どうぞ続けて」

煤っ子たちが巨大階段をおろし、蒸気がぶわっとあがった。若いレディたちはみな興奮してそわそわしている。

「ほら、みんなあそこに」ディミティは妄想の達人だ。「プディング・コースの色とりどりの蒸し果物みたい。わたしもあのテーブルに並ぶ果実のひとつになりたかったわ」

「どんな？」

「桃よ、当然でしょ」

「当然ね」ソフロニアはひそかに、いまのディミティはグースベリーとカスタードのデザート《グースベリー・フール》みたいだと思った。

ディミティはここをこっそり抜け出してパーティに潜入する——せめてレディ・リネットとルフォー教授に気づかれないよう片隅にでももぐりこむ——という望みを捨てていなかった。ケーキにありつける機会は何がなんでも見逃さないタイプだ。ソフロニアもそのつもりだった。なんと言ってもこっちは〝フェリックスから情報を引き出す〟という〈将軍〉の命《めい》を受けている。でも、吸血鬼のお守《も》り役の格好ではそれもままならない。そこで二人はいちばんいいドレスを着こんだ。舞踏会用ともディナー用ともつかぬデザインだが、先生たちの視線を気にする必要はないので思いきって冒険してみた。正確には、冒険したのはディミティで、ソフロニアは〝あなたもつきあって〟としつこく誘われただけだ。

ソフロニアは肩にかけたショールをしきりにかき寄せた。ちょっと冒険しすぎたかもしれない。

ディミティがソフロニアのしぐさに気づき、たしなめた。

「そわそわしないでよ」

「寒いんだもの」ソフロニアは開きすぎた胸もとが気になってしかたがない。

「何言ってるの」ディミティのドレスも同じくらい胸もとが開いているが、当人いわく〝わたしはソフロニアほどカブには恵まれなかった〟。正直なところアガサやマドモアゼル・ジェラルディンに比べればソフロニアの胸はせいぜいハツカダイコンだが、今夜のドレスは、言うなれば先っぽ以外はすべて剝き出しだ。

ディミティのドレスは襟ぐりにいくつもひだを取った桃色のシルクで、裾には貝形レース《スカラップ》、腰と両肩には黒いリボンがひとつずつあしらってある。この優雅なドレスに黒玉と黒の手袋、黒のサンダルを合わせ、すっきりしたデザインを際立たせていた。黒玉は本来、喪中の人がつけるものだが、今夜のドレスにはよく似合う。ドレスの桃色と肌の色に黒が映え、ディミティは美しく、裕福そうに見えた。

かたやソフロニアのドレスは、よくペチュニアが買ってくれたと思うほど洗練されていた。最初ソフロニアはあまりに大人っぽすぎると反対したが、ペチュニアは妹が大胆なデザインに尻込みしていると気づくと、しきりに勧めた。もしソフロニアが気に入っていたら逆に阻止したかもしれない。それはフリルもひだもレースもない、ぴったりした胴着《ボディス》にたっぷりしたスカートという、体型の欠点を隠す装飾は何もないデザインで、光沢のある鮮やかな赤い生地に黒い綾織りの花が散らされ、短い袖が小さくふくらんでいる。襟ぐりがとんでもなく深いところを除けばとてもシンプルだ。ソフロニアの倍の年齢の既婚女性に似合いそうなドレスだが、ディミティに言わせれば、〝誰にも見られないんだからどんな格好でもいいのよ〟。たしかに、フェリックスから情報を引き出したいのならこのドレスは最適かもしれない。

二人は〈バンソン校〉の生徒たちが乗船し、知り合いを探す様子を見つめた。ディングルプループス卿がマージー卿や〈ピストンズ〉の一団とともに現われ、集団の後ろからピルオーバーがしぶしぶついてくるのを見て二人は喜んだ。ディミティは弟がみじめな目にあうのが楽しいから、ソフロニアは、自分とディミティが参加できないと知ってアガサが落ちこんでいたからだ。

〈バンソン校〉の生徒のなかにビエーヴの姿はなかった。何か問題でも起こったのだろうか？　もしかして女だってことがばれた？　ソフロニアは恐怖に襲われた。ビエーヴが〈バンソン校〉に潜入しているのはとても心強いし、彼女の工学的才能が頼りになるのは言うまでもない。いまあの子の素性が知れたら大変だ。

ブレイスウォープ教授は編み棒をかちかち鳴らし、たったいま来客の一団に気づいたかのようにバルコニーから身を乗り出した。

「あれはなんだ？　前菜か？」

「果物よ」ディミティがにっこり笑った。「お茶会よ、教授。新年茶会に参加するお客様がみえ

ソフロニアは小さく首を振った。

たの、忘れた?」

「そんな話がどこにある? 男子学生を茶会に出すとは。なんと物騒な。消費されるべきは上品な若いレディだけだ、きみたちのような。みな知っている。もちろん、レバー卵バターソースを添えて」そう言ってブレイスウォープ教授は横目で二人を順ぐりに見た。首をひたと見つめる視線にさすがのディミティもショールを引きあげ、愛らしいドレスの最大の魅力である襟ぐりを覆って剝き出しの首を隠した。

「残念だが」吸血鬼教授は編み物に視線を戻した。「いまは空腹ではない、は」

若い紳士集団はなかなかの眺めだった。茶会に出席する紳士の身なりにあまり選択の余地はなく、全員がそろいの服を着ているかのようだ。なかに数人、ピンクを着て襟をピンと立て、ぴっちりした派手なズボンに巨大なクラヴァットといういでたちの者がいて、ニワトリのなかのクジャクのように目立っている。しょせん〈バンソン校〉は邪悪な天才のための学校だ。実験的なのは武器だけでファッションではない。

〈バンソン校〉の生徒たちが乗りこんで階段が引きあげられ、飛行船はわずかに上昇した。まんいち乗り遅れた者のために、あと一時間は移動しないことになっている。見るべきものがなくなり、夜気が冷たくなるのを待ってソフロニアとディミティはブレイスウォープ教授を室内に移動させる準備を始めた。バルコニーに出すときもずいぶん手こずった。部屋に戻すのも楽ではなさそうだ。

「さあ、こっちよ、教授、さあさあ」ディミティが甘い声をかけた。

吸血鬼教授はぴょんと立ちあがって首をかしげ、鼻をうごめかした。「サルの丸焼きのにおいがする」

「あとでね、教授」ソフロニアは彼をなかに入れようと扉を開けた。

そんななだめすかしのさなか、足もとで咳払いが聞こえた。

つま先の横に煤まみれの小さな顔が現われ、ディミティが悲鳴をあげた。バルコニーの床までのぼってきた煤っ子が手すりのすきまからのぞいていた。

教授は煤っ子を見おろし、においを嗅ぐ猟犬のように口ひげを震わせた。「こんなに焦げて汚れたやつをテーブルに出すとはけしからん。料理長はクビだ！　なんとみっともない。すぐに突き返して別のものを持ってこさせろ、は」そう言うと、おとなしく部屋へ戻っていった。

〝下層階級の客はソフロニアの客〟と理解しているディミティは――実に正しい認識だ――ソフロニアを意味ありげに見ただけで編み物道具をつかみ、教授のあとから部屋に入った。

「なあに、ハンドル？」バンバースヌートが駆け寄り、ソフロニアと並んでハンドルを見おろした。小型メカアニマルは興奮しているようだ。なにしろ自分の目線に人がいることはめったにない。メカであろうと本物であろうとダックスフントにとっては脅威だ。

ハンドルはソフロニアに向かってにっと笑った。「今夜はすごくいかしてるね、ミス。すっごくいかしてる」

ソフロニアは胸もとでショールをしっかりつかんだ。この格好で身を乗り出したら胸が丸見えだ。「ありがとう」

「地上にお客さんだよ。古い友だち。特別に来たから急いでって」

ソフロニアはうなずいた。「船が上昇するのは一時間後ね？」

「いまはそう命じられてるけど、ほら、上の人《アップトップ》はいつ命令を変えるかわからないし、きみのために船をとどめてはおけない。たとえそんなドレスを着てても」

ソフロニアはうなずいた。

「例のバネ道具、つけてんの？」と、ハンドル。

ソフロニアはバンバースヌートのなかからホウレーを取り出した。ビエーヴがホウレーと妨害器がちょうど収まるように改良してくれた。今日のドレスには合わないと思って今までつけずにいたのだ。ソフロニアはホウレーをつけ、妨害器をどうするか迷った。

「長くかかるかしら？」

「それはきみと客しだいだ、ミス」

「やめておくわ。今日の格好は妨害器向きじゃないし。手を貸してくれる？　上から」

「もちろん、ミス。喜んで」ハンドルはソフロニアのドレスを見おろせるとあって目を輝かせた。〝ああ、あたしったらどうしてディミティの言うことなんか聞いたのかしら？〟

ソフロニアはホウレーの鉤をバルコニーの端に引っかけると、スカートをたくしあげ——ハンドルは大喜びだ——手すりを越えて煤っ子の真横におりた。真下を見ると、たしかに見覚えのある人物がいまかいまかと待っている。

そのとたん怖さとは違う感情が押し寄せ、鳥肌が立った。

ソフロニアはバルコニーの脇を蹴り、振り子のように身を振り出して下のバルコニーにつかまった。それを待ってハンドルがブレイスウォープ教授のバルコニーからホウレーをはずし、ソフロニアに向かって落とした。いつだって飛行船の外を移動するのはのぼるほうが簡単だ。おりるときはたいてい船内の階段と廊下を使うが、誰かの助けがあればこの方法がいちばん速い。

ソフロニアはふたたび鉤を引っかけてさらに下の階に飛び移り、ハンドルがくだって鉤をはずしてくれるのを待った。ハンドルはホウレーもなしにするすると素手でおりてくる。〈ジェラルディン校〉の生徒は彼によじのぼり術を教わったらどうかしら。でも、考えてみたらよじのぼりは仕事の一部だ。煤っ子はボイラーに石炭をくべるだけでなく、気球の外側に索具をつけたり、修理をしたりしなくてはならない。

ようやくソフロニアは機関室上のいちばん低いバルコニーに達し、地面までの距離を目測した。これなら行けそうだ。

ふたたびハンドルがホウレーをはずし、ソフロニアはロープを巻きこんで再度、鉤を引っかけ、バルコニーから飛びおりた。ぶらさがった位置から地面まではまだ一階ぶんの高さがあるが、下で待っている人を考えれば、いざとなったら跳びあがって船に戻してくれるはずだ。

「つかまえて！」

ソフロニアは手首からホウレーをはずしてそのまま落下し、待ち人の腕のなかにすぽっと収まった。異界族が若い女性を受けとめるくらいなんでもない。ふくらんだスカートも衝撃をやわらげるのに一役買った。

ディミティがはるか頭上のバルコニーの縁から頭を突き出して叫んだ。

「まったくもう！　五分だけ話をさせてあげようと思ったら、これ？　あなたって本当にどうしようもないわね」そしてソフロニアが男の腕にすっぽり抱かれているのを見て目を剝いた。「このあばずれ！」

「このドレスを選んだのはあなたよ」ソフロニアは言い返した。

「商売女！」

「すぐに戻るわ、約束する」会話を聞かれる心配はない。いまごろはみな食堂でお茶を楽しんでいるはずだ。

「そうね、早く終わらせるのも商売女の仕事よ」ディミティも場合によっては下品になる。

ソフロニアは笑いをこらえた。「教授には編み物をさせておいて!」

「賢明な助言をどうも」ディミティは地上のソフロニアに聞こえるほど大きく鼻を鳴らした。それともそんな気がしただけかもしれない。いかにもディミティが鼻を鳴らしそうな場面だ。

ソフロニアはソープの腕のなかで振り向き、黒い目を恥ずかしそうに見あげた。「もう降ろしていいわ」

「嫌だね」ソープは歯を見せてにっと笑った。輝くような白さは前と同じだが、不死者になったせいで先が異様にとがっている。

ソープの笑顔は大好きだけど、いまはほっとするより食べられそうな気がした。さいわい瞳のきらめきだけは昔のままだ。

「お願い」

ソープはしばらく考えるふりをしてからそっとソフロニアを立たせた。

ソフロニアはしばし髪を押さえ、服のしわを伸ばし、スカートをなでつけたりして身なりを整えた。

深く開いたドレスを見てソープが目をまん丸くした。ソフロニアは彼の息づかいが荒くなったのが聞こえてうれしくなったが、すぐにそんなことを思った自分とドレスが恥ずかしくなり、胸もとにきつくショールを巻きつけた。ソープの恋愛感情を押しとどめなければならないのに、誘惑に成功して喜んでる場合じゃない。

そうやって自分を叱っているまにソフロニアはもういちど抱えあげられてバランスを崩し、悲鳴をあげたところをキスされた。なんのためらいも迷いもない、飢えたような深いキスだ。ソフロニアは息もつけず、頭がくらくらし、ますますドレスに腹が立った。

「ソープ、ダメよ、こんなこと」ソフロニアはソープを押しやった。

彼の息が少し荒い。ソフロニアはソープも興奮したんだとひそかに喜んだ。これが自分だけだったら恥ずかしい。

「おれが死んだあとに起こったことを知って、きみはおれを愛してると思った」

ソフロニアはびくっとして自分の手を見つめた。そんな言葉に、どうやって嘘もつかず、傷つけることもなく答えればいいの？

「ああ、そうか。こんな話題は苦手だったね。感情や恋愛について話すのは」ソープが目を輝かせた。

ソフロニアはつい怖じ気づいて話題を変えた。「こんなところで何をしてるの？〈将軍〉は一緒なの？　大丈夫？〈将軍〉に何かあったの？　それともピクルマンに何か動きがあった？」

ソープは指を折りながら質問にひとつずつ答えた。「ここに来たのはきみに会いたかったから。〈将軍〉は一緒じゃない。おれは元気で〈将軍〉も無事だ。ピクルマンは――」

「待って、〈将軍〉は一緒じゃないの？　でもソープ、明日は満月よ！」

「わかってる」

「あなたは人狼になったばかりよ！　そんな時期に〈将軍〉と離れて平気なの？」

「あの人のエプロンひもにつながれるのはうんざりだ」うなるような口調のせいで、理にかなった発言というより腹立ちまぎれに出た言葉のように聞こえた。ソフロニアはとにかくソープの身が心配でたまらない。

「まあ、なんてこと。本当はこんなところにいちゃいけないんでしょ？　無断で来たのね。まだ変身を制御できない身で。どうしてそんなバカな真似を？　昼間はどこで眠ったの？　昨夜、移動したんでしょ？　誰が守ってくれたの？」

暗がりから小柄な人影が現われ、制するように手をあげた。「えっと、それはあたし」

ビエーヴだ。

ソフロニアは若い発明家に怒りを向けた。「これがどんな危険なことかわかってるの？」

「そんなに怒んないでよ、まったくがみがみうるさいな。じゃあどうすればよかったわけ？　夜明けに現われた人狼を太陽の下、追い返せっていうの？　そんなことしたら若い人狼が深刻なダメージを受けることくらいあたしだって知ってる。だから浴室に閉じこめたんだ」

「なんですって？」

ビエーヴはいかにもフランスふうに肩をすくめた。「男子校だから浴室はめったに使われない。そうすればきみたちも、ぞっとするけど、いちゃいちゃできるし」――ビエーヴは幼すぎて恋愛には嫌悪感しかないようだ――「暗くなってから送り返したほうがいいと思って」

「あら、そうだったの？」

「やっほー、おれには口をはさむ余地もないわけ？」二人が言い合っているあいだにソープはすっかり落ち着いていた。

ソフロニアはソープに向きなおった。「どうしてここにいるのか、ちゃんと説明して。あたしと離れられないからなんてごたくは聞きたくないわ。それが本当の理由なら、もっとましな言いわけを考えて。さもないとその耳をひっぱたくわよ、人狼であろうとなかろうと」

ソープは大きく息を吸った。「今夜、ピクルマンのスパイが数人、〈ジェラルディン校〉に潜入してる。〈バンソン校〉の生徒になりすまして」

「まさか。先生たちが新顔に気づかないはずないわ」

「裕福な支援者の顔利きのようだ」

「どうしてピクルマンがうちの新年パーティなんかに？　ただのお茶会よ」

「〈将軍〉は、ちょっとした情報を集めるためで、たいした問題じゃないと考えてる」

ソフロニアはうなずいた。「でもあなたはそうは思わないのね？」

ソープは妙に淡々と答えた。「仔犬はアルファに逆らえない。規則を破りたいとき以外は」

ソフロニアはビエーヴに視線を移した。「ピクルマンのねらいはなんだと思う？」

「なんらかの技術を盗もうとしてるのかもしれない。おそらくおばさんから。あの人は発明に関しては必ずしも」――そこでビエーヴは言葉を選び――「安全志向じゃないから」

「ピクルマンは前にもいちど潜入したわ」

「そうなの？　初耳だ」と、ソープ。

「あたしはまだ〈将軍〉に仕えてるわけじゃないわ」

「じゃあ、おれは何？　取るに足らないやつ《チョップレバー》ってこと？」そこでソープは口調を変えた。

「ああ、ぶつ切り《チョップ》レバー、なんてうまそうな響きだ」

「ソープ、あなたは〈将軍〉の子よ。あたしはそこまでバカじゃないわ」

ソープは顔をくもらせた。「もうおれを信用してないってこと？」

そうなのだろうかとソフロニアは自問した。「もし最初の潜入のことを話したら、あなたは〈将軍〉に報告してた？」

「きみにするなと言われたらしなかった」

「いまさらそんな話をしても意味がないわ」

「それでもきみは隠しだてしようとする、おれに対しても」むっとした口調だ。

ソフロニアは傷ついた。こんなに自分の気持ちに正直になろうと——ソープにだけは嘘をつくまいと必死になっているのに。いっそ〝あなたのことは愛していない〟と告げ、二人の将来にはなんの望みもないと突っぱねたらどんなに楽か。長い目で見れば、そのほうがおたがいのためだ。やろうと思えばやれる。そんな訓練も受けてきた。でも、それを言ったら永遠に彼を失ってしまう。もう友人には戻れないとソープは言った。ソフロニアは自分の弱さに気づいた。はっきり言えないのは彼を傷つけたくないからじゃない。自分が傷つくのが怖いからだ。

「何をそんなに怒ってるの？　あたしはあなたの忠誠をいちども疑ったことはないわ」

「それとこれとは違う」ソープはうなるように言った。

そこでビエーヴがしびれを切らした。「二人とも初めての痴話げんかをやるつもり？　いまここで？　自分の学校がゆらゆら離れていってるときに？」

飛行船は前より少し離れていた。でも、ソフロニアはこのままソープとの食い違いを放ってはおけなかった。あたしがこれほど正しくありたいと思ったことは一度もない。どうしてソープはあたしがすべてを話すなんて思うの？　用心深いのはあたしの専売特許だ。持って生まれた性質と言ってもいい。ソープはあたしに変わってほしいの？　あたしを彼が望むような――〈将軍〉が望むような――女の地位に押しこめたいの？　そんなことを考えながら別の心配も渦巻いていた。ソープにとって満月の前夜はどれほど危険なのだろう？　彼に付き添うはめになったビエーヴの身の安全は？　同時にやましさも覚えた。ソープはあらゆる危険を冒して情報を届けてくれたのに、あたしは自分の知ってることを出し惜しみした。操縦室の一件は彼に話すべきだったの？　本当に？

「信頼はそう簡単に得られるものじゃないわ」ようやくソフロニアは答えた。

「そうだ。だからせめてきみには信頼されてると思っていた」ソープは肩を落とし、つぶやいた。「おれの求愛を拒むのはそのせい？」

ソフロニアはいらだちを抑えきれなかった。どうしてそんなに鈍感なの？　「お願いだから聞きわけのないこと言わないで。あたしにどうしろというの？　あなたは生まれたての一匹狼で、有力者の隠し駒なのよ」

「その有力者はきみの将来のパトロンでもある」

「じゃあ結婚してどうなるの？　どんな世界で生きてゆくの、ソープ？　あたしの家族は、友人は、社会的地位はどうなるの？　すべてを捨てろというの？」

「とんでもない！」

「だったらどういうつもり？」

「おれが世間から身を隠せばいい」

「それで、何？　あたしのうしろめたい異界族の秘密になるの？　あなたを箱のなかに閉じこめてスパイをしろというの？」ソフロニアは思わず声を荒らげた。

「それのどこが悪い？　きみならきっとうまくやれる」

「あなたはもっと大事な人よ、ソープ！　そんな関係は嫌なの！」そのとき初めてソフロニアは自分が叫んでいるのに気づいた。

「やっぱりおれを愛してるんだ」

ソフロニアはほっと息を吐いた。怒りは消え、悲しみが押し寄せた。「それでも世間の目は変わらないわ」

ソープが手を伸ばし、ソフロニアはびくっと身を引いた。「ダメよ」

ソープは手を引っこめた。「待つよ」

「待たないで」

こんどはソープが身をちぢめた。

なんだか口の様子が変だ。まるで自分の歯をのみこもうとしているかのような……それともあれは犬歯？　もしかして変身しはじめたの？　若い人狼は満月近くに感情が昂ぶると自制力が弱まるって、どこかで読んだことがある。

ソープはさらに身をかがめた。震えているようだ。

「ソープ！　大丈夫？」ビエーヴが身を乗り出した。ソフロニアはビエーヴがいることをすっかり忘れていた。ああ、恥ずかしい。

ソープの歯が伸びはじめていた。「ごめん。本当にごめん。でも、二人とも走って逃げたほうがいいかもしれない」髪の毛が逆立ち、きついちぢれ毛がほどけ、毛皮のように全身に広がろうとしていた。耳もわずかに伸び、目は茶色から金色に変わっている。

ソフロニアは思わずあとずさった。

だがビエーヴはさりげなく自分の肩に手を伸ばし、背中にくくりつけたらっぱ銃をつかんでソープに向けて発射した。

「待って、ビエーヴ、いったい何を……？」ソフロニアは言葉をのみこんだ。発射されたのは大きな銀の弾丸ではなく、漁師が使うような、縁に錘《おもり》のついた巨大な網だ。網は大きく弧を描き、ソープをすっぽり覆った。

「いてっ、ちくちくする」ソープは不機嫌な花婿のようにぼやいた。

「これでよし」ビエーヴは平然と言った。「さあ、落ち着いて」

「はい、大尉」ソープはとたんにおとなしくなった。

全身が震えてちぢみ、広がりかけた毛皮がみるみる引っこんでゆく。髪はソフロニアがなでるのが好きだったくるりと巻いた黒いちぢれ毛に戻り、耳はもとの丸い形に、目は濡れたような茶色に戻った。

「気分はどう？」ソフロニアは網ごしにもソープをなでたくなり、思わず近づいた。

「面目ない。網をかけられるなんて」

「自制心が戻るといいけど」ソフロニアは不安を隠して言った。

「キスしたほうがいいと思うよ、ソフロニア」ビエーヴが小さい顔に真剣な表情を浮かべて言った。

「助言をどうも。あなたが人前で愛情表現を勧めたことは後世まで書き残しておくわ」

ソフロニアが怒ったふりをしてみせると、ビエーヴは心外だという顔をした。「そうじゃないよ、バカだな。狼は触感によく反応するんだ。強い愛情で接すれば守りと保存の本能が目覚める。揺るぎない感情に包まれれば変身能力が制限されるかもしれない」

ソフロニアは網ごしにソープを見た。「ビエーヴは英語をしゃべっているようだけど、とても納得できないわ」

ソープが笑った。「キスをすれば、おれのなかの狼部分がきみを食べ物ではなく家族だと認識して、変身の欲求が抑えられるってビエーヴは思ってる」

ソフロニアは考えた。「それであなたはどう思うの？」

「やってみる価値はある」

「都合がいいんだから」しかたなくソフロニアは身をかがめてキスした。本当はそうしたかったからだ。二人をへだてる冷たい金属網は彼の皮膚を焼いたが、網ごしでもソープのキスは激しかった。

ソフロニアは思わずあとずさった。

「二人には仲直りしてもらわなきゃ」ビエーヴは網を巻きこみ、二人の口もとを見ないようにしながら近づいた。

「効いてる？」と、ソフロニア。

ソープは体内器官をひとつずつ確かめるかのように目を閉じた。「そのようだ」

ビエーヴがソフロニアを見た。「いい？」

ソフロニアはうなずいた。

ビエーヴが銀の網を取りはらうと同時にソフロニアはソープの腕に跳びこみ、もういちど唇に唇を押し当てた。もちろん医療目的のためだ。二人は愛情というより必要に迫られて抱き合ったが、それでも力強く、心地よかった。

二人が離れたとき、怒りは消えていた――おたがいに。

「ほらね？」ビエーヴは得意顔だ。

そうしているまに飛行船はさらに離れ、機関室のハッチから突き出たいくつもの顔が叫んでいた。

ソフロニアの顔がビーツのように真っ赤になった。ずっと見られていたなんて！

ソフロニアはソープの手をつかんだ。「急いで」

全速力で飛行船を追う二人のあとをビエーヴが追いかけた。三つの小さな人影が低空飛行の飛行船を狂ったように追いかけるさまは、さぞ見物《みもの》だったに違いない。さいわい今夜は荒れ地にはめずらしく風が弱く、楽々と追いついた。

「ジャンプして戻してくれる？」

「狼になればできるけど、いま変身するのは危険だ」ソープは残念そうに頭を振ると、口笛を三回、鋭く鳴らし、鳥のような一声をあげた。その合図に煤っ子たちがいつもの縄ばしごをおろした。

「きみも来るの、ソープ？」ハンドルがハッチから顔を突き出した。

「無理だ」ソープは寂しげに笑った。「浮かびたくても、おれはもう空には浮かべない」

「でっかくて毛深いもんになったんだって？」

「そうらしい」

「人狼みたいな偉い人になっても、おれたちのこと忘れんなよ」別の煤っ子がどなった。

「忘れるもんか」ソープが答えた。「準備はいい？」

「いいわ」

ソフロニアがあらがうまもなくソープは最後にもういちど熱いキスをし、彼女を放りあげた。

ソフロニアは縄ばしごの端をつかみ、ふくらんだスカートをものともせずするするとよじのぼった。下のほうからビエーヴが網を放つぽんという音が聞こえ、ふたたびソープはギリシア悲劇に出てくるヴェールをまとった人のように網をかけられた。

もう変身しそうには見えなかったが、用心に越したことはない。

「さあ、おいで」ビエーヴの声が聞こえた。「これから浴室に連れてくよ。これがどんなにバカげたことかわかってる？　明日の夜はどうすりゃいいの？　あんたは否応なく、網があろうとなかろうと完全な狼になるんだよ。りっぱな狼をどうやって浴室に隠せっていうの？」

ハッチをくぐって飛行船に乗りこむと同時にビエーヴのお説教は聞こえなくなった。あとは〈将軍〉がソープの居場所を嗅ぎつけ、あとを追ってくるのを祈るしかない。ソフロニアはビエーヴに心から感謝した。またしても小さな発明家はソフロニアと愛する人を助けてくれた。

煤っ子たちは大きく開いたドレスに目をみはったが、ソフロニアは恥ずかしさそっちのけでブレイスウォープ教授の私室に急行した。煤っ子たちは喜んで手を貸し、ハンドルが置き忘れられたホウレーを返した。

ホウレーを使って飛行船をよじのぼり、バルコニーを乗り越え、ドレスのしわを伸ばして巻き毛をなでつけたのは、出発してから一時間もたっていなかった。われながらいいタイムだ。

だが、ディミティの見かたは違った。ディミティはブレイスウォープ教授とバックギャモンをしながら、小さなグラスでいけない飲み物を飲んでいた。「こんなに遅くまでどこに行ってたの？」

「ごめんなさい、ちょっと地上に用があって。それはシェリー酒？」

「いちゃついてたんでしょ」

ソフロニアはディミティの勘の鋭さに驚いた。「どうしてわかるの？」

ディミティは得意そうに、「唇にかすかな跡。頬の赤味。乱れた髪。誰なの？　マージー卿があなたの気を惹き戻したの？」そう言ってわざととぼけた。ソフロニアに告白させたがっているのは明らかだ。

「まさか」

「ちょっと、まさかふさわしくない別の煤っ子を好きになったんじゃないでしょうね？」

「いいえ、あなたも知ってるとおり前と同じ煤っ子よ」

ディミティはあきれて白目を剝いた。「ソフロニア、親切心から言うけど、そこに未来はないのよ。ほかのことはともかく、彼は不死者で、あなたはそうじゃない。いずれにしてもあなたは彼を傷つけることになるわ」

「わかってるわ。彼にもそう言った」

「戦《いくさ》はささいなことで起こるものだ、は」二人はブレイスウォープ教授の存在をほとんど忘れていた。

ディミティが教授に手を振った。「ありがとう。まさにわたしの言いたいことよ、教授。少しソフロニアに言い聞かせてやってちょうだい」

吸血鬼教授は青白い顔に真剣な表情を浮かべ、バックギャモンの盤上に身を乗り出した。口ひげの片方がずり落ちている。「何をするにしても、ちびキュウリだけはピクルスにしてはならない。タマネギはいい。だが、ちびキュウリはありえない」

ソフロニアは笑いをこらえてうなずいた。「まったくね、教授、実に賢明な助言だわ」

「それで、終わらせたの？」ディミティはこれまでの経験から──自分にはとうてい理解できなくても──ソフロニアがソープを好きでたまらないことを知っている。

「終わらせようとしたわ」言葉にしたとたん、ふいに涙がこみあげた。「ディミティ、とても怖いの。あたし……」ソフロニアは震えながら息を吸った。「気がつくと理性で自分の気持ちを抑えようとしてる」

すぐにディミティが近づき、そっと腕をまわした。「わかるわ、ソフロニア。誰だってそれで苦しむの。わたしを見て！　感情にまかせてディングルプループス卿に詩を書き送ったのよ！　あなたはそこまで堕ちてないでしょ？」

ソフロニアはぐすんと鼻を鳴らした。「ええ、さすがにそこまでは」

「それは誇れることよ、でしょ？」

ソフロニアは涙目でうなずいた。

ブレイスウォープ教授が紫色の大判ハンカチを渡した。口ひげが心配そうに垂れさがっている。ソフロニアはありがたく受け取り、呼吸を整えながら目に押し当てた。

察しのいいディミティはソフロニアに落ち着く時間をあたえるためにゲームに戻った。

ゲームはディミティがすでに四手も前で負けていたことに気づいて終わり、教授は編み物に戻った。こんどは細かいレースの美しい女性用ショールだ。

「とてもすてきね、教授」ソフロニアは声が震えていなくてほっとした。「これには何か意味が？」編み地に暗号をしこむのは〈ジェラルディン校〉の生徒の常識だ。

「なんだと？」教授は困惑した。「いや、意味などない。〈夜明けの光〉と呼ばれる編み地だ。なんたる皮肉よ」そう言って美しいレース地をひっくり返し、編み棒を動かしはじめた。

ディミティがソフロニアに向きなおった。「しばらく一人にしてもいいんじゃない？」

「ちょっと、ディミティ、お茶会に忍びこむつもり？」

「気分を盛りあげるには最適よ」

「そうだけど、持ち場を離れたことがばれたらいよいよただじゃすまないわ。でも、ソープは客にピクルマンがまぎれこんでるって言ってたし、〈将軍〉にもフェリックスに鎌をかけてみると約束したんだった」

「せっかくのドレスをブレイスウォープ教授に見せるだけじゃもったいないわ」

自分の名前に教授が顔をあげた。「は、は？」

「なんでもありません、教授」

二人は声をそろえて答え、ソフロニアはディミティに首をかしげた。「本気？」

ディミティはすっぱいレモンを食べたかのように丸顔をしかめた。「わたしはなんであろうと見逃したくないの。だからいい結婚をして裕福なレディになりたいの。そうすればいつだってすべてのパーティを主催できて、すべてを見逃さずにいられるでしょ。知らない状態にはとても耐えられないわ」

「あなたはゴシップを知らずにいるのが耐えられない。そしてあたしは動いていなければ耐えられない」

ディミティはこの事実に目をぱちくりさせた。「そうね」

「じゃあ、行く？」

ディミティはにやりと笑った。「教授、わたしたち、ほんのちょっと席をはずしてもいいかしら？」

「いいとも。ブランデーと小さなケーキを少し持ってきてくれ」

「でも、あなたはケーキを食べないでしょ？」

「食べるのではない。空から野生の子馬に投げるのだ、は」

「あら」

「空に浮かぶ平底船に乗っていようと、人にはなんらかのお楽しみが必要だ」

「たしかにそうね。ほかには？」

教授はしばらく考えてから言った。「ふむ、もしあの若者たちがそばにいたら、三十分後くらいにおやつがほしい。酔っぱらいでなければ誰でもかまわんが、くれぐれも運動好きにしてくれ。学問好きで、部屋から出ない、うらなりしゃれ男はごめんだ。血の風味が悪い」

ディミティとソフロニアは視線を交わした。

「本当かしら」ソフロニアは記憶にとどめた。本当ならピルオーバーがねらわれる心配はなさそうだ。

二人は吸血鬼教授がほかに何か思いつく前に部屋を出た。

危機その十　茶会での窮地

二人が会場に着いたとき、茶会はまさにたけなわだった。決まった席での上品な会話と遠慮がちな紹介で始まった会はそれ相応のにぎやかさになり、いまや若い男女は、よりふさわしい相手との楽しい会話を求めてあたりを動きまわっていた。しきたりどおりに振舞う者……冒険を求める者……。若いレディのなかには任務をあたえられた者もいて、部屋の奥では増幅器つきハープを膝にのせたミス・ペリウォンクスの演奏に合わせて数人が踊り、ひとつのテーブルではトランプまで行なわれていた。

本来ならお茶会でダンスやトランプは御法度だが、時間も遅く、大晦日ともなれば規則もさほど厳しくはない。これは教授たちが早々にシャンパンを飲みはじめたこととも関係があるようだ。ルフォー教授はしらふでしかめつらだが、この教授はいつだってこんなふうだ。とはいえ上座テーブルを離れて規則を振りかざす様子はなく、マドモアゼル・ジェラルディンのほうをいらだたしげに見ている。お茶会は学長が大好きな行事で、男子生徒を招待することには反対だったが、当人はけっこう楽しんでいた。

シャンパンはもちろんテーブルの料理もすばらしかった。料理長が腕によりをかけたスコットランドシードケーキにブドウのブランデー漬け、リンゴのシロップ漬けにオレンジビスケットのカリンジャム添え、アーモンドタルトにシャルロットプディング・ミラノふうクリーム添えなどがずらりと並んでいる。アーモンドタルトにアーモンドと同じにおいのする青酸カリがかかっていないことを祈るばかりだ。いつものように〈バンソン校〉の生徒がむさぼるように食べ、〈ジェラルディン校〉の生徒も何人かは上品さを忘れて食いついていた。

ソフロニアとディミティはクランガーメイドの背後の職員通路から忍びこんだ。ソフロニアはボウル一杯のリンゴのシロップ漬けを見やり、煤っ子たちのためにどうやってくすねようかと考えをめぐらした。二人とも扇子で顔のほとんどを隠してはいたが、こそこそはせず、正式な参加者のように内緒話をしながらカップルを観察するふうをよそおい、踊る一団の背後に近づいた。

「ちょっと、あれ見た?」ソフロニアがディミティをつつき、隅のテーブルで語らう二人に注意を向けた。ピルオーバーが生き生きとした様子でアガサに何やら話しかけている。

「愛の告白かしら」

ディミティは不快そうに顔をしかめた。「あのおぞましい弟がこれまでに告白したのは、ギリシアの哲学者プルタルコスへのくだらない愛くらいのものよ。あなた、煤っ子とキスして頭が変になったんじゃない？」

「それを言うなら人狼とキスしたと言って、ディミティ」ソフロニアは怒ったふりをした。

「ピルの言うことなんて仔牛頭のゼラチンよりふにゃふにゃよ」ディミティはなおも弟を罵倒した。

それでもピルオーバーの表情はソフロニアが見たこともないほど穏やかだ。

そのときアガサが目をあげた。

ソフロニアはアガサが気づくように手に持ったしこみ扇子を一瞬おろした。

アガサは大きく目を見開き、すぐにハンカチを取って唇の前で横に動かした。暗号のようだが、ソフロニアにはわからない。

「あれはどういう意味？」

ダンスのカップルが二人のあいだをまわりながらすり抜けた。紫色の目の金髪の新入生がディングルプループス卿と踊っている。ディミティはまったく動じなかった。しょせん、詩なんてそんなものだ。

「〝あなたと知り合いになりたい〟」ディミティが通訳した。「スパイ用じゃなくて、ありふれたたわむれのしぐさよ」

ソフロニアは驚いた。この世に装飾品を使った一般レディのための伝達法があるなんて。

「どうしてレディ・リネットは教えてくれなかったの？」

ディミティがけげんそうに見返した。「ここに来る生徒は知ってて当然だからよ。みなそうじゃない？ わたしもハンカチ暗号を覚えさせられたわ。花言葉はもちろん。それを知らずに、どうやって男性が関心を持っているかどうかがわかるの？」

「会話かしら」

ディミティはアガサに向かって首を振り、〝意味不明〟と伝えた。「どうしてわたしたちと知り合いになりたいの？ とっくに知り合いなのに」

二人は腕を組み、噂話に没頭するふりをして身を寄せ合った。

「きっと伝えたい重要な情報があるのよ。近づいてほしいんじゃない？」

「ダメよ」ディミティがあわてて制した。「シスター・マッティが見まわってる」

アガサが中指にハンカチを巻きつけはじめた。

「あれはどういう意味？」

「〝わたしは結婚している〟」

ますますわけがわからない。ソフロニアはもういちど扇子をおろし、アガサに向かってなじるように首を振った。

アガサは露骨にため息をつき、何やらきっぱりとピルオーバーに告げた。

するとこんどはピルオーバーがアガサのハンカチを取り、ソフロニアとディミティに向かって動かしはじめた。

「〝ぼくは……新郎？〟」ディミティが必死に解読した。

ソフロニアは白いレースを着たピルオーバーを想像し、一瞬、笑いがこみあげた。

アガサとピルオーバーはハンカチ暗号をあきらめて立ちあがり、テーブルのあいだを移動しはじめた。テーブルには会話がはずむように三段皿と丈の低い花がしつらえてある。ダンスフロアの隅ではピルオーバーがアガサを両手に抱き、ほかの勇敢なカップルに混じってアガサをくるくるとまわしはじめた。やがて二人はディミティとソフロニアに近づき、くるりと回転して止まった。

「参加を禁じられたんだって、ディミティ？　さぞショックだろうね。しかも自分の学校の新年パーティにこそこそ忍びこむなんて、みっともないにもほどがある」ピルオーバーは足を止めるや姉の弱みを攻撃した。

「その口を閉じなさい、胸くそ悪いおぼっちゃん」ディミティがにこやかに返した。

ピルオーバーは気にする様子もなかったが、口だけはぴしゃりと閉じた。

「二人とも口げんかしている場合じゃないわ」アガサが大人びた口調で言った。「たったいまミスター・プラムレイ＝テインモットからとても重大な情報を聞いたの。茶会に参加している男子生徒のなかに知らない顔がいるそうよ」

四人は敵を探すように部屋を見まわした。

「ピクルマンか、もしくは彼らに雇われたスパイよ」と、ソフロニア。見るかぎり取り立てて場違いな人物はいない。

すでにソフロニアたちが知っていたことにピルオーバーは顔をしかめ、アガサは目を丸くした。

「どうしてそのことを？　驚いたわ、ずっと吸血鬼教授のお守《も》りをしてたんじゃなかったの？　ああ、くやしい。今回ばかりは先に情報をつかんだと思ったのに」

「ずっとお守りをしていたのはわたしよ」ディミティがわざとらしく言った。「ソフロニアは抜け出して煤っ子とキスしてたわ」

「へえ！」ピルオーバーが顔を輝かせた。「ソープが来てるの？　いいやつだよ、ソープって男は」

「いいえ、ここにはいない。追い返したわ」ソフロニアは顔をしかめた。

「まさか永久追放じゃないよね？　あいつはほんとにいいやつだ」ピルオーバーは、上流階級にしては平等主義者だ。これはきっと、邪悪な発明よりギリシア語の翻訳を好むせいで〈ピストンズ〉にいじめられているからだろう。不当にしいたげられている彼は、労働者階級で褐色の肌の男との友情を汚点ではなく連帯と感じているに違いない。

「どれがスパイ？」ソフロニアは自分の複雑な恋愛が話題になる前にたずねた。

ピルオーバーが振り向き、部屋のいちばん奥の上座近くを指さした。「あそこにマージー卿と一緒にいる。いや、待って。消えてる！」

「そのようね」ソフロニアも行方を探そうと振り返った。

「お待ちなさい、お嬢さん」ディミティがいらだつマドモアゼル・ジェラルディンのような口調で言った。「まだ着いたばかりよ」

「あなたはここにいて」寛大にもソフロニアは言った。「あたしが追うわ」

「でも、どこに行ったかもわからないのに!」と、アガサ。

「そしてぼくに〝グッド・イブニング〟の挨拶もなしに行かせはしない」ハチミツのように甘い、別の声が会話に加わった。

「まずい!」と、ピルオーバー。「行こう、ミス・ウースモス。ぼくにはとても耐えられない」

ディミティも急に席をはずしたくなったらしく、レースの扇子で顔を隠したまま誰にも気づかれずに人混みにまぎれた。たしかにディミティは近ごろ授業をよく聞いている。

「あら、こんばんは、マージー卿」ソフロニアも負けないほど甘ったるい声で応じた。

「やあ、ミス・テミニック。今夜は欠席かと思っていた」

「あら、そう? またそんなご冗談を」

「たしかにそんな噂を信じたぼくがバカだった。きみはどこでも行きたいところへ行く人だ、だろう、リア?」と、フェリックス。今夜はソフロニアがいつものソフロニアなのを楽しんでいるようだ。たとえつれない態度でも。いや、だからこそいいのかもしれない。

「どこでも、どこでもじゃないわ」

「学園はきみを訓練しすぎたようだね」

ソフロニアは首をかしげた。今夜のフェリックスはやけにつっかかる。ソフロニアは小さく扇子を揺らし、胸もとをちらっと見せた。

フェリックスは息をのんで目をみはったが、機嫌はよくならず、かえって険しい顔になった。「最近、いかした人狼にでも会った?」

「先週、ロンドン滞在中にすてきな晩餐会があったの。あなたも来ればよかったのに」

「そうだね。でもぼくが言いたいのは、もっと最近の話だ」

ソフロニアはぎくりとした。フェリックスはソープがここにいることを知っている。つまりピクルマンも知ってるってこと? もしかしてソープが危険な状況に?「なんのことかしら、マージー卿?」ソフロニアは声を落とした。

〈将軍〉の誘惑作戦なんかどうでもいい。いまここで裏切り者の首を絞めてやるわ。絞殺具はどこ? ソフロニアは舞踏会手帖を探った。長い鎖は人の首に巻きつけられるほど強い。これは実験ずみだ。

フェリックスは自分の爪を見おろし、きれいな口もとを引き結んだ。「たいしたことじゃない。彼のことも」

フェリックスに絞殺は上等すぎる――ソフロニアは親指でしこみ扇子のカバーをはずし、

小さく一歩、近づいた。扇子にしこんだカミソリの先が光った。

「まあまあ、ミス・テミニック、そのすてきな――実にすてきな大人っぽいドレスを血で台なしにしたくはないだろう？」

ソフロニアは冷たい笑みを浮かべた。「このドレスはね、親愛なる子爵どの、真っ赤で、染みを隠す模様が入っているの」

フェリックスはかすかに不安の表情を浮かべた。「なるほど。だけど、どんなにぼくを脅しても、きみに彼を助けることはできない」

「一度、殺しただけじゃ足りなかったってこと？」

フェリックスは顔をゆがめた。「もしかして〝泡《バブル》〟と〝石けん水《サッズ》〟という名の、紅茶色の肌の子どもを産めないのがつらいの？」

「冗談のつもり？　たとえあたしがあなたでもそんなことは言わないわ」

フェリックスは噛みしめた歯の隙間から声を絞り出した。「きみはぼくのものだった。それをあいつが盗んだんだ」

「かわいそうに、そんなふうに思っていたの？」ソフロニアはフェリックスの怒りの原因に思いをめぐらした。彼にとってあたしは手に入りにくい賞品みたいなものだったの？　それともあたしは本当に彼の心を傷つけたの？　もしそうだとしたらうかつだった。いずれにせよソープがあんなふうになったのはフェリックスの恨みのせいだったってこと？

「バカね、あたしは一度だってあなたのものじゃなかった。たとえそうだったとしても、いずれあなたはあたしを追いはらっていたはずよ。あたしは裏切り者が嫌いなの」

フェリックスの美しい青い目にすがるような表情が浮かんだ。「飛行船からきみに警告したのを忘れたのか？　ぼくは父が発砲するのを阻止しようとした」

「でもあなたはあたしたちが〈ジェラルディン校〉の生徒だとばらした。そのせいで全員が危険な目にあったのよ」

「あれからきみたちは誰からも命をねらわれてはいない。少なくともこちら側の人間からは」

「それはあたしたちが学内にいて近づけなかったからよ！」

「じゃあ、最近ロンドンにいたときは？」

「人狼たちが毎晩、姉の家のまわりを警備してたのをあたしが知らなかったとでも思う、フェリックス？」そこでソフロニアはうんざりした。「どうしてあたしたちはいつもこんなふうにけんか腰なの？」フェリックスもかつては紳士だった。ソフロニアはいまも〈ピロング事件〉を懐かしく思い出す。

「きみが選択を間違えたからだ」

ピクルマンのことを言ってるのだろうか？　それともソープのこと？「いいえ、間違えたのはあなたよ」

フェリックスの青い目が意味ありげに光った。「本当にそう思う？　きみはすべてを知っているわけじゃない。そう思いこんでいるだけだ」何か引っかかる口調だ。もしかしてフェリックスは忠誠を誓う相手を変えたのだろうか？

「すべてを知ってるとは思ってないわ。だから教えて。ピクルマンが乗船しているそうね。目的は何？」

「きみではない」

「じゃあ誰？　事情を知っている人ね。レディ・リネット？」ソフロニアは扇子の鋭い先端ごしに上座テーブルを見やった。レディ・リネットはマドモアゼル・ジェラルディンの隣で熱心にしゃべっている。拉致しようと誰かが物陰にひそんでいるようにも見えない――レディ・リネットを拉致できるとはまず思えないけれど。

「ひょっとして人じゃなくて物？　ルフォー教授の装置とか？」――ソフロニアは何も知らないふりをして鎌をかけた。こうすればフェリックスは自分のほうが知っているといい気になるはずだ。

「かわいそうなソフロニア、本当に何も知らないんだね。まったく何も」

「だったら教えてくださらない？」

「ぼくが？　ぼくはお茶会に来ただけだ」それだけ言うとくるりと背を向け、仕立てのいい上着をこすらせながらすべるように立ち去った。なんていまいましい、前を向いて歩き去る姿もかっこいい。

毒づいたあとでソフロニアは現実に戻った。フェリックスのとぼけぶりはほかにも何かが起こりつつある証拠だ。潜入者のなかにピクルマンの重要人物がいるの？　もしかして〈チャツネ〉？

そのとき〈ジェラルディン校〉の接近警報が鳴りひびいた。

飛行船じゅうの鐘がすさまじい音で次々に鳴りだした。接近警報の公式な意味は、バルコニーに近づいてはならず、生徒はみなその場にじっとして、どんなにひどい事態になっても決して首を突っこんではならないということで、非公式には学園が攻撃され、メカ兵士が大砲を構えてキーキーデッキに整列することを意味する。

食堂では、たわむれとダンスと熱い紅茶のがぶ飲みが中断した。レディたちは上座テーブルに期待の目を向け、命令を待った。それに比べると邪悪な天才の卵たちの動揺ぶりは目に余るものがあった。一人が驚いてケーキを落とし、何人かがあわててシルクハットを追いかけた。帽子をつかまえるのはすべての紳士に植えつけられた本能だ。やがて自分たちの失態に気づき、不安そうに周囲を見まわすだけになった。当然ながら、さまざまな推測があちこちでささやかれている。

「接近警報です、みなさん。落ち着いてお茶を楽しみましょう」マドモアゼル・ジェラルディンの声がとどろいた。「〈ジェラルディン校〉の生徒はささいな警報には動じません。おじょおひんな紳士も、はっとしたくらいでハットを取りにゆくものではありませんよ」学長は陳腐なたとえに気づいて一瞬、言葉を切ってから続けた。「わたくしはここでみなさんと一緒にいます。そのあいだに先生たちに原因を調べてもらいましょう。レディ・リネット、よろしいかしら?」

レディ・リネットは立ちあがり、ルフォー教授とシスター・マッティ、〈バンソン校〉の教授たち数人に鋭くうなずいた。教師陣が大股で部屋を出てゆく途中、レディ・リネットは戸口で立ちどまり、そばにいる配膳メカに命令を出した。たちまち周囲のクランガーメイドとバトリンガーがゴロゴロと移動してすべての戸口に立ちはだかり、生徒が誰ひとり外へ出られないようガチャリと軌道に可動部を固定した。

ソフロニアは潜入スパイのことで頭がいっぱいだった。ピクルマンは何か目的があって警報を作動させたの? それとも攻撃しやすいように船の防衛機能を破壊しただけ? のんびりお茶を飲んでいる場合ではない。残る教師たちの視線をうかがいながらソフロニアはじりじりと近くの扉に近づき、バンバースヌートのなかの妨害器を探った。これまでのところ小型メカアニマルは静かだ。つまり、ピクルマンはまだバルブを作動させていない。ソフロニアは頭のなかで計画を立てた。まず扉をふさぐメカを妨害器で凍りつかせ、その頭を乗り越えて外へ出て……。

「そこのあなた！」そのときマドモアゼル・ジェラルディンの声が飛んできた。「後ろの赤いドレスのお嬢さん。出てはいけません！」

ソフロニアがびくっとして振り向くと、学長がじろりとにらんでいた。

会場の全員が振り返ってソフロニアを見た。誰かの上品な笑い声が聞こえた。フェリックスか、そうでなければプレシアか。

ソフロニアは扇子をかかげて顔を隠し、了解のしるしに申しぶんのないお辞儀をした。マドモアゼル・ジェラルディンはいまにも呼びつけて叱責しそうに見えたが、すさまじい破裂音と何かが砕ける悲しげな音がしてそれどころではなくなった。

飛行船全体が揺れ、あちこちで悲鳴があがった。

静かにお茶を飲んでいた者も椅子から立ちあがり、何人かが扉めがけて走った。だが戸口にはメカが立ちはだかっている。この騒動でソフロニアの違反行為は忘れられた。

「全員、席に戻って！」残っていた〈バンソン校〉の教師が声を張りあげ、マドモアゼル・ジェラルディンの隣に近づいた。彼らは恐怖に青ざめ、広い食堂の上座テーブルを必死につかんでいる。

ディミティとピルオーバーとアガサはこの機に乗じてソフロニアのまわりに集まった。

と同時に船体が右に傾きはじめた。

これにはマドモアゼル・ジェラルディンも動揺した。「心配ありません、おじょおひんかいいなみなさん。お茶を続けて」

「気球が一個つぶれたみたいね」アガサが不安そうなピルオーバーを慰めるように言った。

またしても轟音が響き、何かが激しくぶつかる音がして船体が揺れた。警報は鳴りつづけている。

「冒険は嫌いだ」ピルオーバーが言った。「つい最近も言ったよね？　冒険なんか嫌いだって。これはきみのせいか、ソフロニア？　ぼくたちに不当な冒険を用意したわけ？」

「そうじゃなさそうね」ソフロニアは真顔で答えた。「今回ばかりは」

「間違いなく攻撃されてるわ」ディミティが弟を無視して言った。

大胆にもアガサはピルオーバーの腕をやさしくなでた。

ふたたび船が揺れ、ピルオーバーが青ざめた。

「空強盗《フライウェイマン》？　それともピクルマンかしら？」と、アガサ。

「もしくは両方か」ソフロニアはフェリックスの黒髪を探して部屋を見わたしたが、どこにもいなかった。こっそり抜け出したとは思えない。あの男にそんな能力はない。きっとテーブルの下かどこかに隠れているのだろう。

気がつくと彼の仲間たちの姿もひとりとしてなかった。「うるわしき〈ピストンズ〉はどこ？」

「ソフロニア！　こんなときによくたわむれのことなんか考えられるわね」ディミティが

なじった。

「そうじゃないわ」水を振りはらう犬のように船体が揺れ、ソフロニアはわずかによろけた。「考えてたのは身を守る方法よ」

いまや食堂の床は大きく傾き、優雅に立ってはいられなくなった。床に固定された上座テーブルを除くすべてのテーブルが右側の壁に向かってすべりだしていた。

生徒たちは――なおも座ってお茶を飲み、トランプをし、上品な会話にいそしむ者も含め――それぞれのテーブルの端をつかんだまますべった。すべてが水中で起こっているような気がした。どんな大戦闘も浮かんでいるときはゆっくりと感じるものらしい。

「しっかりつかまって、い、い、おじょおひんな紳士淑女のみなさん。しっかりつかまって！」マドモアゼル・ジェラルディンが叫んだ。

「落ちてるわ」ディミティは丸い顔を青くし、お守《まも》りとでもいうように房のついた黒玉の首飾りをつかんだ。

「こっちよ」ソフロニアは三人を率いて、いまや急な下り坂になった食堂の右側に向かい、上座テーブルからもっとも遠い隅の壁に張りついた。「しっかり身構えて。墜落するわ」

「どうしてわかる？」ピルオーバーが震え声できいた。

ソフロニアは〈ピストンズ〉の一団がテーブルを倒して脚を右壁につけ、バリケードのようにテーブル板の裏に隠れている場所を頭で示した。あれならどんなに船が傾いても、茶会道具の落下からは身を守れる――液体が降ってくるのは避けられないとしても。

ソフロニアは〈ピストンズ〉とこの場に残ることも考えた。どう見ても彼らは何が起こっているかを知っている。でも、扉をふさぐメカを突破できさえすれば、落下物から身を守るのにもっとも安全なのは廊下だ。だけど、ガス管が廊下じゅうに通っていることを考えると、墜落の衝撃で爆発する危険もある。

床は四十五度近く傾き、すべるものはすべてすべった。物はひっくり返り、ぶつかり、転がり、何人かの若いレディと――嘆かわしくも――若い紳士が悲鳴をあげた。レディのたっぷりしたドレスはすべる衝撃をやわらげたが、びらびらしたスカートとペチコートから脚が突き出た図はあまり見よいものではなく、なかには下着が見えた事例もあった。

それを見てピルオーバーが失神した。

ついには誰もがぶつかり、あざを作り、異常な密接度でたがいに積み重なり、もたれ合った。接近警報の鐘が鳴りひびくなか、上品な会話はほぼ不可能だった。

マドモアゼル・ジェラルディンは見るからに不安そうだ。

学園が墜落しつつあるのをわかっているのは自分たちだけかもしれない――ソフロニアは思った。飛行船についてひとつ言えるのは、あらゆる気球の旅がそうであるように、地面が見えないかぎり墜落しているのがわかりにくいことだ。

それが墜落するまでの話であるのは言うまでもない。

〈良家の子女のためのマドモアゼル・ジェラルディン・フィニシング・アカデミー〉はどすんというすさまじい音を立てて荒れ地に墜落した。船体はそれまでの揺れが恥ずかしくなるほど激しく震動し、それから前後に数回揺れ、右側を下にして打ちあげられたクジラのような状態で停止した。

もともとこの飛行船は着陸するようには設計されていない。

今回は誰も叫ばなかったが、あちこちで息をのむ音が聞こえ、数人のレディがねらいをつけていた紳士の腕めがけて失神した。

それは実にみごとな墜落だった。マドモアゼル・ジェラルディンは誇りに思っていい。たしかに紅茶はこぼれ、ケーキは転げ落ちたが、総じて振る舞いに落ち度はなく、新入生さえ驚きの悲鳴ひとつあげなかった。

「ケガはありませんか？」マドモアゼル・ジェラルディンの声が響きわたった。

一人の男子生徒が手首をくじき、一人の新入生が生け花で頬にすり傷をこしらえたが、重傷者はいなかった。誰もが安堵のため息をつき、折り重なりから身をほどきはじめた。ディミティが弟をひっぱたいて目を覚まさせた。

いまも全員が食堂内にとどまっていた。メカは軌道に固定されているので傾きにもまったく動じない。どんな安息角であろうと立ちつづけただろう。そこで、レディ・リネットがメカに動くように命じる声が聞こえた。
ソフロニアたちは邪魔にならないよう壁に張りついた。震え、青ざめるピルオーバーは
アガサに身を寄せて気づかったが、正確にはアガサがピルオーバーを気づかっていた。
ピルオーバー以外の三人は学園の墜落を淡々と受けとめた。ただ、何がこの不時着を引
き起こしたのかは謎だ。空から落ちたのはいいとしても、その理由がわからないという事
実は受け入れがたい。
レディ・リネットはメカを元どおりに作動させたのち、かかとの高い靴で傾いた床をよ
ろよろしながら部屋へ入ってきた。
「まあ、みなさん、まだここにいたのね。マドモアゼル・ジェラルディン、みな無事かし
ら?」
「そのようです」マドモアゼル・ジェラルディンは上座テーブルの席に倒れこんでいた。
「いったい何があったの?」
「フライウェイマンです」レディ・リネットが報告した。「残念ながら学園は墜落しまし
た。しかも記録室の階でガス漏れが起こったようです。待避しなければなりません。さい
わいスウィフル＝オン＝エクスに向かっているところでしたから、〈バンソン校〉までは
ほんの数マイルです」
教師たちは生徒の様子を確かめはじめた。この一件にはもっと裏がありそうだが、学長

と生徒たちにはこれだけ伝えれば充分だと判断したようだ。

「淑女とお客の紳士のみなさん」レディ・リネットが大声で命じた。「学年ごとに集まり、きちんと列になってわたしのあとからついてきてちょうだい。これから最寄りの脇バルコニーへ移動し、地面に飛びおります。レディのみなさんはショールを持って、もしあれば動きやすい靴に履き替えること。かかとの高い靴よりダンスシューズ、ウォーキングブーツならなお結構。無駄に風邪をひいたり足首をねんざしたりしてもらいたくはありません。紳士のみなさんはシルクハットを忘れないように。これはお楽しみ遠足ではありません――くれぐれもちゃんと振る舞うこと。曲がりなりにも無事に着陸しました。礼儀を忘れる理由はありません」

生徒たちは衣類や落ちた物を探してあたりを動きまわった。身なりを整えるのにしばらくかかったが、みななんとか格好がついた。抜け目ない〈ジェラルディン校〉の生徒のなかには、クランペットや持ち運びのきくおやつをポケットに入れる者、ショールでケーキを丸ごと包む者もいた。〈バンソン校〉の食事のまずさについては、みな嫌というほど聞かされている。

せっかくの茶会がどさくさで終わったのは残念だった。湿った荒れ地をダンスシューズで歩かなければならない災難は言うまでもないが、それも興奮でいくらかなだめられた。上級生のなかにはひそかにやる気をみなぎらせる者もいた。プレシアにいたっては顔を輝かせている。ふつうに考えれば深夜の荒れ地ハイクなどぞっとするところだが、ただのお茶会ではまずありえない関係を結ぶチャンスでもある。結局のところ、〈ジェラルディン校〉の生徒はつねにいくばくかの危険を欲している。そして今回は前例のない危険な夜になりそうだ。

ソフロニアは猛然と頭を働かせた。フライウェイマンが学園を墜落させるためだけに攻撃したとはどうしても思えない。何か目的があるはずだ。ディミティの黒玉の首飾りを賭けてもいい。そしてフライウェイマンは――これが本当に彼らのしわざだとしたら――ピクルマンの命令を受けているに違いない。ソフロニアは、すでにピクルマンが乗船している事実を忘れてはいなかった。

でも、ブレイスウォープ教授のことはすっかり忘れていた。

危機その十一　避難状況

ブレイスウォープ教授が口ひげを震わせて駆けこんできた。服装は夜の正装のままだが、その上に黄色い綾織りのガウンをはおり、頭にはナイトキャップをかぶって、片手には編み物、反対の手には例のクロスボウをつかんでいる。クロスボウについて言えば、たまたま小型シュークリームが袖に引っかかったとでもいうように無意識に握っているように見えた。ソフロニアは前に一度、〈ジェラルディン校〉に来た初日にあのクロスボウを見た。あれで照準矢のようなものを放ち、矢が飛んでゆく方向にメカ兵士が小型砲のねらいをさだめるのだ。あれほど重要な武器はブレイスウォープ教授のつなぎひもが切れた時点で取りあげるべきだったと、ソフロニアはかねがね思っていた。でも、クロスボウはなぜかいまも彼の手のなかにある。つまり、さっきの攻撃のあいだ、〈ジェラルディン校〉は防衛体制になかったということだ。

きっとブレイスウォープ教授はあれを持って走りまわり、ほかの教師たちは彼の居場所がわからなかったのだ——ディミティとあたしが持ち場を離れたせいで。ソフロニアは罪悪感に身をちぢめた。船が墜落したのは、あたしが吸血鬼のお守《も》りを放棄したせい？

吸血鬼教授は駆けこんできたときと同じ速さで部屋を出ていった。

ソフロニアはディミティの手をつかみ、ひっくり返ったテーブルの後ろに引っ張った。ほかの生徒たちがおとなしく学年ごとに集まる横で二人は近くの扉に向かい、ソフロニアは戸口で向きを変えてわざと息を切らし、ディミティを引っ張ってルフォー教授の前に駆け寄った。

「ブレイスウォープ教授を見ませんでしたか？」ソフロニアは息も絶え絶えにたずねた。

ルフォー教授がじろりと見返した。「たったいまここにいましたが、またいなくなりました。あなたたちが付き添っていたんじゃないの？」

ディミティがすぐにでまかせを言った。「あの騒ぎのさなか、ブレイスウォープ教授は小さなクロスボウをつかんで駆け出していったんです」

「とても止められませんでした。あまりにすばやく、力も強くて」ソフロニアも口を合わせた。

「あなたがそのくらいであきらめるとはとても思えませんが、ミス・テミニック」ルフォー教授は簡単にはだまされない。

「実力行使の許可はもらっていませんでした。間違っても先生に対しては」ソフロニアは努めて無表情を保った。

ルフォー教授がいぶかしげに見返した。「その格好は何？」

「わたしの提案です」すかさずディミティが答えた。「たとえブレイスウォープ教授のお守りをするだけでもおしゃれをしたくて。なんといっても大晦日ですから」

そこへレディ・リネットが舌打ちしながら現われた。「やはり教師の見張りを生徒にまかせるべきではありませんでした。こんなことになるとわかっていたら……。いいえ、いまさら悔やんでもしかたありません。それで、善良なる吸血鬼はどこに？」

「いまそれをたずねていたところです」ソフロニアは、それこそまっとうな質問だと言いたげに相づちを打った。

ルフォー教授が不満げに鼻を鳴らした。「いまここにいましたが、すぐに出ていきました――あの照準矢を持って。三十分前に使ってしかるべきでした。あとを追わなければなりません」

「いいえ、彼は心配ないわ」レディ・リネットが制した。「船が着陸したいま、あたりをうろつくとは思えません。彼の犠牲になりそうな者は全員、わたくしたちが引率します。あなたのドローン任務はあとまわしよ」

ルフォー教授は主人の状態を確かめる機会を否定されたことより、レディ・リネットに指図されたのが気にくわなかったようだ。ソフロニアが思うに、いかれた吸血鬼のドローンであることとふつうの吸血鬼のドローンであることは少し違うのだろう。

「それで、あたしたちはどうすれば？」と、ソフロニア。

「ブレイスウォープ教授のお守り役を解任します。みんなと一緒に船を降りて。ガス漏れの安全が確認されるまで船を離れます。いいですね？」

ディミティとそろってお辞儀をしたあと、ふとソフロニアは思った。「ちょっとよろしいですか、レディ・リネット？」

「なんです、ミス・テミニック？　これから全員を待避させなければならないのよ」

「煤っ子たちはどうなるんですか？」

「こんなときに下層階級の心配ですか？」レディ・リネットは片眉を吊りあげた。「みあげた道義心だこと、ミス・テミニック」

「どうなるんですか？」

「いったい誰がガス漏れを修理すると思う？」

ソフロニアは喉まで出かかった抗議の声をのみこんだ。言うまでもなく、危険な仕事をになうのはいつだって煤っ子だ。前回、砲弾で気球が破れたとき、よじのぼって修繕したのも煤っ子だった。あれに比べればガス漏れ修理は簡単だ——爆発さえしなければ。

「ブレイスウォープ教授が煤っ子たちを襲わないともかぎりません」

「それはあなたたちが彼の監視を放棄する前に考えるべきだったんじゃないの？　労働階級の薄汚れた首の心配をする暇はありません。言われたとおりにしなさい」

どんなにレディ・リネットに冷たくあしらわれようと、自分が中流階級の育ちであろうと、ソフロニアにとって薄汚れた少年たちは友人だ。ソープは煤っ子みんなをかわいがっていた。一人でもケガをさせたら合わせる顔がない。

ソープのことを思い出したとたん、〈バンソン校〉に避難するのも悪くない気がしてきた。あそこに行けば、ピクルマンが彼のことを知っているとビエーヴに伝えられる。彼らがソープに何をたくらんでいるにせよ、阻止できるかもしれない。でも、胸の半分には船に残って煤っ子を守りたい気持ちが渦巻いている。

「身体がひとつじゃ足りないわ」生徒たちのあとについて船を降りながらソフロニアはつぶやいた。

こうして茶会の出席者たちは着飾った格好のまま、人間の職員と、非番の修理工と機関員数名とともに荒れ地を歩きはじめた。空は晴れ、月はほぼ満月で、寒いながらも快適なハイキングと言えないこともない。左側のごつごつした岩も見ようによっては絶景だ。もっともソフロニアはこれを見るたびひそかに牛フンのようだと思うけれど。若者は若いレディに、〈バンソン校〉の教師は〈ジェラルディン校〉の教師に腕を出し、みななごやかな雰囲気だ。

マドモアゼル・ジェラルディンはいまもほろ酔い加減で飛行船に残っていた。ソフロニアは煤っ子を探してわざとぐずぐずした。船内にピクルマンのスパイと野放しの吸血鬼がいることをハンドルに伝えられたら、少しは安心できるのに。

ふと、学長がシスター・マッティと話す声が聞こえた。

「いいえ、大丈夫。わたくしは何があっても船を離れません。ここでまったく問題ないわ。炎も、さまよう牙も避けてシャンパンを飲み終えます。わたくしのことは心配しないで。明日の朝、会いましょう。真夜中の遠足を楽しんで」そう言って小さくげっぷした。

「本当に大丈夫？」と、シスター・マッティ。「どうかくれぐれも気をつけて」

「これ以上、悪くなりようもないわ」

ソフロニアはこのときほど何も知らない学長が気の毒に思えたことはなかった。なんの安全策も講じずに船を離れるなんてあまりに不用心だ。いまや墜落した飛行船に残っているのは何も知らない学長と、多くを知っていながら何も覚えていないいかれた吸血鬼と、ひと握りの煤っ子だけなのだから。

「レディ・リネット」ソフロニアは荒れ地をぞろぞろ歩く二人組の長い列を縫ってレディ・リネットに近づいた。黒髪のプレシアが長身で丸顔の青年と並んで歩いていた。青年は降って湧いた幸運に驚きと喜びの表情を浮かべている。なんて運の悪い男——ソフロニアは意地悪プレシアとちらっと視線を交わし、先を急いだ。

「ちょっと腹を割って話せませんか？」ソフロニアは前に兵士が言っていたセリフを思い出して呼びかけた。

「スパイ養成学校で、ミス・テミニック？　冗談でしょう」レディ・リネットはまばたきもせず見返した。かかとの高いサンダルをはいているせいで、目線は同じくらいだ。ソフロニアは感心した。靴底の高い、パリふうのヤギ革の靴で荒れ地を歩くのはレディ・リネットくらいのものだ。ソフロニアはレディ・リネットに腕を貸す、〈バンソン校〉のなかで最高齢でもっともいかめしい教師を意味ありげに見た。

レディ・リネットはため息をついた。「ちょっと失礼します、ファルデッタ教授。ご存じとは思いますが、彼女はあの生徒の一人ですの。そちらにもあの手がいるでしょう？」

「それ以上は言わなくて結構、レディ・リネット。言わずともわかっている」

ソフロニアとレディ・リネットは列を離れ、誰からも聞かれない場所へ移動した。

「手早くね、お嬢さん」

「船に残りたいんです」言ったあとでソフロニアは自分でも驚いた。あら、あたしも成長してるみたい。それとも道義にしたがうところを見せる利点を学びつつあるだけ？

「いまなんと言いました？」

「本心を言えば戻りたくもありませんし、爆発の恐れのある場所に近づきたくもありません。ただ、どう考えてもブレイスウォープ教授を一人残しておくのはまずいと思います」

「マドモアゼル・ジェラルディンがいるわ」

「学長はかなりシャンパンを飲んでいます」マドモアゼル・ジェラルディンが名ばかりの

学長で無能なことはさておき。

「ミス・テミニック！　目上の人をそんなふうに言うなんて」

ソフロニアは歯ぎしりした。どんなに腹を割って話したくても、レディ・リネットに本心を伝えるのはまず無理だ。この時点で二人はおたがい無意識に言葉をねじ曲げていた。

ふとソフロニアの胸に新たな疑念がわき起こった。ひょっとしてレディ・リネットが裏で糸を引いているの？　墜落させたのは違うとしても、生徒を引き連れて一晩〈バンソン校〉に身を寄せるのは〝大規模潜入〟という彼女のたくらみかもしれない。ソフロニアは作戦を変えた。「〈バンソン校〉の何が目的かは知りませんが、ほかの生徒と同様、あたしは必要ないんじゃありませんか」

レディ・リネットは首をかしげた。「そんなふうに思っているの？」

「ないとは言えません。そうでなくても、あなたはこれをまたとない機会だととらえる人です」

「でも？」

「でも、今回の墜落はしくまれたものだと思いますし、誰がやったのかの察しはついています。煤っ子たちが危険です。誰かが守らなければなりません。船にはピクルマンが乗りこんでいます。あなたは前にあたしの言葉を信じなかった。その結果がこれです。これはあなたのせいです」

「あら、そう？」レディ・リネットは声と表情をつくろう達人だ。

「お願いです、レディ・リネット、どうかこのとおり」

「本気なの？　あなたがわたくしに頼みごとをするなんて初めてね。でもあなただけを特別あつかいするわけにはいかないわ、ミス・テミニック」

「みんなを見てください。残りたがってるのはあたしだけです」ソフロニアはいらだたしげに生徒たちを指さした。

それは否定できなかった。荒れ地を歩く生徒たちはどう見ても楽しんでいる。

「わかりました、ミス・テミニック。いいでしょう、でもやるならこっそりと、そしていい、いつもの友人たちを引きこまないように。あの子たちは行かせません。まんいちあなたが命を落としても、わたくしはすべてを否定し、ご家族には誤って馬から落ちたと報告します」

レディ・リネットはどうやってごまかすつもりだろう？　ソフロニアはいぶかしげに眉をあげたが、スパイ教師の言葉は一瞬たりとも疑わなかった。「わかりました」

このまま荒れ地の陰に消えてもよかったが、ディミティとアガサには話しておかなければならない。

「それで？」ソフロニアが追いつくやディミティがたずねた。

「船に戻るわ」

「わかった」ディミティはたじろぎもしなかった。「そうとなれば急がなきゃ」

「いいえ」ソフロニアはためらいがちに言った。「今回はあたしだけよ」

「ダメよ。わたしたちは仲間なんだから」と、ディミティ。「紅茶とミルク、ケーキとカスタード、ポークとリンゴみたいなものよ」

「うん、たしかにそうだ」ピルオーバーもうなずいた。

「そうよ。あなた一人じゃ無理よ」アガサが意外な勇気を見せた。

このひとことにピルオーバーはうめいた。アガサが言い張るなら自分もついていかざるをえない。でも、ソフロニアとは長いつきあいで、あとをついていったら必ず厄介ごとに巻きこまれるとわかっている。現にペチコートをはかされたこともあった。

「あなたたちがいなくてもいいって言ってるんじゃないの」ソフロニアは説明した。「最近、思ったの――自分が何人かいればどんなにいいだろうって。そうしたら一人は船に残り、一人は〈バンソン校〉に行ける。そのとき、何人もいたってことに気づいたの。あなたたちよ。〈ピストンズ〉はソープが〈バンソン校〉に隠れてるのを知ってるわ。満月に近い今夜はとても危なっかしいの。ソープにはビエーヴしかいない。でも知ってのとおり、あの子は戦うタイプじゃないわ。だからあたしのかわりにあなたたちでソープを守ってほしいの。お願い。飛行船で何が起こっているかを必ず突きとめてみせるわ。バンバースヌートもいるし」

「ああ、バンバースヌートね、さぞ役に立つでしょうよ」ディミティは認めなかった。

「せめて誰か一人は一緒に行くべきよ」

「ごめんなさい。気持ちはわかるけど、思った以上に大がかりなことが起こりつつあるの。〈将軍〉にも伝えなきゃならないわ。ソープに付き添っているあいだ、誰かがロンドンまで馬車を走らせてちょうだい。ピルオーバーには頼めないわ。口は堅いけど、訓練は受けていないから……」紳士たるものここは反論したいところだが、結局ピルオーバーはお役免除を選んだ。

「ソフロニアがロンドンに助けを？　そんな日が来るとは夢にも思わなかったわ」ディミティがからかった。

「気乗りしないけど、ソープのためにはそうするしかないの。〈将軍〉には空強盗《フライウェイマン》が〈ジェラルディン校〉を墜落させたことも伝えなきゃ。でも、どうやって伝えればいいか――」

「わたしがやるわ」アガサが自信に満ちた、冷静な声で言った。

ソフロニアは驚いて振り向いた。「あなたが？」

アガサはやましさと自負の入り混じった表情で三人を見返した。「気づかなかった？　あなたでさえ、ソフロニア？」

「どういうこと？」ソフロニアは胃がきゅっとちぢむのを感じた。

ディミティは衝撃に備えるかのように片手を口に当てた。とんでもないことが起ころうとしていた。

アガサは背筋を伸ばし、深く息を吸った。

ピルオーバーがじっと見ていた。かわいそうに、そうせずにはいられなかったのだろう。

ディミティは劇的瞬間に呆然とし、弟の耳をはたくのも忘れていた。

「わたしはずっとある人に仕えているの」アガサが言った。

「つまり、学校にいるあいだずっと支援者《パトロン》がいたってこと？」ソフロニアは必死に頭を働かせた。

アガサはうなずいた。「わたしのパパはそれほど裕福じゃないわ」

「嘘でしょ、アガサ！」ディミティが悲鳴をあげた。

ソフロニアは眉を寄せた。傷つき、裏切られた気分だが、感心もしていた。「いままでずっと？　驚いたわ。最初から学校に潜入するよう命じられたの？　それとも訓練のために送りこまれたの？」

「どちらも少しずつ」アガサは首を傾け、そのときまで怖くてできなかったとでもいうようにようやくピルオーバーのほうを見た。いまもアガサはアガサのままで、全身からおどおどした雰囲気がにじみ出ている。それでも、スパイ学校に潜入させるのにアガサほどふさわしい人はいないとソフロニアは認めざるをえなかった。

「あまり驚かないのね」アガサがピルオーバーにやさしく言った。ピルオーバーはいつもの仏頂面で肩をすくめた。「いつもきみは特別だと思ってた。べらべらしゃべらないし」

「ああ、アガサ、よくもそんな真似を」ディミティはいまにも泣きそうだ。「でも、まさか……」そこで言葉をのみこみ、小さく息を吸ってからささやいた。「まさか彼らの手先じゃないでしょうね？」

「彼らって？」

「フライウェイマン」

「違うわ」

「ピクルマン？」

「まさか！」

「じゃあウェストミンスター吸血群？　モニクと同じ？」

「いいえ」

ソフロニアは必死に記憶をたどった。いつも思っていた——アガサはつねにいるべきときにいるべき場所にいて、つかまりそうな場面にはいなかった。そして、てっきり恥ずかしがり屋のせいと思っていたあのおどおどした視線……裕福だけど不在がちな父親からの贈り物の数々……繊細でおしゃれで、アガサの肌色と体型にまったく似合わない——計算されつくしたかのように似合わない――ドレスの数々……。

「アケルダマ卿ね」ソフロニアはたずねるというより確かめるような口調で言った。

アガサはすまなそうにうなずいた。

「まんまとだまされたわ」ソフロニアは感心した。「卒業したら彼のドローンになるの？」

アガサは肩をすくめた。「女ドローンは受け入れないわ。あなたには街で馬車に乗せたときに申し出たけれど」これでアガサの言葉が本当だと証明された。ソフロニアはアケルダマ卿から奉公の申し出を受けたことをほかの人にも話した。でも、ドローンにならないかと言われたのが自家用馬車のなかだったことは誰にも話していない。

「でもあなたはかわいいわ」アガサが続けた。「しかも現場向きで、ふだんは少しも目立たない」

ソフロニアはそんなことはないと言おうとしたが、アガサはかまわず続けた。すまながるというより、厳しい表情だ。「わたしは人目につかず、野暮ったいのが得意なの。壁の花になるのが。慰めなくてもいいわ。自分の強みは知ってる。憐れみの的だってこともわかってる。それも武器にはなるけど、女の子にとってはあまりうれしくないわ。アケルダマ卿はすべて見通してたの。初めて会ったときから。わたしは十歳だった。でも、彼はわたしをドローンにする気はないし、現場に送りこむ気もない。わたしがソフロニアにかなうはずないもの」

「じゃあ、あなたは彼との契約で何を得るの？」

「わたしが望めば、自分で世帯を持つだけの充分な資金」アガサはあえてピルオーバーのほうを見ようとしなかった。

「そんな！」ディミティは息をのんだ。未婚の女性が世帯を持つと言えば、それは情婦になるということだ。

アガサはソフロニアを見ながらピルオーバーに話していた。「わたしは財産のある自立した女になるつもりよ。家族に相談することなく好きな人を愛せるの。アケルダマ卿は、情報を渡しつづければ手当をくれるとまで約束してくれたわ」

ピルオーバーは足もとを見つめた。

ソフロニアはあまりの衝撃に呆然としていたが、ようやくわれに返り、本題に戻った。いまはこれ以上アガサの告白を吟味する時間はない。生徒たちの列はゆっくり遠ざかり、ソフロニアには救わなければならない飛行船がある。

「じゃあ、あなたがアケルダマ卿に伝言を届けて、アケルダマ卿が〈将軍〉に警告してくれるのね？」

アガサがうなずいた。

「あたしのためにやってくれるの？」

アガサはもういちどうなずいた。

「じゃあ、ディミティ、あなたにソープを頼むわ」

ディミティはうなずいたが、なおも大きな目でアガサを見ている。

「ぼくに何か頼む気じゃないよね、ソフロニア？」ピルオーバーがおびえきった声で言った。

「あなたの人格を侮辱する気はないわ」

「ああ、ソフロニア、恩に着るよ」ピルオーバーは顔をほころばせた。

ソフロニアはうなずいた。「できればあとを追うわ。朝までなんの知らせもなかったら助けを送りこむか、自力で戻ってきてくれる？」

具体的な方法は相談しなかったが、ディミティとアガサはうなずいた。

「幸運を」

ソフロニアの言葉にディミティが駆け寄り、レディらしからぬしぐさできつく抱きしめた。あいだにはさまれたバンバースヌートの固い外殻がソフロニアの腰骨に当たった。

最高の気分だ。

「信じてるわ、ディミティ」ソフロニアにしてみればこれが精いっぱいの愛情表現だ。

ディミティはぐすんと鼻をすすり、「無茶しすぎないで」そう言うとソフロニアを放し、アガサに背を向けて生徒の列を小走りで追いかけた。

ソフロニアはアガサを見た。物事の秩序が変わり、二人のあいだに新たな敬意が生まれた気がした。「ディミティのことだからじきに機嫌を直すわ」

「あなたは怒ってないの？」

感傷的な場面になりそうだと察したピルオーバーはさっと頭をさげ、ゆっくりと姉のあとを追った。

ソフロニアは自分の気持ちを確かめた。感情を伝えるのは苦手だけど、ここはアガサが見せなかった誠実さで向き合うべきだ。「裏切られた気分だけど、あなたの立場だったらあたしも同じようにしたと思う」

アガサは青ざめたが、スパイらしく受けとめた。「もっともな意見ね」

「本当にロンドンに助けを要請してくれる？　今回だけはあなたを信用していい？」

「信じて」アガサは真剣そのものの顔で言った。真面目さにかけてはピルオーバーといい勝負だ。もし二人が結婚したら、結婚式はお通夜のようになるかもしれない。そう思ったとたん、なぜかソフロニアは気持ちが晴れた。

「みんなのこと、よろしくね」ソフロニアはディミティとピルオーバーだけでなく、街にいるビエーヴとソープのことも手ぶりにこめた。

アガサはほほえんでくるりと背を向け、二人を追いかけた。

ピルオーバーが一瞬ためらって腕を出し、二人はディミティのあとを追って夜の闇に消えた。

ソフロニアは遠まわりして学校に戻った。もし自分がピクルマンなら、現場に見張りを立てるはずだ。そして前回、彼らが操縦室に忍びこんだことを思い出し、飛行船の脇をまわって船尾に向かった。

月は明るく、下草のあいだを這いすすむあいだも船の状況がよく見えた。美しくはないが、致命的な損傷でもなさそうだ。木材が何本か折れ、気球のひとつかふたつが破れ、策具がだらりとぶらさがっている。

さっきから胸もとが寒くてしかたない。このとんでもないドレスは、誘惑がからまない隠密行動にはふくらみすぎ、胸は開きすぎている。ああ、これが半ズボンと男物のシャツだったらどんなにいいか！　考えたすえにソフロニアはいちばん上のペチコートを脱ぎ、ひっきりなしに襟ぐりを引っ張りあげることにした。脱ぎ捨てられ、ハリエニシダの茂みの下に押しこまれたペチコートは、寂しく忘れ去られた毛深い動物のようだ。でも、このドレスにも利点はある。濃い赤に黒い綾織りの生地はヒースにまぎれるのにうってつけだ。

それからバンバースヌートを背中にまわした。しっぽをチクタクと動かす以外はおとなしい。そして船に近づきながら、腰から舞踏会手帖としこみ扇子がしっかりぶらさがっているのを確かめた。舞踏会ドレスに可能なかぎりの装備はしてきたつもりだ。そして髪からかわいいフリルや飾りをすべてはずし、目に髪がかからないよう、リボンできゅっとしばった。

ピクルマンの姿はどこにもないが、煤っ子たちがあちこちでせっせと修理をしていた。二人の修理工が——一人は中央キーキーデッキから、もう一人はボイラー室上のバルコニーから——指示を叫んでいる。

気球のふたつはヘリウムの大半を失い、へこんでいたが、表面を這いまわって破れた箇所につぎを当てる煤っ子たちの重みにはしっかり耐えている。やがて飛行船は、猫背の生徒が注意されて背筋を伸ばすかのように少しずつ体を起こしはじめた。とはいえヘリウムを再充塡しないかぎり船はどこへも移動できない。列車の線路から遠く離れていることを考えると、補充はまず無理だ。

ともあれ彼らの計画は不気味なほどうまく進んでいた。敵は最初から致命的な損害をあたえるつもりはなく、着陸させるのが目的だったようだ。彼らも逃げるつもりだったのだろうか？

そこでソフロニアは片手で額を叩きそうになった。あたしったらなんてバカなの。敵は飛行船そのものを追っているんだわ！　彼らの目的は最初から学園だった。操縦室に潜入したのもそのためだ。彼らは飛行船を調べ、どうやって動くかを覚え、役に立つかどうかを探っていた。彼らが追っていたのは戦闘飛行船じゃない。英国最大の飛行船〈ジェラルディン校〉だ。

ソフロニアは周囲を見まわし――もちろん声は出さずに――息をのんだ。フライウェイマンの大型飛行船三隻が低空でぐんぐん近づいていた。

危機その十二　見捨てられた飛行船

煤っ子の一人が近づいてくる飛行船に気づき、指さして叫んだが、彼らは手も足も出ない。まさに格好の標的《シッティング・ダック》だ。それを言うなら、〈ジェラルディン校〉じたいがとてつもなく巨大な座ったアヒル《シッティング・ダック》だった。

そのとき三人の大男が三つのキーキーデッキに一人ずつ現われた。全員が恐ろしげな銃を構え、煤っ子に向けて順繰りに動かしている。

煤っ子は即座に反応した。彼らは兵士でもなく、手持ちのカードは何もない。ただの労働者で、しかも最下級だ。ボイラー室にうめきが漏れた。当然ながら彼らの頭にあるのは自分たちの身を守ることだけだ。ほぼ全員が飛行船の表面で凍りつき、新たな脅威に直面した。

煤っ子の一人がうろたえて下のデッキから飛びおり、荒れ地を駆け出した。さいわいソフロニアの隠れている場所からは遠い。

前方デッキのピクルマンが銃をかかげて発砲し、煤っ子は悲鳴とともにどさりと倒れた。

発砲した男が通話管を口に当ててどなった。ソフロニアにも聞こえるほどの大声だ。あたりに漏れるヘリウムのせいでキーキー声だが、脅し文句は聞き間違いようがない。怒ったネズミのような声だ。

「逃げるやつはみな同じ運命になると思え。そこの六人は修理を終わらせろ。残りは注入管の準備だ。ヘリウムを補充する。修理工、おまえたちはボイラー班を見張れ。命令に逆らおうなんて思うな。いまやおれたちが雇い主だ。抵抗すればあんなふうにあっけなく死ぬだけだ。ボイラーの準備をしろ。ちゃんと見張ってるからな。言われたとおりにやれば働きに応じて褒美をやる。さあ、動け！」

路上で生きる知恵を身につけた賢い少年たちは、すぐに命令どおりに動きだした。

通話管を持った男はデッキの下に消え、あとの二人はデッキに突っ立ち、逃げる者がいないかと武器を構えている。もちろん逃げるような煤っ子はいない。

六人の選抜煤っ子は命じられるまま肩を丸め、びくびくしながら修理をし、船体中央部を立てなおしはじめた。

ソフロニアは荒れ地に倒れた煤っ子に駆け寄ろうかと思ったが、ピクルマンのねらいは正確だ。少年が倒れた場所は月明かりに照らされ、なんの遮蔽物もない。かわいそうだが、いまさら手をほどこしても無駄だろう。いま助けが必要なのは生きている人間だ。

ソフロニアはじりじりと飛行船に近づいた。銃を持った二人は煤っ子を見張るのに気を取られ、侵入されるとは夢にも思っていないようだ。

ソフロニアは真上にプロペラと煙突が見える船尾の真下にたどりついた。これほど地面に近い学園を見るのは変な気がした。プロペラの下部がいまにもヒースに触れそうだ。真上の貨物室には、初めて〈ジェラルディン校〉に来たときに乗ったガラスのプラットフォームが格納されている。いまはなかにきっちり収められ、それ以外に入口はない。

ソフロニアは船体中央に目を向けた。最下層部はメカ使用人が保管・配置してある場所で、その上に厨房があり、貯蔵室にあるような大扉の搬入口がついている。ここで働くのはメカだけだから、扉はとても重く、人間の力ではとうてい開けられない。だが、搬入口と貨物室のあいだには上階の配膳室と食堂に通じる配膳エレベーターがあり、エレベーター坑の外には横木がついている。エレベーターにはつねに保守点検が必要だ。ソフロニアはいちばん下の横木にホウレーを投げ、引っかかりを確かめてのぼりはじめた。近づいてくる空強盗《フライウェイマン》は見えなくなり、ソフロニアの姿も飛行船の巨体に隠れた。

煤っ子がボイラーの準備を命じられたということは、ソフロニアの判断が正しかったということだ。つまりピクルマンは学園を乗っ取ろうとしている。近づいてくる三隻の飛行船は荷物と乗組員を乗せているに違いない。そして気球からヘリウムを抜き、〈ジェラルディン校〉の気球をふくらますつもりだ。

それを見届ける必要はない。ソフロニアは髪からすばやくヘアピンを引き抜き、エレベーター坑のてっぺんにある保守ハッチのカギを開けた。坑の内部をくだるのはそれほど大変ではなかった。女の子が前後で両手両脚を突っ張るのにちょうどいい幅だ。ただ、広がったスカートは——どんなにたくしあげても——坑内をきれいに掃除する結果となった。ぶざまなよろよろくだりだったが、見ている人はいない。ソフロニアは厨房に入るのがいちばんいいと考えた。おそらく誰もいないはずだ。気取り屋ピクルマンがあんな卑しい場所に集結するとは思えない。

思ったとおり厨房は空っぽだった。

ソフロニアは小型ナイフを見つけ、ポケットがないのを悔やみながらバンバースヌートに食べさせた。さらにリンゴとパン数個と固い三角チーズをひとつ失敬し、ハンカチに包んで腰鎖に結わえつけた。食糧調達にかけてはレディ・リネットは厳しかった。〝レディはつねに備えておかなければなりません。おやつの確保はスパイ活動の重要な部分です〟

ソフロニアは厨房から延びる階段を通って中階の廊下に出た。集会デッキと降下式階段と大教室が並ぶ階だ。

そこは不気味なほど静かだった。いつもなら生徒や教師、職員やメカで混み合い、とんぼ返りや演劇の授業、植木鉢の植え替えや放り投げの練習で生徒が駆けまわっているのに、いまは人っ子ひとりおらず静まり返っている。メカさえおらず、妨害器はまったく必要なかった。

ボイラーが始動する音が聞こえた。飛行船が完全に直立したようだ。

くんくんと鼻をきかせたが、残留ガスのにおいはしない。念のために妨害器をかかげ、足音を忍ばせて船内を進んだ。かすかに上昇する感じがして、ちらっと舷窓から外をのぞくと、荒れ地が遠ざかるのが見えた。フライウェイマンの飛行船三隻の気球がしぼみ、着陸している。ヘリウムをすべて〈ジェラルディン校〉の気球に移したようだ。

煤っ子たちの様子を見にいくべきか、それとも操縦室で何が起こっているかを確かめるべきか。マドモアゼル・ジェラルディンを探すべきか、すでに人質になったと見なすべきか。そしてブレイスウォープ教授は？　いくつもの考えにのみこまれそうになったとき、頭のなかでレディ・リネットの声がよみがえった。

〝社交の場であれ戦闘の場であれ、そこにかかわっている人員とルールがわからないまま首を突っこんではなりません。言うなれば、誰かの鼻をかんでやるときはつねに部屋にあるハンカチの状態と色と数を知っておくべきだということです〟

ソフロニアはこの言葉を肝に銘じた。これでとりあえず目的が明確になる。まずは船内の状況を調べ、ピクルマンとフライウェイマンの人数と位置を把握することだ。銃を持った男が三人、そのうち二人はいまもキーキーデッキにいる。自分が司令官なら、あの二人は見張り役として残す。もう一人はボイラー室におりていった。今回の潜入には司令役がいる。司令官は司令席をほしがるはずだ。陣取るとすれば操縦室のそばか？　それともキーキーデッキの上？　いや、船内のほうが安全だ。そうなると、命令を伝えるのに少なくとも伝令が三人は必要になる。そして、おそらく操縦室のなかに二人。さらに腕っぷしの強い用心棒も欠かせない。船内のあちこちに散らばり、一人が学長を見張り、一人がブレイスウォープ教授を追っているに違いない。となるとかなりの人数だ。ソフロニアは頭のなかで計算した――あたしがこの大きさの飛行船を乗っ取るとしたら、少なくとも十二、三人は連れてくる。

それが正しいかどうかを確かめよう。

そのときプロペラが巻きあげられるのを感じた。一人のピクルマンと数人の煤っ子が補助ボイラーを作動させ、誘導システムを始動できるほど高度をあげたということだ。

ソフロニアは教室に駆けこみ、バルコニーから外を見た。思ったとおり船はロンドンの方角に向かっていた。しかも蒸気雲に隠れてもいない。ピクルマンは飛んでいるところを小さな街の住人に見られてもかまわないらしい。マドモアゼル・ジェラルディンの飛行船型学園の秘密が知られるのは時間の問題だ。

ピクルマンが大事な荷物を積みこむとしたら、おそらくガラスのエレベーターが収まる貨物室だ。それを確かめるべく、ソフロニアは配膳エレベーターの脇をまわって階段をおり、扉の柱に耳を押し当てた。かすかに何かがカチャカチャとぶつかるような音がする。

ソフロニアは扉をかすかに押し開けた。

貨物室はメカアニマルで埋めつくされていた。そのときまでおとなしかったバンバースヌートが、がぜん興味を惹かれたようにしっぽをチクタク動かしはじめた。体内にしこまれた警報は鳴らず、床におりて同類のそばに行きたそうなそぶりもないが、仲間を認識したのは確かだ。

胃がきゅっとなり、頬がほてった。ここにいるのはダックスフント型のペットではない。ペチュニアのデビュー舞踏会の夜、母さんの東屋で遭遇した大型メカアニマルに似た巨大怪物だ。現実のどんな生き物とも似ていない、翼のない化け物——ガーゴイルのような。それらが貨物室いっぱいに詰めこまれ、なかの一体はこれからガラスのプラットフォームに乗りこむかのようにしゃがんでいた。巨大メカ群は微動だにしないが、いまにも動き出しそうだ。

軌道のいらないメカはどこか不気味だった。これだけの大群を目の当たりにするまで、そんなふうに思ったことは一度もなかった。これまでソフロニアがいちばん長く接してきたメカアニマルはバンバースヌートで、なぜこんなかわいいメカの製造を禁止するのだろうとつねづね思っていた。でも、いまようやくわかった。貨物室にしゃがんでいるのは、小さくとも強力な軍隊だ。

ソフロニアは震える手で扉を閉め、船内探索を続けた。

次に向かったのは船前方の下層二階ぶんを占める、ボイラー室と一緒になった機関室だ。

ここに忍びこむのは楽ではない。機関室の正面入口は上階にあるが、そこにはピクルマンが見張りに立ち、稼働状況を監視しているに違いない。ソフロニアはため息をついてバルコニーに出ると、船の外側を這いおり、いつも出入りする煤っ子ハッチに向かった。

今回はなかに引き入れてくれる煤っ子はいない。大きな部屋は、いつのまにかソフロニアが愛し、安らぎを覚えるようになった、オレンジ色に揺らめく炎と煙っぽい空気に満ちていた。ソフロニアはお気に入りの石炭山に向かった。何時間もソープと肩を寄せて座り、字の読みかたと、ときどきキスの練習をした場所だ。いつもならボイラー室のこのあたりは非番の煤っ子と石炭を取りにゆく煤っ子が入り混じってざわめいているが、いまは囚われた基幹クルーが休みなく働かされているだけで、がらんとしている。ときおり聞き慣れない、びしっとはじけるような大きな音が聞こえた。

ソフロニアは石炭山の背後から火室で働く煤っ子たちをうかがった。正確にはこき使われる煤っ子だ。石炭をくべ、火を掻き起こし、主ボイラーが正常に動いているかを確かめながらかけずりまわるのはいつもと同じだが、いま彼らは罰におびえながら働いていた。通話管にどなっていたピクルマンが監視台ではなく煤っ子たちのいる床に立ち、片手に牛追いムチ、片手に銃を持って、動きがのろかったり、しくじったりする煤っ子を見つけては背中をムチでひっぱたいている。

煤っ子たちは険しい顔で汗を垂らし、懸命に働いていた。ムチが飛んでくると、叩かれた少年はびくっと身をちぢめて歯を食いしばるが、声をあげはしない。なにせ波止場や煙突で働いていた、たくましい少年たちだ。それに比べれば空中学園は楽な仕事だが、これまでにムチの痛みを知らないわけではない。ただ、まさかここでふたたびムチ打たれるとは思っていなかった。

かたやソフロニアはこんな光景を見るのは初めてだ。両親は体罰をあたえるような人間ではなかったし、ムチ打ちが当たり前という噂の西インド諸島の農園を訪ねたこともない。ムチがしなるたびにびくっとし、打たれる少年の痛みを想像して苦痛のうめきをこらえた。目の前で小柄な煤っ子が前と同じところをもういちど叩かれ、衝撃でシャツが裂けた。前につんのめる少年にハンドルがあわてて駆け寄った。その顔には、いつもの温和で従順な表情ではない、激しい怒りが浮かんでいた。

どんな作戦を取るにせよ、何がなんでも煤っ子たちを助け出さなければ。

ソフロニアは心に誓い、見張りの状況を確かめた。ムチを持ったピクルマンのほかに、二人の男が上から虐待の様子を見張っている。この状況では飛び道具でもないかぎり手は出せない。それに、いまは訓練どおり船全体の状況をつかむのが先だ。ソフロニアは〝できるだけ早く戻って助けるから〟と心のなかで煤っ子たちに約束した。

教師室なら銃があるかもしれない。もちろん飛行船には武器庫があり、場所もわかっているが、なかには入れない。武器庫には特殊な跳ね橋を作動させなければ入れず、動かしかたを知っているのはルフォー教授とレディ・リネットだけだ。

バンバースヌートのために石炭のかけらを胸もとに二、三個押しこみ、心苦しさを覚えながらボイラー室を出た。過激な舞踏会ドレスにはポケットがなく、いよいよ物を入れる手段がなくなってきた。いまのところバンバースヌートは元気だが、燃料不足で動けなくなるのは避けたい。ソフロニアはハッチから外に出て二階部分を行きすぎ、赤房区にある教師部屋から調べることにした。

教師の私室にはバルコニーから入るほうが簡単なので、船の外壁づたいに近づいた。船の最前面にある最上の続き部屋はマドモアゼル・ジェラルディンの私室で、偽物ケーキだけが歩哨のようにずらりと並んでいた。学長の姿はない。ソフロニアは素通りした。学長の部屋に役立つものがあるとは思えない。

シスター・マッティのバルコニーには植木鉢がところせましと並び、扉にカギはかかっていなかった。学園でもっとも気のいい教師は〝自分の教えが浸透していれば、生徒たちは栄養剤はもちろん、どんな毒物も自由に手に入れるべき〟という考えの持ち主だ。それに、かなりのうっかり屋でもある。いっぽうルフォー教授のバルコニーは道具だらけで、扉には三重カギと罠がしかけてあった。さいわいカギも罠も前にあつかったことがあるタイプで、はずすのは簡単だった。ソフロニアは両教授の部屋から小さくて使えそうな道具を失敬した。シスター・マッティからは毒薬、ルフォー教授からは引っかけ鉤と時計、そして両方の部屋からリボンひも。銃かクロスボウはないかと二人の寝室をくまなく探したが、無駄だった。

ブレイスウォープ教授の部屋は無人で、使えそうな道具もなかった。部屋じゅうを探したが、例の小型クロスボウは見当たらない。それ以外の道具は彼のつなぎひもが切れたあと、みずからを傷つけないようすべて取りあげられたようだ。

レディ・リネットの部屋は〈デヴァゲ式〉という、非常に洗練された方式で施錠されており、かなり手こずった。解錠しようと数分間がんばったが、手応えを感じるたびに引っかかりは手からすり抜ける。実にみごとな設計だ。しばらくこの手ごわいカギと格闘してふと気づいた。この特殊な状況では〝人に見られずに出入りする〟という通常訓練の原則を守る必要はない。ソフロニアはトランペット型補聴器を押し当ててなかに誰もいないのと確かめると、バンバースヌートのお尻の部分でバルコニーの扉のステンドグラスを叩き割り、なかに入って部屋じゅうをくまなく探した。銃の一挺もないなんて、いったいどんなスパイ教師なの？　いや、でも、最高のスパイは私室に本性の痕跡を残さないものだ。

ふと見ると、部屋の隅の一段高いところに、寝室ふうのビロードに囲まれていかにも場違いな様子で巨大な枝編み細工のニワトリが鎮座していた。重さからして、なかは機械仕掛けのようだ。かすかに硫黄とチョークのにおいがする。ソフロニアは新入生のとき、モニクが〈バンソン校〉の崇拝者から枝編み細工のニワトリ型爆弾をもらったという話を聞いたのを思い出した。おそらくレディ・リネットが没収したのだろう。うら若きレディにこんな大きな贈り物は許されない。カゴニワトリはかさばるが、一種の飛び道具には違いなく、ソフロニアはせっぱ詰まっていた。そこでバンバースヌートをちょうどいい角度にずらし、カーテンひもを何本か使って恐ろしげなニワトリを背中にくりつけた。

もはや忍びの格好とはお世辞にも言えなかった。それを言うなら優雅でもない。あたしはいまカゴニワトリを背負って乗っ取られた飛行船に忍びこんでいる――そう思いながらソフロニアは操縦室を支える足場の下までのぼった。過去の経験からして、操縦室にはせいぜい二人しか入れない。そこで単純にピクルマンが二人いると考え、頭のなかで敵の数を足した。

帰りは船内を通ることにした。教室はどこも空っぽだ。ルフォー教授の実験室で酸性液の入った液体発射装置を盗み、薬品を混ぜるときにつける革エプロンを身につけた。丈夫で防護機能があり、何よりポケットつきで首まわりが詰まっている。

生徒部屋には手を着けなかった。敵が隠れているとは思えないし、部屋じゅうをあさって役立つ道具を探すには時間がかかりすぎる。一瞬、自室に戻って半ズボンに着替えようかと思ったが、その時間はないと思いなおした。それに、革エプロンのおかげで舞踏会ドレスもそれほど不便ではなくなった。だから革というのは便利だ。

後部三階の正面は運動室と図書室と日光浴室だ。ざっと見やったが、思ったとおりどれも無人だった。ピクルマンが定期的に運動をしたり、文学を愛したり、日光浴をしたりするとはとても思えない。頭上の階は評定室と、武器と兵士メカの保管部屋だが、ソフロニアが入れないのと同じようにピクルマンたちもまず入れない。となると残るは二カ所だけだ。新年茶会の会場だった真下の大食堂と、忘れられ、使われていない管理室と記録室がある船の前方最上の赤房区。

食堂に着いた瞬間、すべてが明らかになった。にぎわう茶会にまぎれでもしないかぎり、忍びこむのは不可能だ。ソフロニアは船の外に出て、洞窟のような食堂の天井装飾の下に並ぶ舷窓からなかをのぞきこんだ。部屋全体が見わたせる絶好の位置だが、声は聞き取れず、観察するしかない。読唇術は得意だけど、男たちの大半はあごひげを生やしていて、それもかなわなかった。もしかしてそのためにわざと生やしているの？　ディミティはつねづね、あごひげはうさんくさいと言っていたが、その意味がわかった気がした。

敵の一団が集まっていた。テーブルの大半はいまも右壁に押しやられたままだが、固定された上座テーブルだけはいつもの場所にあり、回収された食べ物が載っていて、四人のピクルマンと〈耕作者〉階級の若い三人が集まってむしゃむしゃ食べていた。若い三人は下っ端らしく、使いっ走りで部屋を出ていったらしばらく戻ってこない。プロペラ室やボイラー室、操縦室やキーキーデッキにいる仲間に命令を伝える伝令役のようだ。茶会にまぎれこんだのはおそらく彼らだ。見た目が若く、そのうち二人にはひげもない。

数人のフライウェイマンもあたりをうろついていた。下品なしぐさとみすぼらしい身なりで、ピクルマンとはひとめで見分けがつく。まるで狩りに出かけた田舎の郷士と昔ふうの海賊を掛け合わせたような格好だ。かたやピクルマンとその手下はきちんと正装し、緑色のリボンを巻いたシルクハットをかぶっていた。食事中にもかかわらず帽子をかぶっているのは、正式な食事ではないから？

ソフロニアは目をすがめ、何か手がかりはないかと男たちを見つめた。四人のピクルマンのうち、親玉らしい男のシルクハットはほかのものより高くて光沢があり、リボンの幅も広い。でっぷり太って、もじゃもじゃのあごひげを生やし、顔はふだん誰かが座っているかのように大きくて平たいが、立って動きまわる足取りは軽い。油断ならない男だ。見るからに傲慢そうで、まわりがやけにうやうやしく接しているところを見れば、おそらく〈チャツネ〉だろう。〈チャツネ〉の側近は、染めたような黒髪に大きな金縁メガネをかけた、恐ろしく姿勢の悪い、ひょろりとした男で、背を丸めて何やら手帳に書きつけている。あとの二人は筋骨隆々のたくましい男だ。

ソフロニアはフライウェイマンに視線を移し、誰がリーダーで、誰がいちばん危険で、誰がいちばん弱そうかを判断した。しばらく目を凝らすうちに、なかの一人が男ではないことに気づいた。マダム・スペチュナだ。男装しているが、女であることを隠そうというそぶりはなく、いかにも慣れた様子で敵にまぎれている。

雰囲気からして、フライウェイマンの指揮官の恋人か補佐役、もしくはその両方のようだ。つまり記録室の記録は正しかったってこと？ソフロニアは首をかしげた。やっぱりマダム・スペチュナは学園を裏切ったの？　それとも敵に深入りしすぎて、抜け出そうにも抜けられなくなったの？

敵の内情を知る人物がいるのは有利だが、危険を冒してまで接触すべきだろうか？　そんなことをしたら二人とも素性がばれてしまうかもしれない。

とたんに記録室のことが心配になった。フライウェイマンが記録室の情報を手に入れたら、活動中のすべてのスパイが危険にさらされる。彼らが見つける前に記録を抹消しなければ。

ソフロニアは舷窓を離れ、外壁をのぼりはじめた。キーキーデッキに近づくにつれて見張りに見つかるのが怖くなり、あわてて船内に戻って記録室に向かったが、思わぬ困難が待ち受けていた。最上階の廊下は下階と同じく人はいなかったものの、何体ものメカが巡回していた。どれも見覚えのある学園のメカだが、新型の水晶バルブが装着されているかどうかはわからない。新たな指示コードを埋めこまれたメカが侵入者を見つけたら何をするかは想像もつかない。巡回メカのなかにメカ兵士はいないが、クランガーメイドもバトリンガー型メカも命令しだいでは同じように危険になる。

ソフロニアは妨害器をかざしたまま記録室に通じる廊下を駆け抜け、扉にたどりついたときはほっとした。

記録室の扉をわずかに開け、なかをちらっとのぞいたとたん、ソフロニアは身をひるがえし、廊下の壁に張りついた。机のひとつにピクルマンが座っていた。力自慢というより頭脳派といった印象の男で、記録保管装置に文字や数字を打ちこみ、小さな手帳に何やら熱心に書きこんでいる。

廊下の突き当たり――船の最前面にある小さな管理室のあたりで扉がバタンと開く音がした。

「そこにじっとしてろ、このバカ!」と、誰かのだみ声。

廊下の向こうから足音が近づき、さっきのだみ声が叫んだ。「ボーキン! スパイス管理人ボーキン? いますぐ報告せよ」

ソフロニアはくるりと背を向けて廊下を突っ走り、曲がった壁に張りついて耳を澄ました。記録室の扉がバンと開き、だみ声が聞こえた。なんて扉に乱暴な男かしら。「のぞき見はそれくらいでいいだろう。食堂に来い、次の段階だ」

「でも、まだ知りたいことがたくさんあって」答える声は甲高く、かすかにヨークシャーなまりがある。

「黙れ、〈スパイサー〉。道具を持って、すぐに戻れ。〈ガーキン〉が興味を持ちそうな道具をいくつか手に入れた」――つまりゴルボーン公爵が乗船してるってことだ！　あたしったらどうしていままで気づかなかったの？――「それから手帳に書きつけたおれの尋問の覚え書きも持ってこい。あの伝令め、あわてて出ていった。くそっ。まったく近ごろの新入りときたら。どうしてあんな能なしどもを受け入れなきゃならんのだ？」〈だみ声〉は来た道を戻りはじめたらしく、声が遠ざかった。

ソフロニアは廊下の角から顔を突き出した。

壁のような巨体の男が遠ざかってゆくのが見えた。記録室の扉は開いたままだ。

いまなかに入ってカゴニワトリに火をつければ、熱心に手帳に書きつける〈メモ魔〉を始末できる。それとも手帳にねらいをさだめ、〈メモ魔〉が〈だみ声〉から次の情報を得るのを待って盗んだほうがいいだろうか？　ソフロニアは二番目の案でいくことにした。〈メモ魔〉が一人になって〈ガーキン〉のもとに向かいはじめたらこっちのものだ。でも、もし彼がマダム・スペチュナの記録を探しあて、本性を突きとめていたら生かしてはおけない。ソフロニアは唇を嚙んだ。どうすれば素性をばらさずにピクルマンを妨害できるだろう？　いまのところソフロニアの強みは奇襲作戦だけだ。誰も彼女が船内にいることを知らない。でも〈メモ魔〉を殺したくはなかった。やろうと思えばできるが、殺人はスパイ行動のなかでもっとも気が進まない分野だ。ソフロニアはディミティのように血に弱くはないが、プレシアのように血に飢えてもいない。

とりあえず〈メモ魔〉がもっと情報を集めるまであとをつけることにした。頭脳派の〈メモ魔〉が記録室の戸口に現われて上着とシルクハットを身につけ、脇に手帳をしっかりはさんで〈だみ声〉を追いはじめた。

ソフロニアは〈メモ魔〉が廊下の角の向こうに消えるのを待って、あとをつけた。

危機その十三　古典的教育

〈だみ声〉がいる場所は管理室しか考えられない。もちろんソフロニアは前に探検ずみだ。いまや学内で知らない場所はほとんどない。学長がしかるべき管理人を雇わないため、めったに使われることのない狭くてほこりっぽい部屋で、背もたれのない長椅子や靴ひも、信管をはずされたメカや古い授業計画書、場違いな刺繡見本などが山と積まれている。ピクルマンが陣取るには妙な場所だが、唯一の利点は船の最前面にあって、ほかの部屋と比べて使われていないことだ。

あそこなら誰にも気づかれずに数週間は暮らせるかもしれない。こっそり大事なものを隠すことだってできそうだ。

ソフロニアは〈メモ魔〉が管理室のなかに入るのを廊下から見届け、あとを追った。扉の札には**管理人のみ入室可、召使は不可**と書いてあり、その下には誰かが**要掃除**と書いた紙きれをピンで留め、さらにその下に別の誰かが**やるだけ無駄**となぐり書きしていた。

ソフロニアは落書きを無視してトランペット型補聴器を取り出し、扉の隙間に押し当てた。

「さあ、これも持っていけ」〈だみ声〉の声がした。

「どうしてわたしがこんなものを？　運動より読書が好きなのはご存じでしょう？」

「おまえにじゃない、バカ。〈ガーキン〉に渡すんだ。あの化け物がえらく大事にしていた。やつの鉤爪から引きはがすのにどれだけ苦労したか」

「そいつはいかれてます。そんな男が大事にしているものが役に立つとは思えませんが」

「言われたとおりにしろ、〈スパイサー〉。さあ、この矢もだ」

　そのとき衣ずれの音がし、妙なうめきが聞こえた。

「黙れ、この牙男」〈だみ声〉がどなった。

　ああ、ついにブレイスウォープ教授を発見した——ソフロニアは思った。でも残念ながら最初の発見者ではなかったようだ。

「まあ、かわいそうに。もう少しやさしくできないの？」なめらかな女の声がした。「少しいかれてはいても、とてもおじょおひんな紳士なのよ」

　マドモアゼル・ジェラルディンの声だ。

　ソフロニアは——厳しい状況ではあっても——ともかく二人が生きているとわかってほっとした。これで少なくとも自分は一人ではない。計算によれば、船内にはピクルマンが十四人、若い伝令が三人、マダム・スペチュナを含む空強盗《フライウェイマン》が六人。対して味方はボイラー室とプロペラ室でこき使われる二ダースほどの煤っ子と、ここにいるマドモアゼル・ジェラルディンとブレイスウォープ教授だけだ。

　そしていまソフロニアはすべての人員と居場所を把握した。これでようやく計画が立てられる。

　ただ、敵は船内じゅうに散らばっているから一網打尽は難しい。でも、この状況にも利点はある。散らばっているぶん、敵は意思伝達に時間がかかるということだ。ソフロニアが状況を調べるあいだに飛行船はスピードをあげ、可能なかぎりの速度でロンドンに向かっていた。とはいえ、それほどの高速ではない。前回ロンドンに向かったときは四日かかったが、あのときは途中下車をし、蒸気雲に隠れての飛行だった。急げば二日半から三日で着くはずだ。

　ロンドンが目的地だとすれば時間だけはある。

　でも、いまはない。足音が扉に近づき、ソフロニアはまたもやあわてて逃げた。ダンスシューズのいいところはこれだ。少なくとも足音だけはしない。

　スパイス管理人の〈メモ魔〉が扉を閉める音がした。彼がどの経路を取るかは想像がつく。この廊下の突き当たりは中階におりる階段だ。ホウレーと、よほどのよじのぼる意志がないかぎり最上階を真横に移動することはできない。ソフロニアは〈メモ魔〉より先に階段を駆けおり、教室に向かった。

階段にいちばん近いのはレディ・リネットの教室だ。さっき捜索したときのまま扉は開き、暗く静まり返っている。ソフロニアはバンバースヌートを扉の外の廊下におろし、じっとしているよう命じた。したがうのを祈るしかない。ソフロニアとビエーヴはバンバースヌートの命令機構を一度もいじったことがなく、行動は予測不能だ。ソフロニアは扉を開けたまま部屋に入り、顔に月光が当たるようにカーテンを開け、運よく無傷だったレディ・リネットの大型ハープの前に座った。誘惑術において、舞台設定は誘惑そのものと同じくらい重要だ。それから香りがあたりに広がるようにレモンチンキを床に垂らし、そっとハープを弾きはじめた。

どんなにばかばかしい図であるかは自分でもよくわかっていた。なにしろ舞踏会ドレスの上に革エプロンを着け、背中には枝編み細工のカゴニワトリをくりつけているのだから。ソフロニアは最高の効果を演出すべく、ニワトリが完全には見えない角度を取った。これで小さなニワトリ頭が肩ごしにいぶかしげにハープをのぞいているように見えるはずだ。

ソフロニアのハープの腕前は最悪だ。拷問と陽動作戦に利用する場面を想定してぽろぽろ鳴らす授業を数回受けただけで、そのすべてで無惨な結果だった。

とはいえ、階段をおりてきたら教室の扉が開き、その前にメカアニマルがぽつんと座っていたら、どうしてなかをのぞかずにいられよう？　これぞ本物の誘惑だ。

ねらいどおり〈メモ魔〉は近視の目を細め、レディ・リネットの教室をのぞきこんだ。

人は、その温室と寝室といかがわしい館《やかた》を合わせたような教室を見ただけでもぎょっとする。室内は大量の赤い房と、いかにも怪しげな芸術作品で飾られ、ビロード地の失神カウチが数脚、墜落の衝撃で壁の片方に押しつけられていた。レディ・リネットは三匹のふさふさした飼い猫も避難させたらしく、下手なハープに不快の声をあげる生き物もいない。

ソフロニアはふと何かに気を取られたかのように——顔をあげた。月光と座った角度を利用し、この世のものとは思えない効果をねらって。そして深い物思いを中断されたかのように演奏をやめ、白い片手で上品に一房の乱れ髪を——幾多の試練にもめげず、なおしっかりと巻きを保っていた髪を——後ろになでつけた。その瞬間、レディ・リネットが〝はかなさの象徴〟と呼ぶ細い首があらわになった。

「あら」ソフロニアは震えるような笑みを浮かべた。「演奏がご迷惑でしたかしら？どうかお許しを」震える笑みは、向ける相手を間違いさえしなければすこぶる効果的だ。

〈メモ魔〉にとって、そのときのソフロニアほど不可解な存在はなかった。男は礼儀正しくあとずさった。カゴニワトリを背負い、革エプロンをつけた震える笑みに遭遇した英国紳士にほかに何ができただろう。〈メモ魔〉はこの場にふさわしい唯一の武器——礼儀——で対応した。「グッド・イブニング、ミス……？」

ソフロニアは無邪気そのものの顔で立ちあがり、バレリーナのように男に近づいた。〈メモ魔〉は礼儀にしたがい、部屋のなかに一歩足を踏み入れた。バンバースヌートがうれしそうに小走りであとを追ってきた。何か燃やせるものはないかと房つき絨毯をあちこち嗅ぎまわっている。

「ミス・パルースと申します。初めまして。あなたもこのパーティに？」ソフロニアはため息混じりの声で言った。もちろん自分の斬新なハープ演奏に陶酔したせいだ。

若い〈メモ魔〉は横広の鼻に、ぺたっとした髪の、文学肌に特有の不器用そうな男だった。もし銃を持っていたとしても取り出すのは無理だろう。なにしろ片手には手帳、反対の手にはブレイスウォープ教授の小型クロスボウと三本の矢を持っている。

カゴニワトリを背負った若くてかわいいレディに近づかれ、男は見るからに困惑していた。いまごろはとっくに外の荒れ地を――もちろんニワトリなしで――歩いているはずの娘が、なぜこんなところに？

ソフロニアは接吻を望む司教よろしく片手を差し出した。

両手がふさがった若いピクルマンは、なんとかふさわしい対応をしようとまごつき、差し出された手に向かって短くお辞儀した。「スパイス管理人のボーキンです、ミス、はじめまして。それはあなたのメカアニマルで？」

ソフロニアは完璧なお辞儀を返し、それからけげんそうに首をかしげた。「メカアニマル？　どこに？」都合よくバンバースヌートは房飾りに飽き、石炭入れの裏側をつきまわっていてどこにも見えない。

〈メモ魔〉はそれには答えず、何より知りたいことを口にした。「その、ミス、どうやってここに？」

ソフロニアは困惑した踊り子のように指をひらひらさせた。「歩いてですわ。ほかに方法が？」

「いえ、その、つまりミス、船からは全員が避難したはずですが」

「あらまあ、そうですの？　まあ、いつのまに。すっかり音楽に没頭していて。音楽はあたしが情熱を傾けるたったひとつの対象ですの。あなたには唯一の情熱がおありかしら、ミスター・スパイス＝ボーキン？」ソフロニアはうつろな口調でべらべらしゃべり、相手に答える隙をあたえなかった。「あたしにとっては音楽ですの。とにかく音楽を愛しています。愛《ジュ・ラドー》して、愛《ジュ・ラドー》しているの！　音楽はわれを忘れさせる、でしょう？　もちろんおわかりですわね。誰だってわかりますわ。ハープの前に座っていると世界が溶けて消えてゆくんですの。とろりと冷たいものが溶けるように。なんのことかって？　ええ、ネッセルローデ・プディングのことですわ。どうやら今回はあまりに溶けすぎて大事なことを見逃したようです。いま避難とおっしゃいました？　あなたは当局のかた？　避難には何か政治的理由でも？　ええ、あのかたがたはいつもやりすぎですものね」

「誰のことです？」ボーキンはソフロニアの駄弁に圧倒されつつ、必死に口をはさんだ。

「あら、ご存じでしょう、あのかたがたですわ」ソフロニアは軽やかにかわし、しゃべりながら男を少しずつ部屋の奥へ奥へと追いつめた。ボーキンはレディと正しい距離を保つことで頭がいっぱいで、気づいたときにはレディ・リネットが大事にしている、レースの縁なし帽をかぶったアナグマのぬいぐるみがいかめしく見おろす炉棚に背中を押しつけられていた。

「ミス」若きピクルマンが再度たずねた。「どうしてニワトリを背負っているんです？」

「ああ、これ？ 最新の装飾品ですわ。変でしょうか？ たしかに、ちょっと大きすぎますわね。髪に飾ろうとしたんですけど重すぎて。お気に召しません？ ああ、あたしったらバカみたい」ソフロニアはいまにも泣きそうに緑色の目を大きく見開いた。

「とんでもない。つまり、その、いいと思います。とても、その、柔軟そうで」

ソフロニアは唇を震わせ、目に涙を浮かべた。

ボーキンが心配そうに顔を近づけた。

「これについては後悔しています。あなたはとてもいいかたね」

「そうですか？ わたしが？ それにしても避難のあと、どうしてあなたに気づかなかったんだろう。船じゅうをくまなく探した《スウィープ》のに」

「すべてあたしのせいです。あたしは煙突掃除人《スウィープ》を信用してませんの」ソフロニアは完璧な涙をひとしずく頬に伝わせ、ひかえめな憧れと恥ずかしさが入り混じった表情でボーキンの困惑顔を見上げた。

哀れ若きピクルマン――部屋に入った瞬間から彼に勝ち目はなかった。この世に〝悪意ある困惑〟について書かれた本があったら、ソフロニアは迷わず男にためしていただろう。実際、このとき彼女は腕を大きく引き、本を男にためしてみた。

もっと正確に言えば、炉棚の上に置きっぱなしにされ、墜落時の揺れにも落ちなかった分厚いレディ・リネットの本――ミセス・ブレシングベーコン著の『パンなき人々のための十字パン』で男をなぐりつけた。

授業で教わったとおり、ねらったのは相手のこめかみだ。

スパイス管理人ボーキンは気持ちいいほどぐにゃりと床に倒れた。

「これでレディのカゴニワトリを問いただしたらどうなるかわかったはずよ！」

男がどれくらい意識を失っているかはわからない。ソフロニアのねらいが正確だったとしたら、ほんの数秒だ。致命傷をあたえる気はなかった。ピクルマンの手下とはいえ、そこまで悪人には見えない。

さいわいレディ・リネットの部屋にはレースひもや金モール、ビロードの飾り布がふんだんにある。ソフロニアは飾り布を猿ぐつわにし、ボーキンの両手を頭上で縛ってグランドピアノの脚に結びつけた。どうしてレディ・リネットはこんな重いグランドピアノを教室に置いておくのかと、いつも不思議に思っていた。でも、今回の件で役に立つことがわかった。両手首を一本の脚に、両脚をはす向かいの脚に結びつけると、ボーキンはまったく身動きできない。さらに大判ショールをピアノにかけて花瓶で押さえた。これで誰かが教室をのぞいても男の姿はショールの裏に隠れ、まったく見えないはずだ。

レディ・リネットはまさにこのために飛行船にピアノを持ちこんだのかもしれない。ソフロニアはつかのまほっとして扉を閉め、男が目覚めるのを待つことにした。そこへ、バンバースヌートが石炭のかけらでも見つけたのか、得意そうに石炭入れの後ろからとことこと現われた。ソフロニアはボーキンの手帳を拾い、月の光にかざした。

最初の部分は暗号や数式、機械構造図やよくわからない物体の概略図がびっしり書いてあった。まんなかの部分は近ごろ書きこまれたらしく、あわてて手帳を閉じたのか字が乱れ、インク染みがついている。やはり暗号だが、文字の並びからして、名前と日付とそれに関する情報のようだ。記録室から写した、活動中のスパイに関する情報に違いない。ソフロニアはその部分を手帳から破り取った。

「バンバースヌート、こっちへ来て」

バンバースヌートがチクタク音を立てて近づいた。

ソフロニアは破り取ったページを一枚ずつ、確実にボイラー部に入って焼却されるよう確かめながら食べさせた。

その後ろにもう一枚、別の筆跡で、さらにあわてて書いたようなページがあった。おそらく〈だみ声〉が行なった尋問の結果だろう。

それ以外は白紙だ。ソフロニアは鉛筆を取り出して船の略図を書き、ピクルマンとフライウェイマンがいる場所に点を書きこんだ。スパイス管理人ボーキンを表わす点をバッで消したときは胸がすっとした。これで一人減った。残りはピクルマンが十三人に伝令が三人、そしてフライウェイマンが五人だ。ソフロニアは手書きの地図を破って折りたたみ、鉛筆と一緒にポケットに入れた。さらに残りのページを破って丸め、ひもの切れ端で結ぶと、胸もとからバンバースヌート用の石炭を革エプロンのポケットに移し、縛った紙束を胸もとに押しこんだ。ここがいちばん安全だ。

手帳の残りは白紙だが、念のために長椅子のクッションの下に隠した。ピクルマンに油断は禁物だ。

それからようやく手に入れたクロスボウをしげしげと観察した。メカ兵士を作動させれば、こっちだって本物の武器が使える。でも、それにはおそらくブレイスウォープ教授が必要で、そのとき彼がどんな精神状態にあるかは誰にもわからない。ソフロニアはカーテンひもをベルトがわりに腰に巻き、そこに髪リボンで小型クロスボウを結わえつけた。〈ジェラルディン校〉の生徒は、まさにこうした事態のためにつねに余分の髪リボンを携行している。大事な矢はエプロンのいちばん大きいポケットに突っこんだ。あちこちから道具をぶらさげたさまはまるで鋳掛け屋のようだが、こうしていると安心だ。忍び歩きの途中で音が立たないよう、ソフロニアはしばし道具のさがり具合を直した。

それからピアノの下をのぞきこみ、ボーキンの状態を確かめた。すでに意識を取り戻し、瞳孔も正常だ。男は足もとでぴくりとも動かず横たわっていた。

ソフロニアは緑色の目に狂気が浮かんでいるのも知らず、にやりと笑って言った。「音楽愛――それは少女を狂《ディストラクション》気に駆り立てる。それとも破《デストラクション》壊かしら?」

そして安心させるように――そう見えればいいが――男の頬を軽く叩き、その場を離れた。哀れなボーキンは猿ぐつわを嚙まされ、身をよじることもうめくこともできない。さぞいかれた女だと思ったに違いない。まんいちボーキンがここから抜け出し――そのためには曲芸師なみの柔軟さと異界族なみの力が必要だけど――奇妙なできごとを仲間に話したとしても、せいぜい酔っぱらいのたわごととしか思われないだろう。〝カゴニワトリを背負ってハープを弾く娘にパンの本でなぐられてピアノの下に押しこまれた〟と言っても、おかしな夢を見たと思われるのが関の山だ。

ソフロニアはくすっと笑い、すぐに真顔になった。ブレイスウォープ教授とマドモアゼル・ジェラルディンが助けを待っている。そして煤っ子たちも。ソフロニアは次の犠牲者を求めて階段をのぼった。〈だみ声〉は〈メモ魔〉より手ごわそうだ。

今回はニワトリなしで行くことにし、カゴを背中からおろすと、クロスボウと一緒に管理室の外の廊下に置いてバンバースヌートに見張っておくよう命じた。今回の武器はルフォー教授の実験室から失敬した酸性液噴射器だ。ソフロニアは厨房からなけなしのおやつを持ち出し、管理室の扉を叩いた。

「入れ！」〈だみ声〉が答えた。

ソフロニアは目を伏せてなかに入り、まつげのあいだから〈だみ声〉を見てほっとした。敵は一人だ。

「誰だ？」見るからに乱暴そうな男で、生えかけのひげであごが黒ずんでいる。生えかけのあごひげなんてものを見るのは初めてだ。庭師が茂らせもしなければ刈りこみもしなかったやぶといった様相で、なんとも見苦しい。ソフロニアは吐き気をこらえ、

「ただのメイドです、サー。食糧をお持ちしました」そう言ってくすねたチーズとパンとリンゴを差し出した。

男は疑いと驚きの表情を浮かべた。いまやっていることを中断して近づくべきか、それともメイドを部屋の奥まで入れるべきか決めかねている。

ソフロニアは男が逡巡するまに状況を観察した。

マドモアゼル・ジェラルディンが前方窓に近い左隅、大きな荷カゴを押しやってできた場所の大型椅子に座っていた。椅子の前には低いティーテーブルがあり、正面にはあわて

て押しこんだように空の椅子が置いてある。そのくつろいだ様子を見たとたん、ソフロニアは学長がピクルマンの仲間なのではないかという恐ろしい考えに襲われた。もしあたしの予測が間違っていたら、始末する敵は二人で、助けるべき味方は一人！ソフロニアはわが身をののしった。そうだとしたらまるで新入生なみの失態だわ。

〈だみ声〉は反対側の隅の、大きな鳥カゴ型檻のそばにいた。天井から鉤でぶらさがる金属製の檻にはガスを満たしたガラス管が通してあり、ガラスと金属が接する場所が赤く焼けている。

檻のなかに裸のブレイスウォープ教授が閉じこめられていた。

さっと目をそらす前に、ソフロニアは教授の腕に水ぶくれ、両手にやけど、顔には切り傷があるのに気づいた。口ひげは失神したかのようにだらりと垂れ、本人は無言で、焼ける鉄格子に触れないようできるだけ身体をちぢめ、かがみこんでいた。吸血鬼はたいていのことでは死なないが、痛みは感じる。切り傷は鋭い木刃によるものに違いなく、だから傷の治りも遅いのだろう。

拷問者〈だみ声〉は吸血鬼を突きまわすのをやめ、マドモアゼル・ジェラルディンのいるティーテーブルに歩み寄った。

「止まれ！」ソフロニアがテーブルに食べ物を載せようと動きかけたとたん、〈だみ声〉が制した。「そこを動くな」

ソフロニアはその場に凍りついた。

〈だみ声〉はわざとさりげなくお茶を注いだ。それを見てソフロニアは学長の様子がいつもと違うことに気づいた。マドモアゼル・ジェラルディンは客人に茶を注がせるような人間ではない。たとえそれが目上の人であっても。茶を注ぐのは女主人の責務だ——避難時であろうと、船を乗っ取られていようと。

ソフロニアはわずかにまつげをあげ、さっきは見落とした事実に気づいた。マドモアゼル・ジェラルディンは両肘と両脚を椅子にくくりつけられていた。膝に載せた皿から手で食べることはできても、それ以外は動けない。上品に振る舞ってはいるが、悪党に手を貸してはいない。人質だ。

マドモアゼル・ジェラルディンはまったくの無表情でソフロニアを見た。前に会ったようなそぶりは露ほども見せず。

おみごと。

生徒たちはこれまでずっと、マドモアゼル・ジェラルディンは自分の学園がスパイ養成校である事実を知らないと思っていた。学長に知られまいとしてきた。それが訓練の重要課題でもあった。ソフロニアも疑ったことはあったが、いまや確信に変わった。マドモアゼル・ジェラルディンは最初から知っていたのだ。椅子に縛りつけられた女学長がこんなに冷静なはずがない。ふつうならヒステリーを起こしているところだ。

〈だみ声〉は茶を注ぎおえ、空になった皿を取ってマドモアゼル・ジェラルディンにカップを渡した。それから自分にも茶を注いで腰をおろし、ソフロニアに向きなおった。「メカ以外のメイドが乗船しているとは知らなかった。本当は誰だ、お嬢ちゃん？」

「忘れられた生徒です」ソフロニアはメイドのふりをやめ、おやつをポケットにしまった。食べられずにすんでよかった。手持ちの食糧はこれだけだ。そうしてポケットに手を入れながら酸液噴射器をこっそりつかみ――どちらでも対応できるように――反対の手でしこみ扇子を握ると、敵が油断するように身をかがめ、おどおどと目を伏せた。

「ではこっちに来てお茶でもどうだ。椅子を持ってこい。わかっているだろうが、おまえも人質だ」〈だみ声〉は余裕しゃくしゃくだ。

ソフロニアは耳を疑った。この男は本当に学園の正体を知ってるの？　本気であたしをかよわい小娘と思っているの？　でも、敵の思いこみにつけこむのもスパイ術のひとつだ。とくに男の敵にはうまくゆく。彼らは若い娘には油断するものだ。

ソフロニアは押しやられた家具の山から丸椅子をつかみ、〈だみ声〉と学長のあいだに座った。

「なかなかかわいいじゃないか」〈だみ声〉はそばの紅茶ワゴンからカップとソーサーを取った。

ソフロニアは自分の容姿をまあまあとしか思っていないが、この男がやせ型で、はっきりしない色の髪と目の女性が好みならあえて否定するつもりはない。「光栄です、サー」〈だみ声〉が紅茶ポットを持ちあげた瞬間、ソフロニアは心のなかで紅茶の神様に詫びながら獣《けもの》のように男に跳びかかった——片手で酸液噴射器を男に向け、片手で革の覆いをはずしたしこみ扇子を開いて。

まず酸液が顔にかかり、男は一瞬たじろいだ。巨体の悪党によくある弱点は動きが鈍いことだ。

男はぎゃっと叫び、顔をこすろうと両手を振りあげた拍子に紅茶ポットを落とした。熱湯が膝にこぼれ、またもや男は悲鳴をあげ、両手両脚をからませて背中から椅子に倒れたときにはソフロニアが上にのしかかっていた。女らしい作戦とはとても言えず、〈だみ声〉にも娘ひとりを押しのけるくらいの力はあったはずが、そのときはすでに、しこみ扇子が頸静脈に押し当てられていた。ソフロニアは本気であることをわからせるために男の肌を軽く刺した。

〈だみ声〉は恥も外聞もなくわめき、涙をぬぐっていたが、一瞬、動きを止めて喉に当たる鋭い刃を確かめた。

「じっとしていたほうがいいんじゃないかしら、サー?」礼儀を忘れてはならない。なにしろ目の前には学長がいる。ソフロニアは恐ろしいほど自信に満ちた声で言った。「あなたにはさっきの人ほどやさしくするつもりはないわ」

「なんだと？　誰のことだ？」〈だみ声〉は身震いし、ソフロニアを押しのけようともがいた。

ソフロニアは男から目をそらさずに噴射器をポケットにしまい、その手を扇子の少し上に当て、喘鳴《ぜんめい》を聞きながら気道をぎゅっと押しつけた。

「彼のことはご心配なく。ちゃんと面倒をみてきました。こんどはあなたの面倒をみてあげますわ」ソフロニアは振り向きもせずにたずねた。「マドモアゼル・ジェラルディン、椅子をすべらせてここまで来られます？　縄をほどくためのナイフがあります」

「その必要はないわ、マイ・ディア」マドモアゼル・ジェラルディンの声が答えた。「とっくにほどいてあります」

ソフロニアは驚きもせず、目をあげもしなかった。「ではブレイスウォープ教授を出してあげてください。ともあれお茶の時間です。きっと教授も温かい飲み物がほしいはずですわ。ルフォー教授がいなくなってもう何時間にもなりますから」

「まあ、お嬢さん、すばらしい考えね」マドモアゼル・ジェラルディンのスカートのこすれる音がした。身を丸める〈だみ声〉のベストからカギを探っているようだ。〈だみ声〉がぴくっと動き、ソフロニアは喉に置いた両手に力をこめた。扇子の端の下から血がたらりと一筋、流れた。これでいい。血のにおいにブレイスウォープ教授が反応するはずだ。〈だみ声〉がおとなしくなった。

がちゃがちゃと檻のカギがはずれる音に続いて、しゅっというかすかな音がし、ガスの漏れるにおいがした。

「彼はこの檻に学校のガス照明管を引きこんだの。まったくすばらしい発想だわ」マドモアゼル・ジェラルディンはしごく感嘆した口ぶりだ。「とっさに吸血鬼を閉じこめるには最高の方法ね。さあ、教授。どうぞこちらへ。軽い食事を用意しました。大変な夜でしたわね。ガウンを持ってきましょうか？」

その瞬間ソフロニアは強い力でぶつかられ、〈だみ声〉から荒々しく押しのけられた。そのまま横転してテーブルから離れたが、立ちあがったときはなおも扇子を構えていた。

ブレイスウォープ教授は標準的な吸血鬼からすればいかれていても、摂食本能は正常だ。おそらくどんな生物でも最後まで残る本能なのだろう。とはいえテーブルマナーはほめられたものではなかった。くつろいだお茶の席とはいえ、ずるずると音を立てるさまはほとんど獣《けだもの》だ。

横たわるピクルマンはもがき、ごぼごぼと音を立てたが、血を吸う男を止めるすべはなかった。拷問で痛めつけられ、食事もなしに拘束されていたとはいえ、吸血鬼にただの人間がかなうはずがない。ましてや目の前の男に木製ナイフで切りつけられてみずからの血を失ったあとだ——吸血の衝動は抑えがたいものだったに違いない。〈だみ声〉からすれば自業自得だ。

マドモアゼル・ジェラルディンが教授の黄色いガウンを抱えてソフロニアに近づき、まったくの無表情で目の前の光景を見つめた。

「ふだんは洗練された人が空腹のあまり礼儀を忘れるのは困ったものね。わたくしも前にいちど、そのような風変わりな男性と暮らしたことがあるけれど」

「あら？」ソフロニアはひどく興味をそそられたが、学長はそこで話を切った。

二人は無言で見ていたが、やがてマドモアゼル・ジェラルディンが言った。「ふつうなら顔をしかめて目をそらすところよ」

「そうかもしれません。でも一人は敵で、もう一人は狂人——ここは自分たちの身の安全を考えてしかるべきです」

「言えているわね、お嬢さん」同等の相手に話すような口調の学長は魅力的に見えた。

「何か策はある？」

「いちおう」ソフロニアは厨房からくすねた予備のナイフと酸液が残った噴射器を学長に渡した。「しばらく見張っていてくださいますか？」

マドモアゼル・ジェラルディンはうなずいた。

ソフロニアはすばやく外に出て、バンバースヌートとふたつの荷物を回収して部屋に戻り、扉を閉めてカギをかけた。

「からからになるまで吸わせるべきかしら」学長がさりげなく言った。

ソフロニアは眉を寄せた。「これについては学長のご判断におまかせします。でも、このまま吸わせたら男は死ぬでしょう。そうなったらいかに面倒な法的問題が生じるかは、あたしよりよくご存じのはずです」

学長は冷ややかに鼻を鳴らした。「でも、この人は教授にそれはひどい仕打ちをしたのよ」

「ならば本人にたずねたらどうでしょう？」

「いい考えね」マドモアゼル・ジェラルディンはブレイスウォープの肩を揺すった。「教授？」

答えはない。〈だみ声〉ピクルマンは生えかけのあごひげの下ですっかり青ざめ、失血のせいで抜け殻のように見えた。

「学長、あたしにまかせてください」ソフロニアはレモンチンキの入った小瓶の蓋をぱちっと開け、ブレイスウォープ教授の鼻にたっぷりしたたらせた。

しばらくはなんの変化もなかった。

やがて吸血鬼は激しいくしゃみを始め、その勢いでピクルマンの首から牙がはずれた。

「教授」学長が呼びかけた。「ガウンを持ってきましたわ。おつけになって」

ブレイスウォープ教授が背を伸ばした。うつろな表情だが、もはや拷問の跡はどこにもない。傷はすべて癒えていた。それがわかったのは、もちろん彼がいまも真っ裸だからだ。

裸の吸血鬼が二人に振り向いた。

この時点でソフロニアと学長は大事な部分を目の当たりにした。

驚きのあまりソフロニアは悲鳴をあげた。「まあ、なんてこと。〈ジェラルディン校〉は広範な授業内容が特長だといつも母には話してきたけど、ここまで広範だとはとても話せないわ」それでも目はそらさなかった。育ちのいいレディが実践的解剖学を学ぶ機会はめったにない。たとえ〈ジェラルディン校〉であっても。

吸血鬼教授は美少年アドニスふうのポーズを取った。「これでも大理石像のモデルになったことがある。知っていたかね？　かつてはかなりのしゃれ者と思われていた」

マドモアゼル・ジェラルディンはほほえみ、黄色いガウンを教授の肩にかけた。「残念ながらここは現代の英国です。衣服をまとわなければなりません。そんな格好でいたら何もできませんわ、目のやり場に困って。それに、この若いレディの母上になんと言えばいいの？」〈だみ声〉はほとんど意識を失っていたが、学長は用心深くソフロニアの名前は出さなかった。

学長が訓練されたスパイであることをソフロニアがまだ疑っていたとしても、この時点で疑いの余地はなくなった。

「〝ご令嬢は最高の古典的教育を受けた〟と言えばいい」

ソフロニアには意味がよくわからなかったが、学長は教授の答えがいたく気に入ったようだ。

ブレイスウォープ教授がガウンをはおって房つきのサッシュをきゅっと腰に巻き、ソフロニアはほっとした。さすがにちょっと刺激が強すぎた。

「ところで、教授、食事のほうはいかが？」学長がたずねた。「彼をどうします？」

教授は横たわる男を見やり、子どものように言った。「もうお腹いっぱい」

「ここに残してはおけません」と、ソフロニア。「事情を仲間に話されては困ります」

「事情？」

「あたしがここにいて、学長と教授が自由になって、あたしが別の男を始末して、さらに始末しようとしていることです」

「なるほど。どうお思いになる、教授？」

「どんな男も人生で一度は空を飛ぶべきだ」彼の口ひげは失神から回復し、不満そうにふくらんでいた。

「窓から、ってこと？　じゃあ、お願いできるかしら」そう言ってマドモアゼル・ジェラルディンはソフロニアに脇でささやいた。「これなら体《てい》のいい言いわけになるわ。誤って墜落したことにすれば」

ブレイスウォープ教授が横たわるピクルマンを抱えあげ、学長が山積みの冊子の後ろにある大きな舷窓を開けると、教授は無造作に窓から男を放り投げた。

ソフロニアは〈だみ声〉が下の田園地帯に落ちる様子を考えないようにした。たとえ吸血に耐えられても、この高度からの落下には耐えられない。彼の死は自分のせいだ――そう思ったとたん、なぜか頭には〈だみ声〉のみっともないあごひげが浮かんだ。少なくともあのぶつぶつひげは二度と見なくてすむ。

気がつくとソフロニアは激しい吐き気に襲われていた。でも胃のなかは空っぽだ。顔をそむけ、口もとを扇子で隠して吐き気をごまかしたが、こんどは扇子のしこみ刃についた血に気づき、あわてて赤い小ナプキンでぬぐった。つねに身につけるように言われながら、誰も携行の理由を教えてくれなかった赤いナプキンの使いみちがようやくわかった。

「まあ、お嬢さん、もしかして……？　まさか。これが初めてのフィ、、、、ニシング？」学長はいたわるようにソフロニアの腕を取った。「いらっしゃい、まだポットに少し紅茶が残っているわ。ほんの一滴でもほしいという顔よ」

紅茶ポットはピクルマンが落としたときのまま倒れていたが、たしかに少し残っていた。カップにほんの少しでも、いまのような状況では元気がわいてくる。

ソフロニアはありがたく飲んだ。

「ほら、頬に赤味が戻った」マドモアゼル・ジェラルディンがソフロニアの肩をやさしくなでた。

ブレイスウォープ教授はさっきソフロニアが使った丸椅子を引き寄せ、キンポウゲ色の奇妙なセイウチよろしくちょこんと腰かけていた。黄色い綾織りのガウンをまとい、満足そうに口ひげをとがらせた吸血鬼はまったくの無害に見える。

それでもソフロニアは彼を直視できなかった。

「それで、マイ・ディア、占拠の状況はどう？」

学長の問いにソフロニアは気を取りなおした。これこそ綿密に計画し、技と訓練を駆使して闘うべく備えてきたものだ。

「地図があります」ソフロニアはポケットに手を伸ばした。

危機その十四　銃ならぬカゴで

万全の行動計画を立てるには、じっくりと地図を検討する必要があった。

待ったをかけたのはマドモアゼル・ジェラルディンだ。「場所を変えたほうがいいわね。伝令が送りこまれたら、われわれの空飛ぶご友人がどうなったかがばれてしまうわ」

ソフロニアはうなずいた。「生徒部屋を捜索するとは思えないけど、味方が二人も消えたとなれば全室をくまなく探すでしょう。あたしならそうします」

「そんなに人数がいるの？」

ソフロニアは残忍そうににやりと笑った。「こちらが追うかぎり、数は問題ではありません」

「あなたがスカウトされた理由がわかったわ、マイ・ディア」

学長が言い終わるのと、さっぱりした顔の若い伝令が管理室の扉をドンドン叩くのが同時だった。

ブレイスウォープ教授がすばやく対応した。さいわいこんどは牙ではなく、扉を開けるや伝令のあごにこぶしを打ちこんだだけだ。

「片っ端から放り投げるわけにはいきません」ソフロニアは、伸びた若者を抱えて舷窓に向かいかけた教授を制した。

「かといってここに寝かせておくわけにもいかないでしょう。誰が見つけて逃がすかもしれないわ」マドモアゼル・ジェラルディンは見かけによらず冷酷だ。

「そこまで空腹ではないが」吸血鬼教授は、だらりと垂れた頭とぞんざいに結んだクラヴァットのせいであらわになった若者のなまっちろい首をそっけなく見やり、「ためしてみるのも悪くない。わたしを大食いにさせるのは、レディーズ、あなたがたくらいのものだ」と、しごくまともな口調で言った。口ひげもお行儀よく収まっている。

「いい考えがあります」ソフロニアはマドモアゼル・ジェラルディンを椅子に縛りつけていた長いロープをつかんだ。「連れてきてください、教授。こうやるんです」

三人は管理室を出、マドモアゼル・ジェラルディンが〈だみ声〉から取り戻したカギで錠をかけた。

生徒部屋に向かう途中、ソフロニアは若者を縛って猿ぐつわをかませ、教室のバルコニーの下にくくりつける方法を実演した。これなら手すりの下にロープが見えるだけで、本人の姿はどこからも見えない。下の階のバルコニーに出て見上げないかぎり、誰も気づかないはずだ。若い伝令は、さながら丸焼き用にぐるぐる巻きにされてポーチの軒からぶらさがる子豚だった。

「悪くないでしょう?」

「まったく」マドモアゼル・ジェラルディンが感嘆した。「今後のためにもすばらしい解決法ね。ピクルマン全員を動けなくして縛りあげれば、これ以上、殺さずにすむわ。どう思われます、教授?」

「全員? たまにおやつにするわけにはいかないのか、は?」

「もちろん、少しならけっこうよ」学長がなだめるように肩を叩くと、教授は顔を輝かせた。「すばらしい」

いまのところブレイスウォープ教授は予想以上に役に立っている。あとはこの正気が続くのを祈るだけだ。

「大量のロープが必要です」ソフロニアは先頭に立ち、性悪メカに遭遇したときのために妨害器、性悪ピクルマンに遭遇したときのために開いたしこみ扇子を構え、生徒部屋のある中央部に向かった。そして前後からブレイスウォープ教授を見張れるよう、学長が最後尾についた。

と、いきなり教授がつんのめるようにソフロニアに近づき、叫んだ。

「わたしのボウ!」吸血鬼教授はソフロニアの即席ベルトからぶらさがる小型クロスボウに釘づけだ。

「いいですか、教授」ソフロニアは相手が納得しそうな理屈をこねた。「これって、教授の服よりあたしの服のほうがはるかによく合うと思いません？」

ブレイスウォープ教授は目をぱちくりさせ、自分の黄色い袖を見下ろした。たしかに濃い赤褐色のクロスボウは革エプロンをつけた赤と黒のイブニングドレスによく似合う。

「まあ、たしかに」教授はすねたように言った。

三人は廊下を進み、ソフロニアたち上級生の続き部屋に着いた。ソフロニアは扉を開けて二人に入るよう身ぶりし、学長にこっそりささやいた。

「カギとは別に、暗号をご存じありませんか」

「暗号？」

「メカ兵士を作動させるための」

「その考えは賢明かしら。彼らもしょせんはメカで、ピクルマンが制御しているのよ」

「レディ・リネットが学園で唯一の防衛システムにあっさり新型バルブを組みこませるほど愚かとは思えません。いずれにせよ本当に危険なのはバルブです」

「甘いわね、お嬢さん。新型バルブは最新の作戦というだけで、ピクルマンはこれを長年たくらんできたの。つまり、どんな初期型メカでも油断はできないってことよ」

マドモアゼル・ジェラルディンは居間の小さな長椅子に倒れこみ、ソフロニアは扉にカギと閂をかけ、さらに立てかけた椅子とディミティの毛入れ壺を使って音出し罠をしかけた。二人が相部屋だったころ、抜け毛を入れるための醜悪な小壺を見るたびソフロニアは気が狂いそうになった。罠が作動して割れたとしても、これさいわいだ。

「あたしの寝室に行きますか？　そのほうがもっと安全です」

学長はうめきとともに長椅子から起きあがり、ソフロニアのあとについて狭い寝室に向かった。ブレイスウォープ教授が元気な仔犬のように小走りでついてくる。

寝室の扉をしっかり閉めて、ソフロニアはようやくほっとした。

それから地図を取り出して敵の位置を示す点を示しながら、〈だみ声〉の点と伝令を表わす点をひとつバツで消した。

「それで、ブレイスウォープ教授に操縦室をまかせられないかと思って。彼なら操縦室の梁の上でじょうずに踊れるはずです」

当の教授は鼻をうごめかし、ウサギのような声をあげてバンバースヌートのあとをぴょんぴょん追いかけていた。バンバースヌートはあまりおもしろがってはいないようだ。

「彼には監視が必要よ」

マドモアゼル・ジェラルディンの言葉にソフロニアはうなずき、キーキーデッキを指さした。「学長には上にいる二人をお願いします。敵は銃を持っていますから、かなり危険です。覚悟はおありですか？」

「わかりました」学長はうなずいた。「身体攻撃は得意ではないし、高所恐怖症だけど――

——だからわたくしはつねに船内にいるの——やってみるわ」

ソフロニアは思わず尊敬の念を抱いた。これまでのマドモアゼル・ジェラルディンとはまったく別人のようだ。「あなたは実にすばらしい女優です、学長」

「ありがとう」学長は顔を赤らめた。「そうね、もしかしたら大女優になれたかもしれないわ。でも、スパイ稼業のほうが儲かるし、危険も少ないでしょう？」

ソフロニアは驚いた。「舞台よりも？」

「ええ、そうよ、マイ・ディア。それは恐ろしいところよ——ウェストエンドというのは。これまでに仰々しい芸術家タイプと長い時間、過ごしたことがある？」

「ありません——アケルダマ卿を数に入れなければ」

「ああ、でしょうね」残念ながら学長はそれ以上、詳しくは話さなかった。

ソフロニアは計画に話を戻した。「あたしは食堂の一団を始末します。親玉がやられれば手下は混乱する。そうなれば煤っ子たちを逃がすのがずっと楽になります」

マドモアゼル・ジェラルディンは地図を見た。「でも、食堂は敵の大半が集まっている場所じゃないの！　そんな真似はさせられないわ。あなたはただの生徒よ」

「ええ、でもあたしにはニワトリがあります」ソフロニアは誘惑のポーズでベッドにもたれかかる爆発家禽を指さし、こっそり笑った。なんだかニワトリが仲間のように思えてきた。

マドモアゼル・ジェラルディンは心配そうだ。ソフロニアを同志と見なしてはいても、教師らしい気づかいは残っている。「せめてブレイスウォープ教授だけでも連れてゆくべきよ。わたくしがデッキの二人を始末するあいだ、あなたと教授で操縦室を監視するというのはどう？」

「だったらいっそ三人でプロペラ室を襲撃して煤っ子を解放しては？」と、ソフロニア。

「そうすれば彼らを味方につけられます」

学長は人数を計算した。「いいえ、それでは食堂の敵に再編の時間をあたえることになるわ。やはり最初の計画でいきましょう。まずは食堂とキーキーデッキね」

作戦会議は夜明け近くまで続き、三人の共謀者のうち二人はうまくいきそうな手応えを感じた。ブレイスウォープ教授が何を考えているかは誰にもわからない。とっくにバンバースヌートに飽き、いまは鼻歌まじりに衣装だんすにかかるソフロニアのドレスを検分している。

ソフロニアはまぶたが重くなり、マドモアゼル・ジェラルディンも手であくびを隠した。それでも二人はなんとかがんばり、やがて学長がソフロニアのたんすの下に置かれた靴の上で丸くなって寝入るブレイスウォープ教授を指さした。吸血鬼はいつも死んだように眠る。太陽が昇ったようだ。

ソフロニアは肩をすくめ、たんすの扉を閉めた。できるだけ光をさえぎったほうがいい。

「いずれにせよ全員の協力が不可欠です」学長は小さくため息をついた。「なんとしても

彼の力が必要だわ」

「おっしゃるとおりです」ソフロニアはうなずいた。

「となれば日中はここで身を隠すしかありません」

ソフロニアは唇を嚙んだ。そんなに長く煤っ子を奴隷のように働かせるのはつらい。そ

れに、マダム・スペチュナにも危険が迫っている。

「三人の仲間が消えて、わたくしたちの姿が見えないとなれば、敵はもういちど船内を調

べるかしら？」マドモアゼル・ジェラルディンはカゴニワトリをベッドからよけた。「ち

ょっと場所を空けてね、ハンサムさん」

「おそらく」ソフロニアはいまや癖になったしぐさで大きく開いた襟ぐりを引っ張りあげ

た。「でも、たぶん動揺しているでしょう。あわてればミスを犯すはずです」

「そう願うしかないわね。さあ、あなた、いまにも倒れそうよ。ドレスを脱いで少し眠り

なさい。わたくしが最初の見張りに立つわ」

ソフロニアは舞踏会ドレスを脱ぐのとベッドに入るのと、どちらがうれしいかもわから

ないほど乱暴に服を脱ぎ捨て、ベッドにもぐりこんだ。それを見たマドモアゼル・ジェラ

ルディンがたしなめたとしても、ソフロニアには聞こえていなかった。

ソフロニアは昼すぎまでたっぷり眠った。

それから学長が眠るあいだ見張りに立ち、日没前に学長を起こした。

赤毛がもつれ、化粧が落ちた状態でベッドから出たマドモアゼル・ジェラルディンはソフロニアの小さな化粧台とわずかな口紅でとりあえず乱れを直し、スプーンを手に独白したあとのマクベス夫人のような雰囲気で現われた。それともスプーンじゃなくて、短剣だっけ？

さいわい手もとには厨房からくすねた食糧が残っており、ディミティが煤っ子のために取り分けておいたお茶の友も一山あった。ほとんどがケーキだが、何もないよりましだ。

今夜どこかで調達できることを願いながら二人は残らず食べた。

このときほどカップ一杯のまともな紅茶がほしいと思ったことはない。こっそり厨房に忍びこみ、自分で紅茶を淹れようかとさえ思ったほどだ。やりかたはわかっている。でも、たとえ紅茶のためでも危険は冒せない。それほど状況は差し迫っていた。

ソフロニアはバンバースヌートに石炭のかけらをあたえ、ブレイスウォープ教授が目覚めるのを待った。

今回は少年の格好をすることにした。マドモアゼル・ジェラルディンは自分の生徒が裾をまくりあげたズボンに男物のシャツとベストを着るのを見ても無言だ。革エプロンも身につけた。防具になるし、何よりポケットがたくさんついている。道具と武器の状態も確かめた。どれも鋭く、動きもいい。ソフロニアは学長が使えそうな道具がないかと、心のなかで詫びながらディミティ、アガサ、プレシアの部屋を物色した。少なくともディミティとアガサは文句を言わないはずだ。プレシアの部屋にはさまざまな薬剤や湿布や毒薬がずらりと並んでいた。どれもきちんとラベルが貼ってある。これは使えそうだ。

ソフロニアとマドモアゼル・ジェラルディンはメカ兵士の暗号、カゴニワトリの作動法、銃の入手法について相談したあと、黙りこんだ。計画が立ち、スパイの準備が整ったいま、共通の話題はない。こんなときに天気の話をするのも変だ。学長の過去や、どうやってこうも長いあいだ知らないふりを続けてこられたのかをたずねてもよかったが、学長のことだからどうせ舞台がらみのたわごとではぐらかすに決まってる。たった五時間の睡眠のあとで芝居じみた話につきあう元気はない。

やがてブレイスウォープ教授が衣装だんすから元気はつらつで現われた。

「これはレディーズ」驚いた口調だ。「朝一番であなたがたにお目にかかるとは、いったいなんのご用かな？」

「夜ですわ、教授」マドモアゼル・ジェラルディンが訂正した。

「そうか？　なんと。わたしは一日じゅう寝ていたのか」そこでふと考えこみ、「腹ぺこだ。紅茶はあるかな？」

「血ではありませんか、教授？」ソフロニアは穏やかに言った。

「血だと、は？　まさか。いや。そのとおり。ああ、吸血鬼か。そうだ。なぜわたしはあのような真似を？」

「永遠の命がほしかったからではありませんか？」ソフロニアに理解できる理由はこれしかない。

「わたしが？　われながら興味深い。そうだ、たしかにいまは一滴の血がほしい。きみをいただいていいのか、かわいいお嬢ちゃん？　いや、それともぼっちゃんか？」

「いいえ」ソフロニアは平然と答え、学長を頭で差し示した。

「あら、わたくしでもないわ、教授。でも朝食にぴったりの紳士に心当たりがありますの。どうぞついてきて。ちょっと綱渡りが必要ですけれど、かまいませんわね？」

「は？　綱渡りと言ったか？　すばらしい。わたしはかつて一流の曲芸師だった、知っていたかね？」

「ええ、もちろんですわ、教授。だからわたくしの船に乗りこまれたのではありませんか。あなたは空につなぎとめられる唯一の吸血鬼。高いところが何より好きで、地上にはいられない、だから危険を冒すとおっしゃいました」

「わたしが？　ああ、まあそういうことだ」教授は小走りで学長のあとを追った。

ソフロニアはしぶしぶ部屋を出た。今日ばかりはこの部屋が聖域のように思えた。たとえその安心感がかりそめのものでも、それを堪能した。冒険は大好きだ。この数年でますます好きになった。でもいまは冒険を避けたがるピルオーバーの気持ちがわかる。だけど自分には救わなければならない船がある。もしかしたら国までも救うことになるかもしれない。ソフロニアはカゴニワトリを背負い、相棒が肩からぶらさがっているのを確かめた。バンバースヌートはソフロニアに向かってしっぽをふった。

さあ、作戦開始だ。

ロンドンが近づいていた。はるか下に見える小さな街にガス灯が灯っている。正確な場所はわからないが――ソールズベリーあたりだろうか――いずれにせよ思ったより速く移動しているらしく、いまや〈ジェラルディン校〉は密集した住宅地の上空を飛んでいた。ソフロニアは地元紙をにぎわすであろう、空飛ぶ巨大なずんぐり飛行船の記事を想像した。〝政府による住民偵察か？　それとも侵略者か？〟新聞はこうした事件を大げさに書きたてるものだ。

地元当局はなぜ調査団を送りこまないのだろう？　裕福な行政区には独自の調査飛行船があって、警察も利用できるはずなのに。それともとっくに接近していたのをピクルマンに追いはらわれたの？

マドモアゼル・ジェラルディンとブレイスウォープ教授は操縦室の対応に向かった。その後、二人はキーキーデッキにいる二人の狙撃者を始末する計画だ。ソフロニアが銃を手に入れるよう進言すると、学長は自分の部屋に戻りたいとかなんとか謎めいたことをつぶやき、部屋から戻ってきたときは〝銃は必要ないわ〟と言った。ソフロニアは謎めいたままにしておいた。自分の任務は食堂を解放することだ。

ソフロニアはそろそろと食堂の脇入口に近づいた。予想どおり、ピクルマンたちは行方不明になった手下に動揺し、いらいらと動きまわっていた。相手をなじる声が大声で飛び交っている。

なかをのぞけるぶんだけ扉を開けたとたん、ピクルマンの計画の一部がわかった気がした。彼らは船の操縦室を利用してロンドンじゅうのメカを制御しようとしているのだ。〈ジェラルディン校〉のメカ操縦士は大量のメカに同時に命令を出すよう設計されている。つまり、新型バルブを取りつけたすべてのメカに情報を伝達できるわけだ。これでようやくわかった。たしかに〈ジェラルディン校〉では大量のメカ使用人が衝突することもなく、つねに調和して動いている。飛行船をエーテル層に近い高度まで上昇させたら、この能力を英国南部全域にまで広げられるかもしれない――〈チャツネ〉はこの考えに魅せられたに違いない。

上座テーブルに敵が集まっていた。ピクルマンが図表らしきものに顔を近づけ、そばにいた空強盗《フライウェイマン》がよく見ようと首を伸ばしたのを見計らい、ソフロニアは息を吸って食堂に入った――胸にカゴニワトリを抱え、片手を引き金に載せて。

誰も気づかない。ずいぶん長い時間に思えたが、実際はほんの一、二分だったはずだ。少年の格好のせいでいつもほどは目立たず、バンバースヌート用の石炭で顔を汚していたから、脱走した煤っ子のように見えたかもしれない。

最初に気づいたのはマダム・スペチュナだった。その瞬間ソフロニアは、彼女が学園を裏切ったと思ったのは間違いだったと気づいた。ベテラン女スパイがソフロニアを見たとたん恐怖に顔をひきつらせ、出ていくよう必死に手ぶりしたからだ。

ソフロニアはニワトリを指さし、空いた手で破裂の手ぶりをしながら〝ば・く・は・つ〟と唇を動かした。

マダム・スペチュナは眉を吊りあげ、放り投げるようなしぐさをしてすばやく自分を指さした。ニワトリを自分に渡せという合図だ。

ソフロニアは迷った。ベテランスパイに責任をゆだねるという考えにはどうしようもなく惹かれる。だけどニワトリをかついできたのはあたしだ。でも、これをどこに配置すれば効果的かはあたしよりマダム・スペチュナのほうがわかっている。

ソフロニアが迷っているあいだにマダム・スペチュナは背を向け、声をあげて全員の注意を引きつけた。ソフロニアを守るための大胆な時間稼ぎだ。

ソフロニアは感激したが、次の瞬間、後悔した。〈チャツネ〉の顔に疑いの表情が広がっていた。

「前から女を乗せるのは危険だと思っていた。女というのはいつ敵に寝返るかわからん」

「まさか」フライウェイマンの頭《かしら》が言った。「彼女にかぎってありえない」

「おまえたちはこの女を乗せるのを前提におれたちに協力した。そしておれの部下は行方不明になり、人質の居場所はわからない。このなかに裏切り者がいるってことだ」

ソフロニアはぎくっとした――あたしの行動のせいでマダム・スペチュナが疑われている。

「それで、わたしが女だから怪しいと言いたいの？」マダム・スペチュナが吐き捨てるように言った。「わたしはずっとこの部屋にいたわ。どうやってそんな離れ業ができるというの？」

「いや、おまえは何度か手洗いに行くと言って部屋を離れた。おもしろいことに、スパイス管理人ボーキンが消えたのはやつを記録管理室に送りこんだあとだ。まるでここにいる誰かが学内の記録を隠そうとするかのように。そんなことをやりそうなのは……おまえしかいない」

マダム・スペチュナは助けを求めるように恋人を見たが、フライウェイマンの頭もいまや疑わしげに見ている。

「おれたちのなかに最高のスパイを送りこむとすればここしかない。そしておまえは間違いなく最高のスパイだ」

もはやマダム・スペチュナは反論しなかった。

ソフロニアは愕然とした。マダム・スペチュナは罪をかぶろうとしている――あたしの身を守るために。事前に打ち合わせができなかったのを悔やみつつも、ソフロニアはベテランスパイの意志を尊重することにした。いずれにせよ内部事情については彼女のほうが詳しい。どう見てもマダム・スペチュナは、あたしにこのままひそかにピクルマンの計画を叩きつぶしてほしいと思っている――ソフロニアはそう判断してニワトリをおろし、片足で壁に立てかけてこっそり部屋を出た。そして猛然と飛行船の外をよじのぼり、上部舷窓ごしになりゆきを見守った。

〈チャッネ〉がぶっきらぼうに命令を出し、二人の用心棒と一人の伝令についてくるよう身ぶりして部屋を出ていった。部屋に残ったのはマダム・スペチュナと、ひょろりとしたピクルマン、伝令一人と五人のフライウェイマンだけだ。数人のフライウェイマンがマダム・スペチュナに近づいた。

女スパイはさっと身をひるがえし、とらえようとする男たちの手をかわしてカゴニワトリを拾いあげた。

そして目に狂気を浮かべ、ニワトリを胸にしかと抱き、男たちがさらに近づくのを待った。ソフロニアは凍りついた。マダム・スペチュナは自爆しようとしている！

そう思った瞬間、ニワトリが爆発し、あたり一面に血が飛び散った。

シルクハットとフライウェイマンのスカーフが宙を舞い、陽気なおじさんに放り投げられる子どものようにマダム・スペチュナの身体が吹き飛んだ。

同時にソフロニアがのぞきこんでいた舷窓のガラスが外側にはじけ、顔に降りそそいだ。とっさに身を引いたとたん、爆発の衝撃で手が離れ、ソフロニアは飛行船の壁をすべり落ちた。

そして気がつくと反射的に壁めがけてホウレーを放ち、ロープをつかんでいた。何も見えないのがよかったのかもしれない。目のなかに何か入っていた——それが自分の血で、ガラス片でないことを祈るだけだ。さいわいホウレーの鉤は彼女の体重に耐えられるだけの頑丈な出っ張りに引っかかっていた。次の瞬間、両腕が肩関節からはずれるほどぐいと引っ張られ、ソフロニアは顔から先に船の壁に嫌というほど叩きつけられた。

赤黒い痛みが頭を震わせ、ありがたくもあたりは何もない暗闇になった。

危機その十五　やりそこねて

どれくらいぶらさがっていたのかわからないが、かなり長かったはずだ。

気がつくと、ぶらさがっていた腕――ホウレーをつけていたほう――は完全に麻痺し、顔はこれまでに経験したことがないほど痛かった。動くほうの手でそっと触ってみる。どうやら鼻が折れ、皮膚はガラス片で切り傷だらけのようだ。傷跡のことは考えないようにした。傷が残ればスパイとして生きるのはあきらめるしかない。喉はからからで空腹なのに、落下直前に見た光景を思い出して吐き気がした。爆発するマダム・スペチュナ。飛び散る血。関節がはずれた肩の痛みと同じくらい胸が痛んだ。

マドモアゼル・ジェラルディンはキーキーデッキで銃を構える二人を始末したようだ。そうでなければ気づかれないはずがない。少なくともぶらさがっているあいだは標的にならずにすんだ。

全身が痛かった。お腹も、頭も、顔も、背中も、両腕も。でも、ほかにどうすればいい？　誰も助けには来ない。痛みをこらえ、自力でシスター・マッティの教室にたどりつき、マドモアゼル・ジェラルディンとブレイスウォープ教授と落ち合うしかない。しかも妨害器は学長に貸してあるから、外壁を移動して。いつもならよじのぼりは大好きだが、いまこの状態で？　考えただけでソフロニアは叫びたくなった。

あとからたずねられても、どうやってその悪夢のようなよじのぼりをやりとげたのか自分でもわからない。とにかく、顔面強打でろくに開かない目と――さいわいガラス片は眼球を傷つけてはいなかった――かろうじて使える片腕だけで船の周囲三分の二を移動した。この経験はこれまでのつらさの基準を考えなおすきっかけになった。

もう二度と冷めた紅茶に文句は言うまい。

ようやくシスター・マッティのバルコニーにたどりつき、植木鉢のあいだに倒れこんだ。生い茂る植物があるだけでも守られている気がした。葉っぱごしに見える空が灰色に変わっている。夜明けが近い。こんなに時間がかかった登攀は初めてだ。ああ、どこかに吸血鬼がいて安全な場所まで運んでくれないかしら。片腕でバルコニーの扉まで這いながら、ソフロニアはもう一歩も歩けないと確信した。

扉にはカギと閂《かんぬき》がかかっていた。叩いても答えはない。ポケットに錠前破りの道具を探ったが、視界は灰色にぼやけている。いよいよいほうの腕も動かなくなってきた。気がつくとソフロニアは情けなくもうつぶせに横たわり、震えていた。そして、もうろうとする頭でぼんやり思った。ここにたどりついたのはあたしが最初？　学長と教授はもう何時間も前に任務を終えたの？　いまのあたしよりひどい状況におちいっているなんてことがあるだろうか？

そこで思考はとぎれ、ソフロニアは長くてやわらかい、穏やかなトンネルにすべり落ちるように意識を失った。

ソフロニアは不機嫌な笛吹きヤカンのような、けたたましい音で目覚めた。はっとして身を起こした瞬間、全身に痛みが走った。

いたっ。いま叫んでいたのはあたし？

でも、声はお腹のほうから聞こえる。

ああ、叫んでいるのはあたしのお腹じゃなくて、脇腹に押しつけられた固くて温かい物体だ。

バンバースヌート！

ソフロニアは叫ぶメカアニマルを動くほうの腕で引き出し、魚のようにごろりと横転した。知らぬまにバンバースヌートのひもの上に横たわっていた。身体を動かすたびに痛みが走る。どこがいちばん痛くて、どこが重傷かを確かめた。とくに顔がひどそうだ。

最初は日焼けのせいかと思った。だからこんなに顔がずきずきするんだと。植物の葉で陰にはなっているが、太陽が照りつけていた。船が雲の上まで高度をあげたようだ。ああ、またそばかすができる。レディ・リネットがさぞがっかりするだろう。

音を止めようとソフロニアは無意識にバンバースヌートをいじくりまわした。

片腕だけで？　どこかに肩を置き忘れたの？　なんてうかつな。

ビエーヴはバンバースヌート警報の止めかたを教えてくれなかった。しかたなく小型ボイラー部分の蓋を開け、蒸気水をばしゃっと乱暴にデッキにこぼすと、メカ小型犬はしゅっと煙をあげておとなしくなり、しっぽのチクタクがしだいに遅くなって、やがて完全に停止した。

ソフロニアはバンバースヌートの横にごろりと横たわり、心のなかでつぶやいた——あなたの気持ちはよくわかるわ。

さっきの警報で敵が調べにくるだろう。でも、もうどうでもよかった。痛くない場所はひとつもない。警報の残響で、いまや耳までがんがんしている。

それでもソフロニアのスパイ脳は動きつづけた。バンバースヌートのしっぽと同じように、きっと最後まで動きつづけるのだろう。ピクルマンがバルブを作動させたようだ。よほど船の高度をあげなければならない理由があるらしい。

バルコニーの扉がバンと開いたが、ソフロニアには頭を起こす力もなかった。もうどうでもいい。見つかってもかまいはしない。

「ああ、なんだ、きみか」おどけた少年の声がして、人影が近づいた。とたんに声が心配そうに甲高くなった。「どうしたの、ミス？」

ソフロニアはうめき、ようやく昨夜のできごとを思い出した。さいわいあごはまともに動くようだ。「カゴニワトリ、爆発。落ちた」

ハンドルの心配そうな顔がかすむ視界に現われた。「さっきの悲鳴は、きみ？」

「いいえ。部屋に運んでくれる？」ハンドルがこんなところで何をしているのかと思ったが、頭は一度にひとつのことしか考えられない。いまは記憶を取り戻すので精いっぱいだ。

ハンドルは舌打ちし、ソフロニアの肩をつかんでなかに引きずろうとした。

すさまじい痛みにソフロニアは悲鳴を押し殺し、口からはかすれた、悲しげな咳のようなうめきが漏れた。本気で失神したいと思ったのは生まれて初めてだ。

ハンドルが驚いて手を放すと同時にソフロニアは横を向き、汚れた冷たい木の床に吐いた。でも何も食べていないから何も出てこない。不幸中のさいわいだ。

「ああ、ミス。おれはなんてことを」

「あなたたちに何ができたというの？」ソフロニアは罪悪感に襲われた。「あんなふうにムチ打たれて。もっと早く助けに行けなくてごめんなさい。身を隠さなきゃならなかった。ああするしかなかったの」

「来られなくて当然だ、ミス。心配ないって――おれたち煤っ子はもっとひどい目にあってきてんだから。で、どうやってなかに入れたらいい？」

「みっともないけど、足をつかんで引きずってもらうのがいちばんいいと思うわ」

ハンドルは言われたとおりソフロニアの両足をつかみ、なんとかシスター・マッティの私室に運びこんだ。

そのあとを壊れかけのバンバースヌートがずるずると引きずられていった。ふと、ほかの煤っ子たちがボンネットをかぶり、生徒椅子に輪になって授業の真似ごとをして待っているような気がした。よほど錯乱していたようだ。

部屋にはハンドルしかいなかった。

「何があったの？」ソフロニアは痛みをこらえてささやいた。

ハンドルはソフロニアを丸椅子に寄りかからせようとした。なにしろ床に横たわったままだ。ハンドルはせめてもう少しまともな姿勢にしようとし、ソフロニアはやっとのことで上体を起こした。そのとたん、椅子二脚と足台ひとつを並べて作った即席の長椅子に誰かが横たわっているのに気づいた。

「誰？」

「学長もひどいケガをした。ふくらはぎを撃たれて、おれがここに運びこんだ。吸血鬼はあそこの園芸用の納戸で寝てる」ハンドルは、ソフロニアが入学するはるか前に納戸に改造された、シスター・マッティの大型衣装だんすを指さした。

「あら。じゃああなたに肩を戻してもらうしかないわね」

「なんのこと、ミス？」

「肩関節がはずれたの。基礎臨床学と模擬負傷の授業で習ったわ。関節を戻してくれない？　できれば鼻も。いまでもあたしは充分かわいいけど、これから曲がった鼻が流行るとは思えない。もっとも、顔の傷に縫合が必要な場合は別よ。傷が残るようなら直すまでもないわ。鼻が曲がっていようといまいと同じだから」

ソフロニアが説明するにつれてハンドルの顔からは血の気が引いた。でも、学長が無理なら自分がやるしかない。

かたやソフロニアはハンドルに指示するうちに落ち着いてきた。ケガはしても、やるべきことはわかっている。

そこでマドモアゼル・ジェラルディンが目覚めた。元気そうだが、スカートはレディにあるまじき場所までたくしあげられ、ふくらはぎには大きな包帯が巻いてある。

「まあミス・テミニック、なんて格好なの。死んだものとあきらめていたわ。危なかったようね」

ソフロニアはほっとした。これでハンドルはマドモアゼル・ジェラルディンから外科治療の手順を教わることができる。さいわい学長はこの任務にも怖じ気づかなかった。ハンドルにとって何よりさいわいだったのは、肩をはめるあいだソフロニアが痛みで失神し、最後まで意識を失っていたことだ。

意識を取り戻したときには、腕は添え木を当てられて脇に固定され、頭には包帯が巻いてあった。もとはペチコートだったらしく、鮮やかなラベンダー色にクリーム色のレースがついている。

「ああ、よかった、気がついたのね」上体を起こしたマドモアゼル・ジェラルディンが飲んでいるのは……。

「紅茶？」ソフロニアはいまにも泣きそうな声で言った。ああ、なんてすばらしい！薄汚れた慈悲深き天使、ハンドルがすぐにカップを渡し、ソフロニアはそろそろと口をつけた。大量の砂糖入りだが、文句はない。煤っ子はめったに砂糖にありつけない。今のソフロニアには甘ければ甘いほどいいと思ったのだろう。

「肩を戻し、鼻を調べました」学長が言った。「さいわい折れてはおらず、曲がっていただけでした。目のまわりにはあざができるでしょうが、残念ながら手もとに打撲を冷やす生肉はありません。切り傷はどれも浅く、酢で消毒し、シスター・マティルダのよく効く湿布を貼りました。じきに治るでしょう。あなたの将来は安泰よ。この煤っ子くんはとてもよくやったわ」

ハンドルは水差しの取っ手《ハンドル》のような耳まで届きそうな笑みを浮かべた。「自分に治療の才能があるなんて思ってもみなかったよ」

マドモアゼル・ジェラルディンがうなずいた。「実にすばらしい才能よ。わたくしたちをここから無事に出してくれたら、あなたを医学の道に進ませてあげるわ。約束よ」

ハンドルは学長の賛辞と煤のない未来図に顔を輝かせた。

ソフロニアは甘い紅茶を飲みながら自分でも思いがけず泣きだした。それも、めそめそとしたすすり泣きだ。

「おやめなさい！　包帯が濡れてしまうわ」学長がたしなめた。

顔のケガがひどくなくてほっとしたのか――自分がこれほど見た目を気にする人間だとは思わなかった――それともマダム・スペチュナのことを思って悲しくなったのか自分でもわからなかった。過酷な一夜の興奮が残っていただけかもしれない。それとも、煤っ子の友人がひどい暮らしから抜け出してよりよい人生を歩めそうだとわかってうれしかったのか。ハンドルには、噛まれる前のソープよりも大きなチャンスが開けそうだ。

ソープのことを考えたとたん、肩の痛みがひどくなった気がして、ソフロニアはますます激しく泣きだした。そのせいでますます肩が痛くなった。

「もうダメ」ソフロニアは泣きじゃくった。「ああ、どうしたらいいの」

ハンドルが近づき、心配そうに顔をしかめて煤で汚れたハンカチを渡した。

ソフロニアは感情の昂ぶりを抑えようと、身のまわりに目を向けた。マドモアゼル・ジェラルディンに貸した妨害器がケガをしていないほうの手首にはまっていた。ハンドルがつけかえたらしく、ホウレーも同じ腕についている。当然ながら袖はまくりあげられていた。片腕だけに道具をつけるのはバランスが悪く、みっともないけど、血まみれで、包帯を巻かれ、少年のような格好で、いまさら剝き出しの手首を気にしてどうなる？

「何があったの？」学長がたずねた。

ソフロニアはすべてを話した。マダム・スペチュナの自爆による壮絶な最期のことまで。

「どうしてマダム・スペチュナはあんな真似を？　助けられたかもしれないのに、あたしが恐ろしいカゴニワトリを渡してしまったばっかりに」ブレイスウォープ墜落事件のあとに感じたのと同じ、胸の悪くなるような苦い罪悪感がこみあげた。

ハンドルがやわらかいロールパンを渡した。

ソフロニアはありがたく受け取り、ちびちびとかじりながら合間に紅茶を飲んだ。ようやくお腹が落ち着いてきた。

「彼女は優秀なスパイで、すばらしい友人でした」マドモアゼル・ジェラルディンはこれ以上ないほど悲しげな表情を浮かべた。「でも危険はわかっていたはずよ。そして自分の任務も。あなたがどんなにがんばっても彼女の代わりにはなれなかったの。敵の首脳部をできるだけ多く道連れにするつもりだったのでしょう。自分でも、もう抜け出せないとわかっていたのかもしれません。拷問と屈辱より死と名誉を選んだのね。よく似ているわ、あなたと彼女は。ところで〈カゴニワトリ〉はいい暗号名だと思わない？　いかにも無害そうで、彼女へのいい餞《はなむけ》になるわ」

「全員を救うのは無理だよ、ミス」ハンドルも言葉を添えた。

ようやくソフロニアはいつもの自分を取り戻した。「それはそうと、ハンドル、あなたはどうやってここに？」

煤っ子は学長を見やった。

学長の説明によれば、ブレイスウォープ教授が操縦室から二人のピクルマンを突き落とし、学長はキーキーデッキ解放作戦のさなかに脚に銃弾を受け、敵の四人は全員、銃と悪だくみを抱えたまま船から落ちた。

ブレイスウォープ教授は集合場所に負傷した学長を運びこんだが、彼女の血で空腹感が刺激され、食糧を求めて出ていった。そしてボイラー室の混乱のなかからハンドルを救い出し、なんとなく必要な人物だと判断して連れて戻ってきた。その後はなんどもハンドルをレディ・リネットのアナグマのぬいぐるみと勘違いしたが、いまはぐっすり眠っていて、ハンドルが紅茶を調達し、一日じゅう部屋でソフロニアを待っていた。なにしろこれから先の計画には吸血鬼の力が不可欠だ。

ハンドルが言うには、煤っ子たちは無事で、彼が吸血鬼に助けられるのを見てかなり意気があがったらしい。「これまで牙男とは誰もつきあいがなかったけど、味方にするには最高だね。最初の攻撃のあと、おれたちみんな、あの人は死んだとばかり思ったよ」

「ハンドル、ソフロニアにわたくしの手投げ弾を渡してちょうだい。もちろん、あなたもいくつか持っておいて。わたくしはしばらく動けないけれど、彼女には動く両脚と使える腕が一本あるわ」

ソフロニアは自分を奮い立たせるように息を吸った。紅茶とおやつのおかげで元気が出てきた。学長の言うとおりだ。日が沈んだらすぐにやらなければならない仕事がある。さいわい貨物室の攻撃メカアニマルはまだ使われていない。ピクルマンとの闘いはこれからだ。力をかき集めなければ。ここでやめるわけにはいかない。

ハンドルがソフロニアにふくらんだ小物バッグを渡した。なかにはマドモアゼル・ジェラルディンの悪名高き偽ケーキが何個か入っていた。

「は、は？」ソフロニアはブレイスウォープ教授そっくりに口ごもった。

「小型爆弾よ」学長が言った。「どれもそう。昨夜、何個か使って、これが最後。ハンドルも何個か持っているわ。やりかたは教わって」

「せっかくですけど、学長、これまでのところ、あたしは爆弾とあまり相性がよくないんです」ソフロニアは不安げだ。

「何を言ってるの、お嬢さん、言われたとおりにやるのよ。必要なだけお使いなさい。恐れたり恥と思ったりしてはなりません」

「わかりました」

ハンドルがケーキの飾り部分――サクランボとか渦巻き砂糖衣とか――を下に押すよう

にして使いかたを説明した。実に単純だ。これまでずっと、変わった趣味のコレクションがきれいに並べてあるだけだと思っていた。美しいものは同時に危険であることくらい、気づくべきだった。この学園はすべてがそうだ。〈ジェラルディン校〉の非公式なモットーと言ってもいい。もちろん、公式なモットーは〝ウト・アケルブス・テルミヌス〟——とことんまで。マダム・スペチュナはこれを肝に銘じていた。

「本当のことを教えて、ハンドル。煤っ子たちの様子はどう？」

「悪くないよ、ミス。おれたちはみんな敏感な部分を守る方法を知ってる。それに、はっきり言って、あいつのムチ打ちは本人が思ってるほどきいちゃいない」

ソフロニアはハンドルがひどい状況をわざと明るく話しているのではないかと表情を探った。

「やつらも船を浮かべておくにはおれたちが必要だから食べ物はたっぷりくれた。でも、楽じゃなかった。これでもかと速度をあげさせられてる、いい、しかも基幹乗務員だけで。事前に備品も積みこまなかった。連中はひどく急いでる。おれたちをこき使って。でも、重い荷物はメカが運んでる——複雑な命令がわかる優秀なメカだ」

「今夜」ソフロニアは早口で言った。「今夜、全員を脱出させるわ」

「スモーキー・ボーンズも？」

「もちろん」

「スモーキー・ボーンズ？」

「おれたちの猫です、マイ・レディ」ハンドルが紅茶を注ぎながら答えた。

マドモアゼル・ジェラルディンは言葉に詰まった。

「この状況で考えられる方法はひとつしかないわ」ソフロニアはもういちど深く息を吸った。「ロンドンが目の前に近づいています。メカ兵士を使って船を墜落させるしかありません」

ハンドルとマドモアゼル・ジェラルディンはそろって息をのみ、学長がため息まじりに言った。「そんな！」

「すでにピクルマンはこの船を使って新型メカを作動させました。さっきの甲高い音はそれを知らせる警報です。ピクルマンは学園の操縦室を占拠し、高度をあげなければならなかった――エーテル層ごしに信号を送るために。彼らはエーテル発信域内のすべての重要メカを無力化しました。いまごろはメカ使用人も壊れているはずですが、それはたいした問題じゃありません。あとは首都を制圧しさえすれば英国はピクルマンのものになる。おそらく彼らは船を着陸させ、貨物室にひしめくメカアニマル兵団をロンドンの通りに放つつもりでしょう。あたしがピクルマンなら暗くなってから始めます――メカ使用人の攻撃が収まって人々がほっとするころに」

「攻撃？」マドモアゼル・ジェラルディンが唖然とした。

「計画の第一段階が引き起こす現象と言ってもかまいません。標的はメカ使用人ではありません。それはおまけみたいなもので、本当の標的は基盤《インフラ》メカです。列車の転轍機《てんてつき》……駅舎……政府のクランガー型秘書……記録室処理中枢基盤……。カゴニワトリが爆発する前に〈チャツネ〉がそう言うのを聞きました。日没はもうすぐ。そして船は確実に下降しています」ソフロニアは頭の整理をするかのように、言葉をひとつずつ積み重ねた。身体がこんなに痛くなかったら部屋をうろうろ歩きまわっていたかもしれない。

マドモアゼル・ジェラルディンとハンドルはうれしくなるくらいじっと聞き入っている。

ソフロニアは続けた。「混乱には二段階あって、どちらにもこの船が必要です。どうりで、こうまでして乗っ取ろうとしたはずです。彼らに計画を遂行させてはなりません。させるもんですか。計画を阻止するには、メカアニマル軍団を載せたまま墜落させるしかありません。できれば船底を破壊したいわ。問題は、どうやれば敵以外を殺さずにすむかってことです」

「だからあの操縦室は問題になると言ったのよ」マドモアゼル・ジェラルディンが考え深げに言った。「あれほどの最新技術は必ず盗賊を呼び寄せると。ルフォー教授はいつだって先走りすぎだわ。気の毒なのはブレイスウォープ教授よ——彼のつなぎひもの残りはこの船につなぎとめられているのに」そこで話を戻した。「メカ兵士のねらいはよくよく慎重にさだめなければなりません。さもなければすべてが爆発するわ」

ソフロニアはうなずいた。「やりかたを教えてください」

日没後の時間は紅茶を飲むことと、若い女性が一人でどうやって飛行船を丸ごと一隻、破壊するかについての戦略会議に費やされた。

煤っ子として飛行船に愛着のあるハンドルは計画が気に入らないようだ。

「〈チャツネ〉がまだ船内のどこかにいるの。二人の手下を連れて」ソフロニアは根拠を並べた。「彼の右腕で、髪を黒く染めた記録係もいるし、五人の空強盗《フライウェイマン》のうちニワトリ爆発を生き延びたのが何人かいるはずよ。それから伝令もまだ二人」

「伝令はあと一人よ」学長が訂正した。「移動中にブレイスウォープ教授が空腹になって」

「ボイラー室の監視員もひとり餌食になった」ハンドルは思い出して顔をゆがめた。吸血の場面を見たのは初めてだったのだろう。

ソフロニアはふと不安になった。正気を失った吸血鬼の摂食本能を利用するのは倫理にかなっているのだろうか？　正当化できるの？　あたしたちは好きに血を吸わせることで彼の狂気をさらに悪化させているの？　それともいまの教授の状態がそうであるってだけ？

「つまり、まだ機関室に二人、プロペラ室に一人ってことね」ソフロニアは手書き地図の点をバツで消した。「となると、残りはおそらくピクルマンが七人とフライウェイマンが五人。そのうち何人かは負傷しているはずよ。あたしもこのケガがなかったら一晩で全員を始末できるけれど、この状態では無理です。船を破壊するほうが確実です」

マドモアゼル・ジェラルディンとハンドルの奇妙な同志は不安そうに視線を交わした。

「慎重にやると約束するのなら。もういちど計画を確認しましょう」学長はしぶしぶ同意した。


やがて日が沈んだ。

ブレイスウォープ教授は目覚めたとたん、二人のレディに嚙みつこうとした。ケガによる出血と、弱った肉体のにおいのせいだ。責めることはできない。ほかにどうしようもなく、かわいそうにハンドルが手首を差し出して獣《けだもの》をなだめた。さいわい教授はご機嫌で、ほんのおやつ程度に味わっただけで牙をはずした。なにしろ昨晩たっぷり堪能したばかりだ。

失血のせいでハンドルはむかつき、怒り、青ざめた。

「バカ吸血鬼！」自分の手首に包帯を巻きながら煤っ子が毒づいた。

「悪かったな、ぼうず。おまえの肌は香ばしい焦げ味と、は？　なんだ、その、ぴりっとした煙《スモーク》風味がして、遠い昔に食べたトーストを思い出す。ああ、なつかしい」

ハンドルは憤然と鼻を鳴らした。「次は自分でピクルマンを見つけてよね」

「酢漬《ピクルス》け？　いや、それはいかん。なんと言っても生《なま》がいちばんだ、たとえトーストだろうと」

「まあまあ」なおも怒りの収まらないハンドルを見て学長が取りなした。「わたくしたちからも謝るわ、ハンドル。食事時間の契約はしていなかったわね」

「するもんか！」ハンドルが語気を荒くした。

「これを将来の新たな仕事のための貴重な経験と考えたらどう？」

ハンドルはきょとんとした。「瀉血《しゃけつ》の練習？」

「そう」

ハンドルの怒りも少し収まったようだ。

ソフロニアは立ちあがり、身体を伸ばしてみた。シスター・マッティの湿布で楽になると思ったが、まだ全身が痛みに悲鳴をあげた。ケガしたところだけではなく、いまやぶらさがりとよじのぼりと落下で酷使したあらゆる筋肉が痛い。

「あたりの状況を調べてきます」ソフロニアは老女のようによろよろとバルコニーに出た。

飛行船はかなり低空を飛んでいるらしく、月もないのに街並みの屋根がはっきり見えた。少なくとももう満月ではないから、アガサが伝言を届けたとすれば人狼の一人か二人は駆けつけてくれるはずだ。

前方で大量の光がまたたいていた。ロンドンは目の前だ。

ソフロニアは不安からくる震えを押し殺しながら思った。今夜、あたしは飛行船を墜落させる。この手で。

そこでふと、またたく光に目を細めた。いまのは……？　間違いない。一隻の小型飛行船が闇にまぎれ、隠れるように猛スピードで近づいていた。黒い船体が光りまたたく背景に浮かびあがっている。

なぜかソフロニアは味方だと確信した。あの空を縫うような動き。どことなく意図的で、ワルツを踊るような洗練された雰囲気。〈ジェラルディン校〉の訓練のにおいがぷんぷんする。

ソフロニアはベルトから小型クロスボウをはずし、貴重な照準矢を一本取り出すと、赤い小ナプキンの縁レースを縫うように刺して袋状にし、地図の端を破り取った紙に伝言をなぐり書きして押しこんだ。

〝待ち合わせは石けん《ソープ》ハッチで。この矢は返して〟

伝言の意味は特定の友人にしかわからない。まんいちこれが完全な勘違いで、近づいてくる船に敵の援軍が山ほど乗っていたとしても、この伝言で事態が悪くなるとは思えない。

クロスボウは小さく、片手だけであつかえたが、すべての動作にいつもの二倍の時間がかかった。これを計算に入れておかなければ——そう肝に銘じながらソフロニアは慎重にねらいをさだめ、いまやはっきりと見える距離まで近づいた飛行船のゴンドラ部の脇めがけて矢を放った。

遠くで叫ぶ声が聞こえ、しばらくして小型飛行船は高度をさげ、接近角度を変えた。やった、成功だ！

ソフロニアは脚を引きずりながら部屋に戻った。「計画変更よ！　ハンドル、一緒に来て。これからプロペラ室を襲撃して、まず、そこの煤っ子を解放するわ。学長と教授は機関室の外で待っていてください。教授に運んでもらって」

「わたくしに何ができるというの？」と、マドモアゼル・ジェラルディン。

「援軍が来ています。予想どおりすべてうまくゆけば、ボイラー室の出口で合流できるはずです」

「なんてすばらしい。いったいどうやったの、お嬢さん？」

「あたしには頼れる友人がいるんです」

「おれたちのケーキの天使？」と、ハンドル。

「ディミティのこと？　ええ、おそらく。そうでなければ彼女に送りこまれた誰か」

「やった！」ハンドルは急に元気づいた。「ディミティはおいしいケーキをくすねる天才だ」

「その技がこの状況となんの関係があるの？」

マドモアゼル・ジェラルディンの言葉にソフロニアは答えた。「それはやってみなければわかりません」

ハンドルは意味ありげに偽ケーキを宙に高く放り投げただけだ。

外の廊下には誰もいなかった。ピクルマンはロンドン侵略を前に、貨物室で忙しく攻撃メカアニマルの準備をしているのだろう。

一刻の猶予もならない。ソフロニアは学長が従順な吸血鬼にかつがれて機関室に向かうのを見送ると、ハンドルと一緒によろめきながらできるだけ急いで船尾に向かった。

これまでも無人の校内は不気味だったが、いまはいよいよ気味が悪かった。メカの姿はどこにもなく、軌道も閑散としている。おかげで妨害器も使わずにすんだ。ソフロニアは不安を感じると同時にほっとした。メカがいないぶん早く動ける。狩りの興奮が戻ったせいか痛みも少し引いてきた。ようやくシスター・マッティの湿布薬が効いてきたのかもしれない。

機関室よりはるかに狭いプロペラ室には監視役のピクルマン一人と六人の煤っ子がいた。監視役は意地悪そうな顔で片手にムチの柄、反対の手に小型銃を握っている。

ソフロニアのいいほうの腕は正常だ。そしてハンドルは——少年がみなそうであるように——手当たり次第に石を投げて物を壊した経験がある。ふたつの偽ケーキが宙を飛び、一瞬遅れてピクルマンの周囲が爆発した。

男が意識を失って倒れ、煤っ子たちが歓声をあげた。小さくても本物の歓声だ。

ソフロニアはシャツのひもで男を縛りあげて銃を奪い——いよいよヘアリボンとカーテンひもが底をついてきた——男に負けないほど意地悪そうな顔でムチを煤っ子の一人に渡した。煤っ子がにっと笑った。

ハンドルが仲間に状況を説明すると、煤っ子たちは即座にボイラーを止めた。プロペラは船を正しい方向に向かわせるだけで、船体を浮かばせる働きはないが、ボイラーを止めればロンドン接近を遅らせられる。ぶるんぶるんというプロペラの震動が遅くなった。ボイラーの熱が完全に冷えるにはしばらくかかるが、まずはこれからだ。

ソフロニアとハンドルと六人の煤っ子は貨物室の周囲を避けて船内を駆け戻った。

マドモアゼル・ジェラルディンとブレイスウォープ教授が待っていた。よかった。そばには最後の伝令とおぼしき男がぐったり横たわっていた。首にいくつか嚙み跡が見える。そして教授は料理長の赤ワインを飲みすぎたような顔で片手を腹に載せ、壁を背にしてうなだれ、廊下の絨毯の上に身じろぎもせずに座っていた。

「死んだのですか？」

ソフロニアがたずねると、学長は大儀そうに片脚でぴょんぴょん跳びまわりながら鼻にしわを寄せた。「いいえ、すっかり身を落としてしまっただけよ」

「ブレイスウォープ教授のことじゃなくて、伝令のほうです」

「ああ、彼？　まだよ」そっけない口ぶりだが、どことなく危険な響きだ。

煤っ子たちはそんな学長と吸血鬼を遠巻きに見ている。

これでさらに二人減った――ソフロニアは頭のなかで地図から点をふたつ消した。

ブレイスウォープ教授が大きなげっぷをした。しばらくは使い物にならないだろう。

ソフロニアはハンドルに銃を渡し、ハンドルは長身でたくましい仲間に渡した。銃がめずらしくもないすさんだ街で育ったような少年だ。ソフロニアとハンドルにはケーキ爆弾がある。ほかの煤っ子は部屋に入るや、手近にあった道具をつかんで武装した。

「みんな、縄張りを奪還する準備はいい？」

ソフロニアの言葉に煤っ子たちは真剣な、やる気まんまんの表情でうなずいた。

主ボイラー室にいた二人のピクルマンは頭上からの連撃攻撃にあわてふためき、ハンドルと四人の丸腰煤っ子は一度の攻撃で監視台から作業を見張っていた男を始末した。男は叫び声とともに台の端から転げ落ち、ボキッという嫌な音を立てていちばん大きいボイラーのてっぺんにジュッと落ちた。

そのまに銃を持った煤っ子とソフロニアは監視台の端に駆け寄り、膝をついてねらいをさだめた。煤っ子が発砲し、ソフロニアが小型爆弾を投げた。下にいた男は煤っ子たちの反乱を恐れ、ムチを握りしめていたが、偽ケーキか銃弾のどちらかが命中したらしく、みるまにくずおれた。まわりの煤っ子がすかさず男から銃とムチを奪い、仕返しとばかりに蹴りを入れた。

こうして彼らは勝利を収め、夜のうちに残りの煤っ子全員が解放された。ソフロニア率いる小さな襲撃団は階段をおり、仲間と合流した。

ソフロニアは学長にいいほうの肩を貸し、二人がボイラー室に着いたときにはハンドルが仲間に状況を説明し、ボイラーを止めるのに忙しく走りまわっていた。

マドモアゼル・ジェラルディンは得意顔の薄汚れた一団を感嘆の目で見まわした。「なんてすばらしい子たちなんでしょう」

「あたしは前からそう思ってました」ソフロニアは不満を隠して言った。

「ボイラーが冷えればいずれ船は着陸するけど、それには数日かかる」ハンドルが言った。「気球がぱんぱんにふくらんでるし、ヘリウム漏れもほとんどない。本気で着陸させたけりゃガスを抜かなきゃ。おれが残ってやりかたを教えるよ、ミス」

ソフロニアは首を横に振った。「いいえ、ハンドル。あなたはもう充分やったわ。ここからはブレイスウォープ教授とあたしでやるから大丈夫」

ハンドルは不満そうだ。その教授は飲みすぎて、上の廊下でいまも座りこんでいる。でも、ハンドルは逆らえなかった。ソフロニアに逆らえるのはもっと強い男だけだ。ソープのような。

「きみがそう言うんなら」ハンドルは仲間たちを振り返り、「さあ、みんな、スモーキー・ボーンズを探して、船から降りるぞ」

猫を探し出すのは一騒動だった。猫というのは、いてほしいときにかぎって行方をくらますものだ。しばらくしてようやく照明器の下でニャオと鳴くスモーキー・ボーンズを発見し、連れていった。

ソフロニアは笑いをこらえて言った。「さあ、みんな。隅の石炭山の後ろに向かって。大好きなハッチで救援隊が待ってるはずよ」

ハンドルがハッチを開けると、そこには巧みな操縦術を見せつけるかのように、小型飛行船のゴンドラがぴたりと真横に浮かんでいた。気球は〈ジェラルディン校〉の気球とくっつき合っているが、索具が絡まってもいなければ、バルコニーでつぶれてもいない。たいした腕前だ。

ソフロニアはまんいちに備えて偽ケーキを構え、ハッチから頭を突き出した。「みごとな操縦ね」

「どうも。この七カ月ずっと訓練してきたの」鋭く、冷ややかな声が答えた。「まさかあなたとは思わなかったけど、戦いはえり好みできないわ」

目の前には、相変わらず一分の隙もないドレスに身を包んだ、目も覚めるように美しいモニク・ド・パルースが立っていた。

危機その十六　空強盗《フライウェイマン》を逃れ、火のなかへ

「伝言を受け取ったわ」モニクが笑いをこらえたような顔で言った。

「わたしたちがね」モニクの背後からディミティが抜け目ない笑みを浮かべて現われた。

ソフロニアが放ったナプキンつきの矢をこれ見よがしに片手で揺らしている。

「指示どおり矢は取っておいたわ」アガサが導風板《バッフル》の反対側からひょこっと顔を出した。

「あなたたち、いったいここで何をしているの？」ソフロニアは目を疑った。

「アガサとわたしでソープを利用したの。昨晩。ほら、そのつまり」——そこでディミティは状況にふさわしい言葉を探し——「狼乗りで。人狼は俊足だし、満月を過ぎていたから自制心が戻って食べられる心配もなかったし。とはいえ長距離移動手段としてはお勧めできないわ——しかも三人となると」

「三人！　ビエーヴも一緒なの？」

「いいえ」

「まさかピルオーバー？」

「あのさびつき腰抜け男が来るもんですか」ディミティは相変わらず弟に容赦ない。

「じゃあ、誰？」

「フェリックス・マージー」

「フェリックス？」ソフロニアは信じられないとばかりに頭を振り、鼻の痛みに顔をしかめた。

話が長くなりそうだと見てモニクが口をはさんだ。「誰でもいいから船のボイラー係が必要だっただけよ」それならもちろんソープのほうが適任だが、ソープはもう空には浮かべない。

「世襲貴族に肉体労働をさせてるの？」

「ほかに使いようがある？」モニクはいよいよ吸血鬼ふうになってきた。

「フェリックスが船を破壊しないと信じる理由でもあるの？」ソフロニアはモニクとディミティを見つめた。二人とも——理由は違えど——そこまでバカじゃないはずだ。それにしてもフェリックスだなんて！

「そう、ちゃんとした理由があるけど、いまはどうでもいいわ」モニクがいらだち混じりに言った。

ディミティが首を後ろに引いて目をすがめた。「ソフロニア、なんて格好なの。その顔、どうしたの？　それは絵の具？　変装なの？　それにそのダンスシューズ！　泥だらけじゃない」

「落ちたの。次のふたつの質問の答えはどちらもノー。ダンスシューズについては申しわけなく思ってるわ」せめて血が止まっていてよかったとソフロニアはつくづく思った。いまここでディミティに失神だけはしてもらいたくない。

「それにその腕」アガサはソフロニアを見つめている。「折れたの？」

「肩を脱臼したの」

「そろそろ始めない？」モニクが冷ややかに言った。「いつまでもこうしてるわけにはいかないわ」

そのときようやくソフロニアはモニクが操舵席についているのに気づいた。デッキがふたつしかない小型船だが――ひとつは気球下のオープンデッキで、もうひとつはボイラーを収めた下方デッキ――驚いたことに所有者はモニクのようだ。

「定数は何人？」ソフロニアはしぶしぶこの事実を受け入れ、話を進めた。

「何人いるの？」モニクは船の操縦も嫌味なほどうまく、気球の高さとプロペラの速度を調整し、〈ジェラルディン校〉とぴったり速度を合わせている。

「煤っ子が二ダースと学長が一人」

「じゃあ、二十六人ね」と、モニク。

「二十五人よ」ソフロニアが訂正した。「あたしは残るわ」

「なんですって？　どうして？」ディミティが声をあげた。

「学園を墜落させるの」

「そんな！」ディミティとアガサはぎょっとして息をのんだ。

「どうしてもやらなきゃならないの。どうかわかって。モニク、移動を始めてもいい？」

「ええ、ええ」モニクはそっけなく応じた。「バラストを調整するわ。大丈夫。煤っ子たちはさほど重くないから」

船体のバランスを取るべくアガサがゴンドラの反対側に走った。

ソフロニアはディミティとアガサがモニクのクルー役を務めているのを見ても驚かなかった。そして下のボイラー室にはフェリックス。この飛行船はウェストミンスター吸血群のものに違いない。

「ハンドル、あなたが最初に行って」

「了解、ミス」ハンドルはハッチをくぐり、縄ばしごを伝いおりた。ハンドルの肩には、不機嫌な綿毛のようなスモーキー・ボーンズが小さな怒れる船首像よろしく載っている。

「猫？　嘘でしょ」憎まれ口とは裏腹にモニクは毛むくじゃらの乗客をいとおしげに見た。モニクが猫好きとは意外だが、ハンドルが指示を受けるために近づくと、金髪娘はうれしそうな声をあげてスモーキー・ボーンズのあごの下を掻いた。猫は黄色い目をいぶかしげに細めたが、賢くもその手を払いはしなかった。

ほかの煤っ子たちも続いた。何人かがゴンドラのバッフルに倒れこみ、大半が当然のように下におりていった。狭くてもボイラー室には違いなく、そこなら何かの役に立つ。入れ替わるようにフェリックス・マージーがのぼってきた。いつもより煤で汚れている以外は以前と変わらないが、何かが足りない。よく見ると、ベストには歯車が縫いつけられておらず、シルクハットに真鍮帯もない。そもそも――あろうことか――帽子そのものをかぶっていなかった。さいわい目のまわりのコール墨だけはいつもどおりだ。

「ケガをしたんだね、リア」フェリックスがソフロニアを見あげた。

「ええ、でもたいしたことないわ。ディミティ、それで全員？」

「あとはわたくしだけよ」マドモアゼル・ジェラルディンは、飲み明かした友と握手する紳士のようにソフロニアの手をぎゅっと握った。「本当にこれが唯一の方法なのね？」

ソフロニアはきっぱり答えた。「はい」

学長はカギ束を渡し、なかの小さな金色のカギを握った。「これが例のカギよ。箱を開けてスイッチを動かして」それだけ言うとくるりと背を向け、揺れる縄ばしごの横木を一段ずつ片脚でえっちらおっちらおりはじめたが、顔だけが貨物室に残ったところでふと呼びかけた。「ミス・テミニック？」

「はい？」

「おめでとう。あなたは正式にフィニッシュしました。これからの数時間をなんとか生き延びて」

「はい、学長。ありがとうございます」

フェリックスとディミティが学長に手を貸し、小型飛行船に移動させた。

「さあ、次はきみだ、リア」フェリックスがすてきな顔を振り向けた。状況が違えばもっと違う関係になっていたかもしれない――そんな思いがふと胸をかすめ、ソフロニアはかすかに痛みを覚えた。あの裏切りさえなければ。フェリックスはかっこよすぎる。そして、すべてが遅すぎた。

フェリックスを追い返すまもなく、こんどはディミティがはしごをのぼってきた。

ソフロニアは友人がのぼりきるのをじっと待った。

「あなたが残るのならわたしも残る」と、ディミティ。

「ダメよ」ソフロニアは痛みをこらえてほほえんだ。

「わたしだって訓練を受けてる。足手まといにはならないわ」

「わかってる。これを見て！ あなたはモニクと手を組んであたしを助けに来てくれた。足手まといだなんてとんでもない。そうじゃないの。とても重要な証拠があって、それを託せるのはあなたしかいないの」

ソフロニアはまわりが驚くのもかまわず男物シャツのボタンをはずして胸もとを探り、ピクルマンの手帳から破り取って丸めた紙束を取り出した。「これを。暗号で書かれているけど、きっと誰かが解読できるわ。とても重要な内容よ。ピクルマンの陰謀の全容がわかるかもしれない——少なくともいちばん重大な部分はわかるはず」

ディミティはまだ納得できないようだ。

「これをお願い」ソフロニアは親友の手に紙束を押しつけた。「複製を作って、誰でもいいから聞いてくれそうな人に配って。新聞社に渡してもいいわ。異界管理局の新しい局長でもいい。彼はシドヒーグの親戚で、シドヒーグは嫌ってるけど——人狼にしては——かなり信用できるらしいわ。あなたが助けを求めても〈将軍〉は信じなかった……そしてアケルダマ卿はかかわろうとしなかった……だから吸血群に助けを求め、モニクが助けにきた……そうでしょ？」

「アガサじゃダメ……？」

「ダメよ。アガサはアケルダマ卿に仕えていて、彼は情報集めが趣味だけど、共有する気はない。モニクは吸血群のドローンだし、煤っ子たちに有力なコネはない。信用できるのはあなただけなの。あなたは安全な場所にいて。あたしがしくじったら、真実を公《おおやけ》にできるのはあなたしかいないの。それと、メカの様子を手短に教えて」

「暴動のこと、知ってるの？」

「バンバースヌートが教えてくれた」

「メカ使用人がいたるところで暴れてるわ。家を壊しはじめたの。壁や家具じゃなくて、蒸気駆動装置や自動装置を。おたがいを壊し合ったりもしてる。それは恐ろしい光景よ。誰もがおびえてるわ。ああ、それから主要メカもすべて停止。列車は動かず、港はどこも閉鎖。空に浮かんでるのはわたしたちだけよ。地上はものすごい混乱で、人が殺されたという噂もあるわ。メカによって」

「そんなことだと思った」ソフロニアは唇を嚙んだ。「ピクルマンは学園の貨物室に詰めこんだ、怒れる巨大メカアニマルでとどめをさそうとしているわ」

ディミティが顔をこわばらせた。「目的は？」

「政府を転覆させることじゃない？　これだけ大がかりな陰謀の目的としてはそれくらいしか考えられない。フェリックスの父親が英国王になるのに、あとどれだけ玉座の階段を取り除けばいいと思う？」

ディミティは青ざめた。「ゴルボーン卿は公爵だから……さほど多くはない」そう言うと紙束を胸もとに押しこみ、ふくらみをごまかすようにレース襟を直した。「よくわかったわ」

ソフロニアはうなずいた。これ以上、説明しなくてもディミティはわかってくれる。

ディミティは青ざめた顔をひきつらせ、はしごをくだりはじめた。

「あなたも乗るの？」モニクの声が聞こえた。

「ディミティ！」ソフロニアが呼びとめた。「ソープの様子はどう？」

ディミティはにっこり笑った。「やせっぽちで、ごつごつして、乗り心地は悪いけど、元気よ」

「これを」ソフロニアはケガしたほうの腕からぶらさがるバンバースヌートをやっとのことではずし、下に向かって放り投げた。そのとたん、ひとりぼっちになった気がした。まるで生まれてからずっとあの子がぶらさがっていたかのような気分だ——実際はたった三日間だけなのに。

ディミティが受けとめた。

「少しばかり分解せざるをえなかったの。ビエーヴが直してくれるわ。あたしが戻らなかったらソープに渡して」

ディミティはソフロニアの言葉にハシバミ色の大きな目を見開き、無言でうなずいた。いまにも泣きそうに見えたが、泣かなかった。

モニクとアガサは操舵機の前で長々としゃべっている。

こんどはフェリックスがはしごをのぼってきてソフロニアは毒づいた。何人ものロミオ役に次々に求愛される変なジュリエットになった気分だ。

「ぼくが残る」やけに気取った口調だ。

「やめて、あなただけは絶対ダメ」ソフロニアは最後のケーキ爆弾をおどすように振りまわした。

「ひどいケガじゃないか。助けが必要だ」

「あなたの助けはいらないわ。信用できない」

フェリックスはかまわずのぼりつづけた。

「ディミティ、ちょっと手を貸してくれる?」

ソフロニアが援軍を要請すると、ディミティは下から両手でフェリックスの足をつかみ、思いきりひねった。

「うわ! 何をする?」

「いますぐおりてらっしゃい、おぼっちゃん」ディミティの口調は怒ったときのソフロニアの母親にそっくりだ。ふとディミティの将来が垣間見えた気がした。きっと、人がよくて退屈そうな下院議員かなんかを見つけて家庭に落ち着くのだろう。

足をひねられてもなおフェリックスはのぼってくる。

ケーキ爆弾ではおどせないと見て、ソフロニアはしこみ扇子を取り出した。どこかで革の覆いをなくし、鋭い刃が恐ろしげに光っている。

フェリックスはあとずさった。「なんて冷酷な」

「だいたいなんであなたがこんなところに?」ソフロニアはいらだちを剝き出しにした。

そこでフェリックスはモニクにちらっと目をやった。二人のあいだにはなんらかの取り決めがあるようだ。そのとたん、とてつもなく恐ろしい考えにとらわれた。もしかしてフエリックスは〈バンソン校〉に送りこまれたウェストミンスター吸血群のスパイで、ピクルマンにまぎれて活動していたの？　父親に対する忠誠は見せかけ？　たしかにフェリックスは裕福な貴族階級で、容姿も美しい。もし変異に耐えられたら、吸血鬼にはうってつけだ。彼は人生でほしいものをすべて手にしている。足りないのは永遠の命だけだ。もしこのことをずっと隠していたとしたら、たいした役者だわ。

するとこんどはモニクが操舵席をアガサにゆずり、大きな旅行かばんを背中にくりつけてはしごをのぼりはじめた。

ソフロニアはそろそろ言い争いにうんざりしてきた。それに、このなかではモニクがもっとも望ましい。大きな声では言えないが、少なくともこの女の目的はわかっているし、どういう点が信用できないかもわかっている。それに、正直このまま船とともに墜落してもモニクになら罪の意識を感じずにすむ。

「しかたないわね」と、ソフロニア。

美しい金髪娘は軽々とハッチをくぐって船に乗りこみ、縄ばしごを引きあげた。

「大事な飛行船の操縦をアガサにまかせて平気なの？」

「いいえ、でも無傷で着陸させるくらいはできるはずだし、大事なのはそれだけよ。それにしてもひどいありさまね、ミス・テミニック」

「おかげさまで、ミス・パルース」いつもの調子が戻ってきた。

「両目に青あざ？　相変わらず欲張りね」

ソフロニアはにやりと笑ったが、あまりの痛みに途中でやめた。「才能よ」

「それで、どうするつもり？」

「メカ兵士を作動させて船に火をつけるわ」ソフロニアはうめくように答えた。

「ずいぶん単純ね。上に行く途中で廊下のガス弁を全部、開けるってのはどう？　そのほうが爆発しやすいわ」

「いい考えね」ソフロニアは思わず賛成した。

「ずっとこの学園が嫌いだった」モニクは小さい完璧な鼻にしわを寄せた。「破壊する方法を何時間もあれこれ想像したわ」

「どうりで乗りたがったはずね」

「純粋な楽しみよ」モニクはせせら笑った。「じゃあ、さっさと始めましょ」

「かばんには何が入ってるの？」

「いざというときの手段よ」モニクはまたもや謎めかした。

ソフロニアは首をひねった。これをどう考えればいいのだろう？　モニクは信用できるの？　いや、まさか。でも何かを信じなければならないときもある。きっとモニクは本気で〈ジェラルディン校〉を破壊したいのだ。いまいましいけど、今回ばかりは頼れる助っ人かもしれない。

モニクとソフロニアは船内通路を次々と駆け抜けた。しゃくながら二人の息はぴったりで、すぐにひとつのパターンを確立させた。ソフロニアが片膝をつき、長身で無傷のモニクがソフロニアの曲げた脚の上に立ち、片手をソフロニアの頭に載せてバランスを取りながら閉じた扇子で廊下のガス弁と固定装置を叩き落とすというものだ。そのみごとな連撃技は奇妙な曲芸ダンスのようで、二人が通ったあとにはガスのにおいがたちこめ、ナイフ型シャンデリアとパラソル型の電球笠の残骸が散乱した。なんと危険な。

ブレイスウォープ教授の姿はどこにもなかったが、捜す時間はない。蓋を開けてみればモニクの存在は——たとえふたこと以上はめったに話さないとしても——思った以上に重宝だった。少なくとも最後にひとりきりにならずにすむ。

ソフロニアは一度だけ会話をこころみた。「フェリックス・マージーはいつからあなたの吸血群に仕えてるの？」

「かなり長く」

「あなたが誘ったの？」

モニクは答えなかったが、言下に否定しなかったところを見ればそうに違いない。

「あなたの目的は何、モニク？　何を集めるよう指示されてるの？」モニクの旅行かばんは空っぽではないが、やけにぺちゃんこだ。それでもソフロニアは目を離さなかった。モニクを記録室に近づけるほどバカじゃない。考えすぎかもしれないが、こうすればモニクはきっといらだつはずだ。

二人は前方キーキーデッキにたどりついた。ソフロニアは片側の手すりに固定された小さな真鍮箱に駆け寄り、マドモアゼル・ジェラルディンから渡された金色のカギで蓋を開けて教わったとおりになかのスイッチを動かした。

とたんに警鐘が鳴りひびき、船全体に広がる何百もの対《つい》の鐘が次々に鳴りはじめた。船の構造を知りつくしたピクルマンなら、すぐにソフロニアの居場所がわかるだろう。この特別警報を作動させる場所はこの前方デッキしかない。

ソフロニアは振り向いた。後部上方デッキに格納されたメカ兵士が出てくるところを見るのは初めてだ。デッキの端からみるみる軌道が望遠鏡のように伸びた。後部キーキーデッキに現われたメカ兵団は意外にも船内を進みはせず、まるで虚空に踏み出すかのように、先頭メカの車輪の下に伸びる軌道橋を移動しはじめた。そのまま兵団は中央デッキをゴロゴロと進み、ふたつめの入れ子式軌道を横断した。軌道は弧を描くように手すりを越え、ソフロニアが立つ前方デッキに埋めこまれた複数の軌道に分かれた。

メカ兵団は各デッキに数体の兵士を残しながらゴロゴロと移動し、最後には前方、中央、後方の三つのデッキで円陣を組んだ。

メカ兵士は一糸乱れぬ動きで停止し、後輪で各デッキにガチャリと固定した。続いて外殻胸部のハッチが開き、上半身全体が後ろにスライドしたかと思うと、それぞれの開口部から円筒型の小型機関砲が現われた。そしてなめらかな動きで全兵士がくるりと回転し、小型砲を……ソフロニアに向けた。

思ったとおりだ。なにしろソフロニアは例の小型クロスボウと照準矢を持っているのだから。それでもいい気分はしなかった。

モニクが口をあんぐり開けて見つめた。

「見るのは初めて、モニク?」

「兵団出動のときはいつも命令どおり船内にいたから。学園が防衛隊を備えているのは知っていたけど、これには驚いたわ」

「さあ行くわよ」ソフロニアは深く息を吸って吊り包帯をはずした。肩は痛みに悲鳴をあげたが、こちらのほうが効き腕で、動きもいい。ここからは両手が必要だ。それに肩はいつだってあとで直せる――あとでがあれば。クロスボウを後部気球に向けたところでふと疑問が湧いた。矢が三本ってことは、メカ兵士がそれぞれ砲弾を三個持ってるってこと? それとも一度に兵団の三分の一が発射するの? いずれにしても的をはずしてはならない。

ソフロニアの放った矢はしゅっとうなり、ねらった気球にどすっと命中した。とたんに六個の砲弾がいっせいに火を噴いた。つまり一本の矢で三分の一が発射し、三つのデッキからそれぞれ二発ずつ発射されるということだ。とはいえ、この数発だけでもあたりには煙と弾薬のにおいがたちこめ、その音たるや耳を聾さんばかりだ。これでピクルマンの残党が気づかなかったら、何があっても気づかないだろう。

六個の砲弾は後部気球を突き破ってずたずたにし、空気とヘリウムを放出させた。気球はだらりとさがりはじめ、飛行船はいまや前方二個の気球だけでぶらさがっている。爆発はなかったが、熱気室の燃料補充装置がデッキに落ちて燃えはじめた。小さい火だが、これがすべての始まりだ。

なぜメカ兵士を後輪で固定するのかようやくわかった。デッキが少し傾いているからだ。ソフロニアとモニクはデッキの奥に向かってすべり、一体のメカ兵士の背後で止まった。といってもそれほど急な傾斜ではなく、二人はなんとか倒れずに踏みとどまった。

「次は?」

モニクの言葉に、ソフロニアは二本目の矢を飛行船後部の見えるかぎりもっとも低い場所に向けた。こんどはかなり難しい。なにしろ索具のあいだをすり抜けなければならない。それでも矢はねらいどおり、学園本体のゴンドラ部の下から三分の一あたりに命中した。

とたんにメカ兵団はいっせいに向きを変えて砲弾を下向け、ふたたび六発が発射された。メカ兵士に自己破壊防止機能はついていないらしく、後部デッキの二体が自分の足をぶっぱなした。船が傾いていたのはさいわいで、そうでなければ前方デッキ奥のメカが放った砲弾がソフロニアに当たっていたかもしれない。砲弾は彼女の頭上をひゅんと飛んでいった。モニクは学園後部の材木が裂け、係留ひもや索止めロープがひらひらとちぎれるさまをうっとりと見ている。やがて炎は古くて軽く、油分をふくんだ木っ端を燃料に、いよいよ高くめらめらと燃えはじめた。

モニクを近づけたくなくて記録室前のガス弁は開けなかったから、たいした被害はなかったが、ゴンドラが崩壊するにつれ――装置や家具、索具やその他もろもろが落下して重量が減るにつれ――船全体がふわふわと上下動しはじめた。

「見て」モニクが頭上を指さした。「乱気流よ」

もはや〈ジェラルディン校〉はそよ風のなかにのんびりと浮かんではいなかった。残ったふたつの気球はひとつの気流に、破れた気球とゴンドラは別の気流にとらえられていた。いつもならこうした事態を避けるためにさまざまなしくみが作動し、バランス装置やバラストがあり、煤っ子たちがいる。それが壊れ、煤っ子もいないいま、残った二個の気球は片側に大きくかしぎ、船全体がくるくると回転しはじめていた。

「そこを動くな!」〈チャツネ〉が二人の用心棒をしたがえ、記録係とともに食堂からキーキーデッキに現われた。全員が銃を持ち、そのすべてがモニクとソフロニアに向けられている。

正面から向き合ったとたん、ソフロニアはこれまで見下ろすだけだった黒髪のひょろりとした記録係に見覚えがあるのに気づいた。あの整ったあごひげと口ひげの下には何が隠れているの？　フライウェイマンがいないのはさいわいだった。別のことで手が離せないのか、それともカゴニワトリが爆発したあとでこの悪ふざけをあきらめ、任務を放棄したか。

不自然なほど黒い髪の記録係がじろりとソフロニアをにらんだ。みるまに男の姿勢が変わった。少し背が高くなったような。ソフロニアは頭を振り、じっと見返した。前に会ったとき、男の髪はもっと長くて銀色だった。そしてきれいにひげを剃り、上等の服を着ていた。

「ミス・テミニック、もっと早く気づくべきだった」〈大ガーキン〉ことゴルボーン公爵が言った。

「まあ、ゴルボーン公爵、ついさっき、ご子息と話をしたばかりですわ」

「あの裏切り者め。やつがどうした」

「別に何も。よろしくとのことではないかと」

「最初から乗船していたのか」

ソフロニアはいかにもというように頭を傾けた。

「行方不明になった男たち。あの破壊行為！」ゴルボーン公爵は〈チャッネ〉をにらんだ。

「言っただろう――フライウェイマンの女スパイには時間がないと。そして、あれだけの熟練スパイがあんなふうにゲームを終わらせたとなれば、誰かをかばっているに違いないと。その誰かがこのミス・テミニックだ。そっちの金髪は誰か知らんが」

モニクはむっとしたが、うっかりばらすような愚か者ではない。どこで手に入れたのか小型銃を構え、銃口をぴたりと公爵に向けていた。

でも、まずは紹介が礼儀だ。「ミス・パルース、こちらはゴルボーン公爵、またの名を〈大ガーキン〉。そして――おそらく――こちらが〈チャッネ〉。お許しを、サー、本当のお名前を知りませんの。そして紳士のみなさん、こちらはウェストミンスター吸血群のモニク・ド・パルース」

モニクは〝なんで所属まで言うの〟と言いたげに横目でソフロニアを見たが、無言のまま、銃口をわずかに〈チャッネ〉に向けた。

いまどき銃を持っていないのはあたしだけ？　ソフロニアはしかたなく最後の矢をつがえたクロスボウを公爵に向け、ケガしたほうの手で最後のケーキ爆弾をつかんだ。

公爵は動じない。「わたしは木製の飛び矢におびえる吸血鬼ではない、ミス・テミニック」

ソフロニアは無言だ。

ゴルボーン公爵の背後では飛行船の三分の一が華々しくばらばらと壊れつづけ、何かが爆発した。そしてさらにまた何かが。

「プロペラ室のボイラーかしら」ソフロニアが世間話をするように言うと、モニクはかすかに首を傾けた。「そのようね」

「もうこんなお遊びは終わりだ、レディーズ」ゴルボーン公爵も気軽なふうをよそおったが、〈ジェラルディン校〉の生徒ほどうまくはない。「銃の数も人《マン》の数もこちらが上だ」

「ご冗談を、ミスター・ガーキン、最初から男《マン》なんておりませんわ」と、ソフロニア。実をいうと、残った敵は四人ではなく三人と思っていた。ちょっとした計算違いだ。でも、やるならいましかない。

「いまよ！」

ソフロニアが床にしゃがみこみ、その後ろで一瞬遅れてモニクがしゃがんだ。

ピクルマンはさっきまで二人が立っていた場所に向けて発砲したが、そのときすでにモニクはかがんだ姿勢から発砲し、ソフロニアはケーキ爆弾を投げていた。

敵が再装填するまもなく偽ケーキ——いかにもおいしそうなストロベリー・ショートブレッド——が男たちの足もとで爆発し、公爵は痛みに悲鳴をあげて倒れた。用心棒の一人はうつぶせになったまま動かない。

〈チャツネ〉がよろよろとあとずさった。モニクの銃弾が右肩に命中し、染みひとつなかった黒い上着に血の染みが花のように広がった。

ピクルマンが態勢を整える前にソフロニアはデッキ脇に最後の矢を放った。

次に起こったのは一瞬のできごとだったが、すべてがプディングのなかを動いているかのようにゆっくりに見えた。

〈チャツネ〉は矢の意味をいくらかわかっていたらしく、公爵をつかむと、ソフロニアとモニクがかがむ場所まで一緒に床をすべり、生き残りの用心棒があとに続いた。

メカ兵団が照準矢の刺さった場所に砲弾を向け、発射した。

そのかたわらで三人のピクルマンと二人のレディが取っ組み合っていた。モニクは檻に入れられた獰猛な猫よろしく歯と爪と肘で〈チャツネ〉に襲いかかり、〈チャツネ〉は暴れるレディに手も足も出ない。

ソフロニアは無用となったクロスボウを床に落とし、公爵と最後の用心棒に扇子を振りかざした。クロスボウはデッキをすべり、手すりの下を通って端から落ちた。公爵は闘いかたを知らないが、用心棒はこれが専門だ。ソフロニアのケガした側に近づき、背後から両腕を強く巻きつけ、力まかせに締めあげた。

ソフロニアは両腕を腰に押しつけられ、動きを封じられた。締められた肩に激痛が走ったが、脚を蹴り出し、なりふりかまわず暴れた。

そのとき前方デッキの上半分が爆発し、木片が雨あられと降りそそいだ。

ソフロニアはとっさに男の下に隠れ、飛び散る木片をまともに背中に受けた男はぎゃっと叫んで横ざまに倒れた。

ゴルボーン公爵はさっと手すりの下に身を伏せ、たったいま砲弾を放ったメカの陰に隠れている。

砲弾の一発が大きくはずれ、操縦室に命中した。なにしろ船は上下左右に激しく揺れている。操縦室は爆発し、数秒後に青い炎とオレンジ色の火花を吹きあげた。デッキの奥にいたメカ兵士に同胞の砲弾が当たり、こちらも爆発して炎に包まれた。階下の通路はガスが充満している。砲弾で大きな穴が開けば、火花ひとつで一瞬のまにすべてが吹き飛ぶだろう。

背中に大ケガを負った用心棒がソフロニアを放して背中から倒れた。ゴルボーン公爵はなんとか落ちまいと船にしがみつき、〈チャツネ〉はがくりとひざまずき、ずたずたになった側からおびただしく血を流している。砲弾でつぶされた用心棒を見て、ソフロニアはこみあげる胃液をのみこんだ。

モニクは〈チャツネ〉の手からするりとのがれ、優雅にかがみこむと、背中からかばんをはずして四角い袋をふたつ取り出した。袋に入った足温器のようだが、小物バッグの口のようなものと二本のひもがついている。

モニクはひとつをソフロニアに放り投げ、ソフロニアは扇子を落として両手で受け取った。

「パラシュート」モニクがにやりと笑った。「パリの最新型よ。こんなふうにつけて」そう言いながら二本のひもを腕に巻きつけ、袋口を開いて四角い部分を背負った。「宙に飛び出して、船から充分に離れたらここのひもを引くの。巨大なパラソルのようなものが開くはずよ」

「はず？」

「まだためしてないの」

「やるわね」

「ほかに手がある？　気高いあなたのことだから学園と心中する気かもしれないけど、ソフロニア、あなたほど嫌いな人を世界のどこに探せばいいの？」

「あら、モニク、そこまで思ってくれてるなんて知らなかったわ」ソフロニアは必死に、痛むほうの肩にパラシュートをかけた。

モニクがソフロニアを見返した。そして血まみれの〈チャツネ〉の顔を深紅の革ブーツで思いきり踏みつけて手すりを飛び越えると、途中で下のデッキにぶつからないよう思いきり高く、前に向かって身を投げた。

どうなったかを確かめようとソフロニアがあわてて駆け寄ろうとした、そのとき。

「パラシュートを渡せ」ゴルボーン公爵がソフロニアの首に両手をかけていた。

モニクにかかとで踏みつけられた〈チャツネ〉が鼻血を流しながらよろよろと立ちあがった。二人の会話が聞こえたらしく、こちらも必死の形相でソフロニアの背中をにらんで近づいてくる。

〃一度にひとつずつ〃――ソフロニアは心のなかで唱え、大きく息を吸って、首を絞める公爵を振り払おうとした。扇子は落としてしまった。もう小型爆弾もない。しかたなく公爵の手首に爪を立てた。

公爵は悲鳴をあげ、首を振りながら、ひとことずつ区切るように声を絞りだした。「おまえに、息子と、結婚など、させる、ものか！」

首を絞められていなかったら、ソフロニアはこう言い返しただろう。〃こっちから願いさげよ！〃

そのとき〈チャツネ〉が迫ってきた。

二人の男はソフロニアともみ合いながら、たがいにもみ合っていた。

「わ、わ、わたしのパラシュートだ」公爵が叫んだ。

「いいか、ゴルボーン」〈チャツネ〉は冷静に、諭すように言った。「おれのほうが地位は上だ。ピクルマン全体の利益を考えろ。パラシュートはおれのものだ」そう言うと片手で公爵の顔を突き飛ばし、反対の手でソフロニアの背からパラシュートを引きちぎろうとした。

船が大きく傾いた。

下の廊下に充満するガスがいつ爆発しても不思議はない。どんなにすさまじい爆発になるか、それが上下の階にどんな影響をあたえるかは想像もつかない。でも、せっかくモニクが脱出の手段をくれたんだから、ここで死にたくはない。

当初の計画では、損傷がもっとも少ないはずの船の中央部に走り、墜落を乗り切るつもりだった。この作戦で重要なのは、船中央部のメカアニマルが詰まった貨物室をつぶしてすべての機能を破壊し、かつ当局がピクルマンの陰謀の証拠として見つけられるように一カ所にまとめておくことだ。

でもいまはパラシュートのほうがはるかにいい考えに思えた。

ソフロニアは身をよじり、空を見あげた。いや、地面だったかもしれない。暗くてわからないが、光の群れは確実に近づいていた。落下速度が増しているようだ。

そのとき動物の鳴き声が聞こえた。これまで聞いたこともない声だ。人間のようだが、違う。人狼の声でもない。

何ものかが〈チャッツネ〉に体当たりしてのしかかり、ソフロニアから引きはがした。

ブレイスウォープ教授の唇は横に広がり、牙は信じられないくらい長く、口で顔がふたつにぱっくり割れているように見えた。黒い口には鋭くとがった牙が並び、その上で口ひげが恐ろしげにつんととがっている。

「やめろ!」〈チャッツネ〉が叫んだ。「やめろ! まだ紹介もすんでないぞ!」

しかし吸血鬼教授は紹介も待たず〈チャッツネ〉の太い首に牙をしずめ、吸いはじめた。

ソフロニアが見たのはそこまでだった。ゴルボーン公爵がなおものしかかり、片腕を彼女の首にかけたまま、反対の手で背中のパラシュートを引っ張っている。

〝絞殺者には出会わないにこしたことはありませんが〟ふとレディ・リネットの言葉が頭によみがえった。〝これだけは覚えておくように――絞殺者がひどく集中しているときは、別の場所の防御がお留守になるものです〟

さいわいいまは男物のズボンをはいている。ソフロニアは公爵の――急所ではなく――膝の裏を思いきり蹴った。悪趣味な靴下に対する奇襲攻撃だ。黄色の長靴下なんて断じて許せない！

公爵は痛みに叫び、手をゆるめた。

ソフロニアはすかさず首をひねって顔と顔をつきあわせ、いいほうの手の爪で公爵の目をえぐり出そうとしたが、そこまで腕があがらず、かろうじて届いた耳を力いっぱい引っ張った。と同時にケガをしたほうの手で何か武器になるものはないかとポケットを探り、探りあてたのは……小瓶だ。

その瞬間、頭で考えるより早く勝手に手が反応し、ソフロニアは〈扇子と振りかけ〉攻撃に出た。ビエーヴ特製の片手で開けられる香水瓶の蓋を親指でポンと開け、なかみを公爵の顔にぶちまけると、つかのまあたりには穀物アルコールとレモンのにおいがたちこめた。公爵はブタのようにキーッと悲鳴をあげて手を放した。痛みというより、驚いたせいだろう。

ソフロニアはさっと数歩離れると、デッキの手すりを飛び越え、湖に飛びこむように星のまたたく夜空に向かって身を投げた。もう少し現実的に言えば、死にゆく飛行船の煙と火花でぼんやりかすむ、湿った夜空に向かって。

ソフロニアの身体は飛行船のもっとも出っ張った地点をかろうじてかわした。身を投げた場所はバルコニーとバルコニーのあいだで、あとほんの少しでもどちらかに寄っていたらどこかにバキッと激突していただろう。それは優雅な飛びこみというより、死にものぐるいの転落というほうがふさわしい。顔を上向けて落ちてゆくソフロニアの目に見えたのは、〈ジェラルディン校〉の前部全体が爆発して火に包まれ、オレンジ色のガスと炎をたなびかせる姿だった。その光は空を明るく染め、愛嬌のあるイモムシ型飛行船の最期を照らしだした。

残るふたつの気球は果敢にも難破船を立てなおそうとするかに見えたが、実際は船体の半分が落下し、重量が軽くなったせいで残り半分が浮かびはじめただけだ。それもつかのま、片方の気球に火が燃えうつり、たちまち炎は油を塗った生地を舐めはじめた。

ソフロニアは自分の問題に戻り、パラシュートの展開ひもを必死に探りながら毒づいた。モニクのように、飛びおりる前にひもをつかんでおけばよかった。

下に見える街の灯が恐ろしい速度で迫ってくる。ようやくひもをつかんで引っ張ると、背中で何かがびゅっと音を立て、次の瞬間、ぐいと引っ張られた。ケガをしたほうの肩が痛んだが、なんとか風をとらえたようだ。いまやソフロニアは自由落下を脱し、そよ風に浮かぶタンポポの綿毛のようにゆらゆらとただよっていた。

着地したのはロンドン郊外のどこかの裏庭だった。

どさっというぶざまな着地だったが、文句は言えない。ソフロニアは湿った地面の、芽キャベツがびっしり植わった菜園の上に大の字になっていた。そうして仰向けに横たわったまま、この手で成し遂げた破壊行為が空でひらめくのを見つめ、新鮮な芽キャベツのにおいを嗅いだ。そのとき頭のなかにあったのは、野菜のなかでも芽キャベツはかなり好きなほうだということだけだった。

（もはや）危機（ではない）その十七　ついに全員がフィニッシュすること

一八五四年一月初旬のその夜、ロンドン上空で〈ジェラルディン校〉が爆発したのを目撃した者は思いのほか少なかった。メカ同時多発停止でそれどころではなかったからだ。目撃者は、きわめて異常な夜にまたひとつ異常なことが起こっただけだと気にもとめなかった。何が爆発したのかを知る者はほとんどおらず、知っていた者は空中学園がどこに墜落したのかを確かめに行った。

最初に駆けつけたのは人狼たちで、ほかの者が到着したときは、すでに残骸のあいだを嗅ぎまわってピクルマンと空強盗《フライウェイマン》を引きずり出していた。縛りあげられた者……血まみれの者……なぐられた者……やけどを負った者……その全員が人生を恨んでいた。もちろん死者は別だ。人狼たちは彼らを〈死んだ〉〈死んでいない〉〈おやつサイズ〉の三つに分けてきれいに積みあげた。

死んだピクルマンの一人が都合よくゴーストになり、進んで捜査に協力した。なにしろ失うものは何もない。人狼が大量の違法メカアニマルを発見し、ゴーストがロンドン侵略計画の全貌を供述した。人狼は異界管理局をはじめ、各省の政府役人や特殊警察、その他メカ危機対応から少しでも手の空いたあらゆる機関を呼び寄せた。

その場にソープもいた。誰も知らない狼——人狼団と交わらない一匹狼——は、みなが探すのをやめたあとも探しつづけた。彼の驚異の嗅覚をもってしても探し求めるひとつのにおいを嗅ぎつけることはできなかった。そのにおいは本人がそばにいなくてもずっと鼻腔に残っている。だからソープの願いは恐怖に変わった。

煤っ子集団とマドモアゼル・ジェラルディンを乗せた吸血群の救助飛行船が到着し、学長は心配そうに見つめるむさ苦しい大男たちに囲まれた状況で、知るかぎりのすべてを話した——少なくともそんなふりをした。あらゆる点でみごとな対応ぶりで、生徒と煤っ子は質問に答えずにすんだ。

かなり時間がたったあと、吸血群に報告を終えたモニクまでが現場に現われたのには誰もが驚いた。最初はみな母校に対する忠義が残っていたのだろうと思ったが、モニクはソフロニアの冒険の最後についていくらか話したあと、救助飛行船の返還を要求した。「あの船はあたしのものだからいますぐ返してもらうわ」

救助船は捜査の対象ではない。当局は言われるままに船を返した。モニクは数人の煤っ子に飛行準備を手伝わせたが、ソフロニアの安否については何も知らなかった。

この時点でソープはパニックになった。

やせた黒毛の一匹狼は、こらえきれずクーンと鳴きながらあたりを行ったり来たりしはじめた。特殊警察は黒い狼の正気を疑い、いざというときのために銀の弾丸を準備した。

ソープはわかると思っていた。もしソフロニアが死ねば、なんらかの形でわかるはずだと――骨のどこかで感じるはずだと思っていた。でも残骸のなかには手がかりひとつ、伝言ひとつなかった。材木の山になったソフロニアの部屋からドレスの切れ端とこまごました物が見つかっただけだ。彼女のにおいは数人の囚人に残っており、彼らを縛りあげたひもの結びかたはまぎれもなく彼女の手によるものだったが、それ以上のものは何もなかった。

もうすぐ夜が明ける。ソープはそれを人狼の骨のなかで確かに感じた。あとは、あそこしかない。彼はその場を離れた。

ソープは獣になりすぎてディミティとアガサにかまう余裕もなかった。二人は片隅で立ったまま抱き合い、〝ソフロニアが死んだ〟とすすり泣いている。見ると、かつての恋敵フェリックス・マージーも声をあげて泣いていた。涙で目のまわりのコール墨が濡れ、墨のにおいがした。あいつに泣く権利がどこにある？　やつの父親は両脚を骨折しただけで死ななかった。ソープはゴルボーン公爵を見やった。かつて自分を殺した男は、〝大逆罪だ〟と口々につぶやく異界管理局に拘束されていたが、ソフロニアが見つからないいま、ソープにはどうでもよかった。

狼ソープの頭のなかにはひとつのことしかなかった。〝夜明けの一時間前にリージェント・スクエア〟。そして夜明けはもうすぐだ。ソープは異界族が出せる最高速度でロンドンの街中に向かって駆け出した。

ソフロニアはキャベツ畑から身を起こしながら思った。いまは何時で、これから何をして、どこにどうやって行けばいいのだろう？　計画は飛行船とともに終わった。ほかにどうしようもなく、ソープが待ち合わせ場所を覚えているかもしれないという一縷の望みを胸にリージェント・スクエアに向かって歩きだした。だって、それ以外に何ができる？

歩くしかなかった。それも長い距離を。お金はないし、貸し馬車が止まるとも思えない。両目にあざを作り、片腕をだらりと垂らし、かすかに脚を引きずって歩くみすぼらしい少年を誰が乗せるだろう。人にどう見えるか――ソフロニアはよろよろ歩きながら思った――この世ではそれがすべてだ。

結局、約束の時間にはまにあわなかった。ようやくリージェンツ・パークに転がるようにたどりついたのは夜明けの三十分前だ。生まれてこのかた、これほど疲れ、喉がからからで空腹だったことはない。痛みをこらえ、トゲのある茂みの下の狭い地面に倒れこむように横たわると、全身の骨がこの世を呪うかのように悲鳴をあげた。あらゆる皮膚がひりひりし、心はこの手で奪わなければならなかった人命の重みに押しつぶされそうだ。かつて目の前で機能停止したメカのように、ソフロニアはぷつりと意識を失った。

鼻を突き出し、公園内をぐるぐる走りまわっていたソープは眠りこむソフロニアを見つけ、自分が狼であることを完全に忘れて顔をべろべろと舐めた。

ソフロニアはよだれと狼の息で目覚めた。

天にも昇るここちとはこのことだ。ソフロニアはいいほうの手をふさふさの黒い毛皮にうずめ、首毛にあごをのせた。ソープはあおむけになって腹を揺らし、しっぽを振って喜びをあらわにした。バカね、ソープ、みっともないわ――こんなにかわいくなかったら。

そこでソープはわれに返り――少なくともわれに返るだけの冷静さを取り戻して――変身した。人間に戻ったソープは真っ裸でソフロニアの横にかがみこんでいた。いよいよ本当にみっともない状況だ。

「ソープ、あなた何を――」

だが、膝をついてその腕に抱かれたとたん、恥ずかしさは吹き飛んだ。ソープの熱いキスに恥ずかしさとうれしさが押し寄せ、知らぬまにソフロニアは唇を開いていた。そのせいで顔が痛かったけれど、彼を止める力は――たとえそうしたくても――なかった。

やがてソープは口をはずし、ソフロニアの頭を少し後ろに傾けてしげしげと顔を見つめた。

「死んだと思った」

「どうやらそうじゃなさそうね、よほど実体のあるゴーストでないかぎり」

ソープはもういちどキスした。なにしろ目の前にいるのはゴーストではない、生身のソフロニアだ。それでもこんどはケガをしていないほうの口にそっと口づけた。ソフロニアはその気づかいがうれしく、つかのま痛みを忘れてキスを返した。

ようやくソープが身を離した。二人とも冷たい湖を泳いだあとのように息が荒かったが、ソフロニアの気持ちは別のところにあった。

「うまくいきっこないわ、ソープ。〈将軍〉……あたしの両親……世間……。誰もあたしたちのことを認めはしな――」

「それは聞き飽きた」ソープは片手でソフロニアの口をふさいだ。「これを挑戦だと思えばいい」

ソフロニアは首をかしげた。

「こんどはおれの言うことを聞いてくれ。きみは、おれたちがすでに社会からはずれてるってことを忘れてる。おれはきみの世界に適合しなくてもいい。だってきみはすでにおれの世界にいるんだから。おれたちは二人とも陰の住人だ。きみの年季奉公で何が起こると思った？ 〈将軍〉はきみが現場向きだとわかってる。どこかの皇子とか公爵とかと結婚するのはもったいない。どうして〈将軍〉がおれを秘密にしてると思う？ おれたちをチームにしようと考えてるからだ。〈ジェラルディン校〉の訓練生と人狼の力を合わせて王室のスパイにするつもりなんだよ。おれたちはいろんな点で最高のペアになると思う」

ソフロニアはソープの言葉をじっくり考えた。そして意外だけど、なんだかうまくゆきそうな気がした。

ソフロニアは舌を出し、口に当てたままのソープの手を舐めた。ソープはあわてて手をおろした。

「結婚はできないわ」ソフロニアはソープの目をじっとのぞきこんだ。「あたしたちに許可証を出すような役所はどこにもない――たとえどんなに賄賂を積んでも」

「おれがいつ結婚してくれって頼んだ？ おれはずっと二人で、結婚しなくても幸せに暮らしたいだけだ。〝愛人〟って響きも悪くない」

ソフロニアは驚いて笑い声をあげた。「まあ、なんてフランス的な。そんな事実が知れたら、あたしを受け入れる貴族はまずいないわ」でもまんざら悪くない――ソフロニアは思った。これなら夫のために自由を失わずにすむ。てっきりソープは高潔さにこだわると思っていた。あんなにも高潔な人だから。でも、彼ほど話がわかる人もいない。それを忘れるなんて、あたしもどうかしてる。

「陰で生きるんだよ、いとしい人《マイ・ハート》。誰も知る必要はない」

「あら、もうそんな言葉で呼ぶの？」

それが可能ならばソープは顔を赤らめていただろう。「早すぎた？ 頭のなかでなんどもそう言ってたから、つい口に出た」

「かまわないわ」ソフロニアはおずおずと笑みを浮かべた。「だったら、あなたのことはなんと呼べばいい？」

ソープは顔を輝かせた。ソフロニアが話をはぐらかそうとしないのは、この提案が気に入った証拠だ。「〝かわいいモルモットちゃん〟がいいかな」

ソフロニアがいぶかしげに眉を吊りあげると、ソープはにっと笑った。「そのうち何か思いつくよ。でも自然に出てくる言葉じゃなきゃ」

「わかった、いとしの……ダメね、しっくりこないわ」

ソープはとびきりすてきな鼻にしわを寄せた。「そりゃダメだ。堅苦しすぎる」

「ちょっと考えてみるわ、かわいいモルモットちゃん」

「考えるのはやめてくれ。きみが考えると、ソフロニア、ものごとは複雑になる。おれたちのことは実に単純だ、きみが考えすぎないかぎり」ソープは両手でソフロニアの腰を抱き、円を描くようにやさしくなでた。ソフロニアは触れられた場所がほてるのを感じた。

「あなたを選ぶのなら、ソープ、その選択を大事にしたいの。それがどういう意味かを二人で決めておきたいの」

「きみを忠誠心でつなぎとめたくはない、マイ・ハート」

「いいえ、忠誠心は大事よ」ソフロニアは首を傾けた。「あたしの唯一の倫理基準で、あたしたちの重要な土台だもの。それをあなたは手にしたの」

ソープは顔をくもらせた。「じゃあ、愛情は？」

ソフロニアは核心に触れる質問にむずむずしたが、これも二人の将来をささえる大事な部分だ。人はなにかしら確かなものがなければ陰で生きることはできない。ソープはソフロニアの本心を知りたがっている。ソフロニアは自分に問いかけた――あたしは彼に本当の自分を渡せるほど強いの？

「ええ、もちろん愛情も。あたしたちはいつだって一心同体だった、でしょ？」そこで、ようやくソフロニアはソープに愛される覚悟ができた。

「やっと受け入れてくれたね」ソープはソフロニアの言葉に誓いを聞き取った。

話の流れからここでキスをするのが神聖に思えたが、それは同時に恐ろしく、のみこまれそうなほど重い決断でもあった。

ソフロニアの性格をよく知るソープは身を離し、世界を別の視点から見直す時間をあたえるべく話題を変えた。

「どうやってここに？」

「ああ、その、たまたま街にいたの。フランス発の新しいマフが流行ってるらしいわ」

ソープは笑いかけてから真顔になり、「ああ、でもマイ・ハート、その傷は？」ソフロニアの目と鼻のまわりをそっとやさしくなでた。

「両目に黒あざ？」

「話せば長いわ」

「それに肩の脱臼。それからあちこちにこぶとあざ。飛行船から飛びおりたの、いちおう言っておくと」

「そしてピクルマンとフライウェイマン全員を相手に闘ったって、マドモアゼル・ジェラルディンが言ってた」

「まあ、ということは無事に着陸したのね？ よかった。ディミティとアガサと煤っ子たちは？」

「みんなきみよりはるかに元気だ、いちおう言っておくと。ゲス野郎のフェリックス・マージーも。性悪モニクは言うまでもなく」

二人の名前を言うときソープは口をゆがめたが、ソフロニアはため息をついた。

「モニクには別のあだ名をつけなきゃ。ある意味、彼女は命の恩人なの」

「そりゃ最悪だ」ソープはたこのできた手でソフロニアのもつれた髪をなでた。

「そうなの！」

ソープはふと心配そうに、「おれたち、しばらく世間から身を隠せるかな」

「どうかしら。あたしが空から落ちてから何があったの？」

「それほど気をつけては見てないんだ。ずっときみを探してた。みんな、きみが死んだと思ってる」

ソフロニアはなんとか自力で上体を起こした。「ディミティとアガサも?」

ソープはうなずき、ソフロニアのケガをしていないほうの首に鼻をこすりつけた。ソフロニアはその感触を楽しんだ。無傷の場所はそこしかない。

でも、これは深刻な状況だ。友人が悲しんでいる。「このままじゃいけないわ。かわいそうなディミティとアガサ、いますぐ会いに行かなきゃ」まぢかに迫った夜明けも心配だ。

「それにあなたも室内に入らなきゃ」

「ふむ。おれの人狼状態はさておき、もうすぐ街が目覚める。このままじゃおれたち二人とも世間のさらし者だ。〈将軍〉はメカ襲撃が始まってからずっと宮廷で陛下のそばに詰めてるから、あてにはできない」

ソフロニアは迷った。「姉の家に行く手もあるけど、ペチュニアがいまのあたしの状態に耐えられるとは思えない。あなたを連れていったら確実に無理ね。ショックで早産にでもなったら大変だわ」

ソープはうなずいた。「もっと近くに身を隠せそうな場所がある。ためしてみる?」

ソフロニアはためらいつつもその気になった。「少なくともお風呂と着替えだけは保証されそうね。そうとなれば急がなきゃ、日が昇る前に。ドローンはご主人の許可がなければ入れてくれないわ」

ソープが立ちあがり、ソフロニアはどきっとして目をそらした。前にディミティが言った――〝女の子は愛する人のことを知りすぎるものよ〟。

ソープは身をかがめてソフロニアを抱きあげた。

「自分で歩けるわ」

「裸を隠すのに抱えたほうがいい」

「わかった、でも玄関の呼び鈴を引いたらおろしてちょうだい」

ソープはすたすたと歩きだした。ソープにとってソフロニアは羽根ほどの重さもなく、たしかにそのときのソフロニアが歩くよりはるかに速かった。

玄関には主《あるじ》がじきじきに応対に出た。青緑色のクジャク羽の刺繍と金色レースの縁取りのある、ロイヤルブルーの綿入りシルクのガウンを着ているところを見れば、これから寝るところだったようだ。にもかかわらず屋敷の奥は何かが始まりそうなざわめきに満ちていた。

「これは子猫ちゃん！　きみか？　なんと**おぞましい**目化粧だろうね。そんなメイドはいますぐクビにすべきだ。ちょうど寝るところだが、見ればきみは**おいしい**話をたっぷりしこんでおるようだし、知られるべきすべてについてすべてを知っているようだ。それにしても**間が悪い**。もう少し早く来られなかったのかね、お人形ちゃん？」

ソフロニアはほほえんだ。「いとしのアケルダマ卿、あいにく手がふさがっていて。それとも手を縛りあげていたと言ったほうがいいかしら。どうか一日だけ休ませていただけませんか？　見てのとおり、ひどい格好ですの」

アケルダマ卿はいぶかしげに目を細めた。「いとしいお嬢ちゃんよ、まさか深刻な法律上の問題ではないだろうね？」しぶる理由はソープだ。二人はまだ紹介されていないから、アケルダマ卿はソープに直接、呼びかけられない。ためらうのも当然だ。その長い人生経験においても、肌の黒い裸の男が満身創痍の娘を抱えて玄関に現われるという事態は尋常ではない。

ソフロニアは餌《えさ》をちらつかせた。「〈将軍〉があたしの支援者《パトロン》で、ここにいるソープがその理由だと言ったら、なかに入れて話を聞いてくださる？」

そのひとことにアケルダマ卿は大きく扉を開けた。「さあ、入りたまえ、**是が非にも！**——そしてそちらのいかした青年も。なんとまあ、何も着ていないのか？　わたしへの贈り物かね、ソフロニア？」

「いいえ」ソフロニアは明るく返した。「人狼を連れてきました。でも、彼は完全にあたしのものです」

アケルダマ卿は唇をとがらせたが、少しも驚いた様子はない。「なんと欲張りなお嬢ちゃんだろうね。**運はいい**が欲張りだ」そう言って後ろにさがり、二人を招き入れた。「ようこそ——**愛らしい**子たちよ——ようこそ」

裸でソフロニアを抱え、ロンドンの街を歩いてきたソープはアケルダマ卿の鋭い視線を浴びて、その夜初めて恥ずかしそうな表情を浮かべた。

それでも吸血鬼から招待されるのはよほどのことだ。「ご親切に感謝します、アケルダマ卿」と答えるだけの礼儀はわきまえていた。

「いや、こちらこそ光栄だ」アケルダマ卿は扉を閉めた。「もちろん〈将軍〉が新しく仔犬を持ったことは知っていた」

ソープは驚いた。

「心配めさるな。わが屋敷から秘密が漏れることはない。しかし、かわいい**子猫ちゃん**がかかわっていたとは知らなかった」

ソフロニアはさっきの取り引きをまっとうするべく事情を説明した。「知る人はほとんどいません。ソープはピクルマンに撃たれて瀕死の重傷を負い、あたしが〈将軍〉に年季奉公を申し出て世話人《クラヴィジャー》でもない彼を嚙んでくれるよう説得したんです」

アケルダマ卿はあらためてソープを――鑑賞するだけではない何かを秘めた目で――見つめた。「そして変異に耐えたのか？　**すばらしい**。そして実にロマンチックだ。それにしても変わったつがいだな」

ソープは言外の非難にむっとし、ソフロニアを抱えた手に力をこめた。

「まあまあ、小さな狼くんよ、わたしは変わったつがいが大好きだ」

アケルダマ卿は牙を見せずにほほえみ、ソープは少し力をゆるめた。

「さあ、いとし子たちよ、奥の居間を使うがいい。最近のできごとを根ほり葉ほり聞きたいのはやまやまだが、わたしはいまにも倒れそうだ。ベッドが待っている。きみたちの世話はピルポに頼んでおいた」アケルダマ卿はそれだけ言うとささっと階段をのぼり、寝室へ消えた。

「おれもいますぐ眠ったほうがよさそうだ」ソープが言った。「人狼は吸血鬼ほど太陽に弱くはないけど、若いおれには厳しい。マイ・ハート、おれのことはほかの誰にも言わないでくれる？〈将軍〉が秘密にしたがってる。あの人には逆らえないし、おれたちにとってもそのほうがいい」

「心配ないわ」ソフロニアは安心させるように、できるだけさりげなく言った。「アケルダマ卿はああいう人なの。そして口が堅い。大事なことは決して口外しないわ」

そこへピルポが現われた。前に会ったのがはるか昔のことのようだ。ソープに似た褐色の肌で、アケルダマ卿のドローンらしく身なりには一分の隙もない。そのピルポがまるで魔法のように美しい綾織りのガウンを差し出すと、ソープはほっとしてソフロニアをおろし、ガウンをはおった。

ピルポは豪華な家具をしつらえた、居心地はあまりよさそうではない広い居間に二人を案内した。アケルダマ邸の中心のようだが、いまは誰もいない。

「ほかのみんなは？」ソフロニアはたずねながらソープと一緒に小さな長椅子に向かい、ほっとして腰をおろした。

「ご主人様の指示で全員が狩りに出かけました」ピルポが白い歯を見せてほほえんだ。「もちろんわたし以外ですが。昨夜はいろんな事件が起こり、ご主人様は今日の日没までに知るべきことをすべてお知りになりたいようです。この点については、あなたがたお二人がとても役に立つのではないかと」

「どうりで招待されたわけだ」ソープは礼儀もなく長椅子に丸くなり、ソフロニアの膝に頭を載せた。

ソフロニアはそのままにしておいた。膝は痛くないし、これならソープの髪をもてあそべる。

ピルポはソープの足が長椅子に載っているのを男らしく無視した。「まず何がご入り用ですか？　食事？　紅茶？　それとももっと強いものを？」

ソフロニアはうれしそうに息を吐いた。安全な場所に落ち着き、必要なものはこの有能な紳士がなんでも運んでくれると思っただけで喜びがこみあげてくる。「紅茶をお願いできるかしら。それから外科医を呼んでいただける？　信用できるかたがいれば。それと、友人たちがあたしを死んだと思ってるの。こうして無事だと、ミス・アガサ・ウースモスに伝えてもらえるかしら。アケルダマ卿は彼女と親しいはずだから居場所は知っているはずよ。彼女なら、あたしが死んだという噂がデマだとしかるべき筋に伝えてくれるわ」

「すべて仰せのままに」ピルポはうなずき、紅茶を取りに部屋を出た。

ピルポが戻ってきたとき、ソフロニアは膝の上で眠るソープの頭にいいほうの手を載せ、危なっかしく長椅子にもたれて眠りこんでいた。眠る二人はとても幼く見えた。

ピルポはソープに毛布をかけ、ソフロニアには首の筋を違えて起きないよう枕を置くと、昼食までにあれこれと手はずを整えはじめた。


ソフロニアは昼ごろ、アケルダマ邸の目もくらむような金ぴかの居間で、眠るソープを膝に載せたまま空腹で目覚めた。恋人を起こさないよう重い頭から身をはずしたが、これはたいして難しくなかった。異界族のつねで、ソープは昼のあいだは死んだように眠る。

手もとの小さな金色の鐘をチリンと鳴らすと、ピルポが現われた。

「お目覚めですか。よかった。ご気分はどうです？　最初に何を持ってきましょう？」

「さっき飲みそこねた紅茶をお願い。それから遅すぎでなければ朝食を少しいただける？

それと、何はともあれお風呂に入りたいの」

ピルポは声を立てて笑った。「承知しました、マイ・ディア」

ほかのドローンたちも帰宅したらしく、一人がしゅんしゅんと煮えたぎる紅茶ポットとベーコンエッグ、焼きニシンとバタートースト、ラズベリージャムつきスコーンを山盛り持って現われた。ソフロニアは朝食をきれいに平らげ、そのあとピルポの手を借りて立ちあがり——身体がひどくこわばっていた——浴室に案内してもらった。

　包帯やら何やらをはずすのは大変で、最初は傷がしみたが、温かい浴槽はすばらしく、ソフロニアは長々と湯に浸かった。ピルポは彼女が眠りこんではいないかと二度も確かめなければならなかった。三度目に現われたときは目をそらして近くの大理石像の上に美しいデイドレスを置き、〝胴着《ボディス》をお召しになる必要はありません、お医者様が到着し、肩を診察なさいます〟と告げた。薄くて白い下着もとりどりに並べてあったが、コルセットはなくてほっとした。いまはとても自分ひとりでは着けられない。

　ソフロニアはやっとのことで浴槽から出ると、おそるおそる服を着た。ひどく時間がかかった気がした。ドレスはスカートが三層になった黒いレースつきの濃い青緑色のシルクで、上着は袖がひだになった前開きだったが、それでもメイドの手がほしかった。簡単に着られるデザインを選んでくれたのだろうが、何につけ片手でやるのは難儀だ。でも、アケルダマ邸に女性使用人はいない。いったいこのドレスはどこから調達したのかしら？

　着替え室では医者が待っていた。髪の毛がほとんどない、寂しげな目の、思慮深く、温厚そうな老紳士はケガの理由は何もたずねず丁寧に治療し、何より傷跡を心配した。

「これほど美しいお嬢さんには、何があっても傷跡は残せんな」

　まさしくアケルダマ卿がドローンたちのために雇うにふさわしいタイプの医者だ。

医者はソフロニアの両目に湿布、腕に吊り包帯――〝こんどは決してはずしてはならんよ、お嬢さん！〟――それ以外の場所に包帯を巻き、慣れた手つきでボディスを着せた。さすがに吊り包帯をしていては自分では着られない。

居間ではピルポが本領発揮とばかりに集まった客をおしゃべりでもてなしていた。レディ・リネット、シスター・マッティ、ピルオーバー、アガサ、煤っ子たち、スモーキー・ボーンズ、そしてディミティ。もちろんソープはいまもぐっすり眠っている。

ディミティが駆け寄り、ソフロニアを抱きしめたそうに見えたが、頬へのキスと鳩が鳴くような声を出すだけにとどめた。風呂に入り、医者の治療を受けたあとでも、ひどいありさまなのはわかっていた。ディミティの目に浮かんだ恐怖の色からすると、想像以上に痛々しいのかもしれない。

「まあ、ソフロニア、なんてひどいめに！」

アガサもうれしそうに近づいたが、ディミティほど感情はあらわにせず、いつもの恥ずかし気な笑みを浮かべてソフロニアのいいほうの手をぎゅっと握った。「お帰りなさい、英雄さん」

「やめてよ」ソフロニアもうれしそうに答えた。

二人のあとからピルオーバーがこそこそ近づいた。あろうことか笑っている。それも本物の、満面の笑みだ。自分の目で見なかったらとても信じられなかっただろう。

「ピルオーバーも英雄なのよ、知ってた?」アガサは人生に満足しているようだ。この言葉にディミティはいつもの自分を取り戻し、小さくつぶやいた。「まあ、せいぜい飼料ビーツなみだけど」

だが、シスター・マッティはアガサに賛同した。「まったくよ。彼は脱出に手を貸してくれたの。思ったとおり〈バンソン校〉はピクルマンのぐるだったわ。ぐるとまではいかないにしても、共謀していたのは確かよ。ともかく、アガサのいい人のおかげでレディ・リネットとわたしは逃げられたの」

ソフロニアは心配になった。「あら、ピル、それじゃあ学校での立場がまずいことにならない？」

ピルオーバーは首を横に振った。「いや、逆だ。〈バンソン校〉では、反逆は非難の対象にならない。今回の件でぼくは〈恥知らずな天才〉に昇級する。本物の〈邪悪な天才〉に一歩近づくんだ」

「ビエーヴは？」ソフロニアは小さな発明家が〈バンソン校〉のくわだてに関与していたかもしれないと思いながらたずねた。

ピルオーバーは肩をすくめた。「愛すべき技術が大々的に破壊されるのは見たくないってさ。やむをえないことだし、きみはやりとげるだろうけど、詳細は知りたくないって」

ソフロニアは首をかしげた。ビエーヴはピクルマンのメカのことを想定していたの？

それとも賢いあの子のことだから、最初から〈ジェラルディン校〉が標的だと知っていたのだろうか。いまとなってはどうでもいいし、たとえたずねてもビエーヴは答えないだろう。そこがあの子のいいところだ。

「バンバースヌートは修理のためにビエーヴにあずけたけど」ディミティが心配そうにたずねた。

「それがいいわ」ソフロニアはうなずいた。とりわけメカに対する反感が満ちている今のロンドンではそのほうが安全だ。「それにしてもどうしてそんなことを、ピル？　冒険は楽しめないんじゃなかったの？」

「いつぼくが楽しんだって言った？」

ソフロニアは笑みをこらえ、ピルオーバーがにやにやしていることにも、横目でちらちらとアガサを見ていることにも気づかないふりをした。

「来てくれてうれしいわ、ピル」

ピルオーバーはいつもの仏頂面に戻り、ぼそりとつぶやいた。「まあ、当然だね」

ディミティがちっと舌打ちした。「間違ってもあんたに楽しんでもらいたくはないわ、このウォンバット」

アガサは無言だが、ちょっと得意そうだ。

ディミティはソフロニアにすり寄り、いいほうの手を握りしめた。「モニクが去ってから何があったの？　これ以上じらさないで。死ぬほど心配したんだから」

そう言ってソフロニアをティーテーブルのまわりに並ぶ椅子に連れていった。眠るソープからは少し離れるが、視界には入る。ソフロニアは二度と離れたくなかった。入浴はちょっと長すぎた。

朝食でお腹はいっぱいだったが、いつだってお茶は別だ。ソフロニアはディミティが注いだ紅茶をありがたく飲みながら椅子の背にもたれ、飛行船の最期を話してきかせた。

「ごめんなさい、レディ・リネット。ほかにどうしようもなかったんです」

かつての先生は金色巻き毛を揺らして首を振った。「そろそろ終わりに近づいていることはわかっていたわ、お嬢さん。残念ながら〈ジェラルディン校〉は過去のものよ。入学者は年々、減っていたの。娘をスパイにしたい親はもういないのよ」

「再開しないんですか？」ソフロニアはさみしさを覚えた。

レディ・リネットはシスター・マッティと目を見交わした。

「そうではなくて、マドモアゼル・ジェラルディンはいま、恵まれない少年たちのための外科医養成校設立という構想にとりつかれているの。ルフォー教授は〝英国はやけに複雑になった〟と言ってフランスに戻りたがっているし、シスター・マッティはコーンウォールがなんとかかと言っていたわね？　わたくしはどうするか決めていないけれど、さいわい、あらゆる訓練を受けているから」そう言って眉を動かした。そのとき初めてソフロニアはレディ・リネットがいつもの分厚いおしろいを塗っていないことに気づいた。「この仕事にも少し疲れたわ。なにしろ三十年もやってきたのだから」レディ・リネットは小さく身震いした。

「三十年もソフロニアみたいな生徒とつきあうのは大変だわ」アガサが真顔で言った。

「まったく」レディ・リネットはしみじみ答えた。

玄関の呼び鈴が鳴ってピルポが部屋を出ていき、そこで初めてソフロニアはドローンたちまでが集まって話を聞いていたことに気づいた。よほど混乱し、警戒心がゆるんでいた証拠だ。数人のドローンが煤っ子たちとトランプで遊んでいる。誰が勝っているのかはわからない。スモーキー・ボーンズは石炭のそばが落ち着くのか、石炭入れ近くの足台に陣取っていた。ドローンたちは身なりのいい仔猫がすっかり気に入ったらしく、白と黒の毛がつやつやになるまでこれでもかとブラシをかけ、首には小さなクラヴァットを巻きつけていた。甘い声で猫をあやす彼らを見て、煤っ子たちは猫だけでなく自分たちも認められたと感じたようだ。それはその場のにぎやかな雰囲気と、とめどなく供される紅茶とスコーンとサーディンのせいでもあった。スモーキー・ボーンズも煤っ子もこれほど歓待されたのは初めてだ。

ソフロニアはもう少し慎重に話すべきだったかとも思ったが、どうせアケルダマ卿は大半を知っているだろうし――たとえ眠っていても――それ以外のことも察するはずだ。自分もいつかそんなふうになりたいとソフロニアは心から思った。それに、煤っ子には自分たちがどんな状況にあったのかを知る権利がある。だって、スコーンにありつけたかどうかは別にして、事件に巻きこまれたせいでムチ打たれたのだから。

ピルポがモニク・ド・パルースをしたがえて戻ってきた。

「ここだと思ったわ」と、モニク。

「察しがいいわね」と、ソフロニア。

「ひどいケガでなくてよかったわ、ミス・テミニック。朝刊を持ってきたの。興味があるんじゃないかと思って」そう言って紙面を開き、見出しを声に出して読みはじめた。

「〝ピクルマンの秘密結社、発覚〟」そこで言葉を切り、解説を加えた。「新聞社は上流階級の秘密結社が反逆と違法行為にかかわったという揺るぎない証拠を受け取ったようね。証拠となる首謀者の手書きメモが直接、届いたらしいわ。わが女王様は、わたしが〈チャツネ〉の覚え書きとスパイの記録を手に入れそこねたのが不満のようだけど」

ソフロニアがとがめるように片眉を吊りあげた。「すべてを手にしようなんて無理よ、モニク」

「アケルダマ卿も同じように感じておられるかもしれません」ピルポがそう言ってアガサを見ると、赤毛の少女はかすかに頬を赤らめた。

「なるほど。あなたがディミティに渡したのね、ソフロニア」モニクもバカではない。

ソフロニアが首を傾け、モニクはため息をついた。

「ともかく、わが伯爵夫人に関するかぎり悪い影響はないわ。ピクルマンの一件と昨夜の反乱と〝メカによって二人殺された〟という報道もあって、メカ技術に対しては国民から大規模な抗議の声があがってる。暴徒がロンドンじゅうの軌道を掘り返し、民衆は家から軌道を引きはがして通りに積みあげ、通りの角ごとで回収されるのを待っているわ。この状況を制御できなかったのは残念だけど、ピクルマンはみごとに失敗して解散した。これこそ吸血鬼女王にとって何より重要な点よ」

モニクが朝刊をディミティに放ると、ディミティは難なく受け取った。

「やるじゃない、ミス・プラムレイ＝テインモット」

ディミティは挨拶がわりに新聞をかかげた。

長く気まずい沈黙がおりた。モニクは落ち着きはらって立っている。昨夜の飛行船脱出の痕跡はまったくなかった。肌にはすり傷ひとつなく、たっぷり休息したようにも見える。なんていまいましい。

ソフロニアは自分の鼻に手を伸ばし、触れたとたん、痛みに身をちぢめた。

モニクは何かを期待するようにレディ・リネットを見ていた。姿勢は完璧で、乱れたところはひとつもない。訪問ドレスは高級なフランスふうのデザインで、青いモスリン地は母さんの繊細な磁器の模様に似た柄入りで、広い袖はひだつきだ。ちょっと春っぽいんじやない? そう思ったとたんソフロニアは気づいた。そうは言っても春は近づいている。〝新年〟はもう終わったのだ。

レディ・リネットとモニクのあいだで無言の意地の張り合いが続いた。

「いいでしょう」ついにレディ・リネットがうなずいた。「あなたのフィニッシュを認めます、モニク・ド・パルース」

美しい金髪娘はこの言葉をずっと待っていたかのようにふっと緊張をゆるめた。おそらくそうだったのだろう。そのまま何も言わず、大股で部屋を出ていった。

レディ・リネットはため息をついた。「いまとなってはどうでもいいことなのに」

「わたしたちはどうなるんですか、レディ・リネット?」ディミティが勇気を奮った。

「せめてソフロニアだけでも認められるべきではありませんか?」

レディ・リネットは半笑いを浮かべた。「ミス・テミニックはすでにフィニッシュしているし、本人も知っているはずよ」

ソフロニアはうなずいた。

「そしてあなたとミス・ウースモスも。実にみごとな救出劇でした。狼の背に乗って郊外を駆け抜けるなんてとても勇敢だわ。わたしでもあれほど厳しい試験は思いつかなかったでしょう」シスター・マッティがうれしそうに宣言した。

「みずから吸血群に助けを求めた戦略もりっぱでした」レディ・リネットが言い添えた。

「とりわけ以前に誘拐されたことのあるあなたの勇気はたいしたものです、ミス・プラムレイ＝テインモット」

アガサがほほえんだ。「わたしたち、フィニッシュしたのね？」

「本当にフィニッシュしたの？」ディミティはいまにも泣きそうだ。「ママはさぞ誇りに思うわ」

レディ・リネットはソフロニアの片膝を軽く叩いた。「あなたがわたくしの学園を丸ごと破壊したことは大目に見ましょう。でも、今回だけよ、お嬢さん。二度と別の学校でやろうとは思わないように、わかりましたか？」

ソフロニアはその言葉を肝に銘じた。「もちろん気をつけます、レディ・リネット、でも約束はできません」

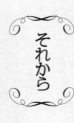

それから

その夜は悪名高き〈一八五四年のピクルマン大暴動〉として、また一般大衆のあいだでは〈メカ蜂起事件〉として記憶された。それ以降、英国でメカを使う家庭はなくなり、その多くは半年のあいだに自主的に破壊され、残りは政府が処分した。掃討を生き抜いた唯一のメカアニマル、バンバースヌートは秘密裡にヴィクトリア女王に贈られた。バンバースヌートは特例として破壊をまぬかれ、ビエーヴの改良を受けたのち、まんいちメカがふたたび蜂起したときのための〈王室警告犬〉となったのだ。ヴィクトリア女王はこのちび犬がいたく気に入り、総じて犬全般が好きになった。以来、英国王室は長きにわたり数多くの犬を飼いつづけ、その愛情は今日《こんにち》まで続いている。噂によれば、いまもバンバースヌートはカタカタと歩きまわり、愛され、よく手入れされ、いざというときの忠実な家来としてバッキンガム宮殿に小さな灰の山を出しているらしい。

ビエーヴは技術を破壊した英国を断じて許せず、〈バンソン校〉を抜群の成績で卒業すると、男になりすましたままフランスの〈工芸技術学院《エコール・ド・アール・エ・メテイエ》〉に進学した。のちに彼女はおばとともに、きわめて機能的で恐ろしく危険な女性用家庭道具を取りそろえた店をパリに開き、ソフロニアとアガサとディミティは折りに触れて店を訪れた。良家のレディはいつだってパリで買い物をするものだ。

〈ジェラルディン校〉はばらばらに取り壊されたが、ブレイスウォープ教授の痕跡はどこにもなく、それきり姿を見た者はいなかった。これはいいことだったかもしれない。たとえ生き延びたとしても、これだけ多くの人をあやめた吸血鬼はもはや文明人とは呼べない。いかに好戦的な吸血群も処刑を求めざるをえなかっただろう。たまにパリから戻ったルフォー教授が列車を乗り継ぎ、えんえんと馬車に揺られてダートムアの荒れ地に出かけることがあっても、人は失われた命に対するたんなる感傷だろうと見なした。スウィフル＝オン＝エクスで奇妙な世捨て人の噂を聞いたとしても、ブレイスウォープ教授と結びつける者はいなかった。たまの夜、その世捨て人がシルクハットをかぶってウサギとワルツを踊りながら街をうろつき、男子生徒を驚かすという噂が立ったとしても、せいぜい地元の酔っぱらいとしか思われなかった。やがて噂は土地の子取り鬼《ブギーマン》になり、その後はたんなる神話になった。踊る世捨て人がそんなに長く生きるなど、いったい誰が思うだろう、は？

マドモアゼル・ジェラルディンは正式にハンドルを養子にし、医学の道に進ませた。二人は吸血鬼が少ないアメリカに移住し、のちに彼は良家の令嬢向けの『医学的常識に基づく易しい家庭学』を著して好評を博す。この本は版を重ね、ハンドルは引退後も悠々自適で暮らした。

シスター・マッティは海辺の小さな行楽地に新天地を求め、賞取りジギタリスを育て、薬用ハーブや害虫駆除薬、しゃれた石けんの商売で一旗あげた。

レディ・リネットはロンドンに演劇学校を開き、すぐれた女流劇作家を多数、輩出した。彼女たちはみな長いあいだ舞台に立ちつづけ、自分より地位の高い男性と結婚し――夫からすれば――不幸な終わりを迎えた。美声で有名な舞台歌手ミス・メイベル・デアもここの卒業生だ。ソフロニアはかつての先生をたまに見かけたが、いつ見ても本当の年齢はわからなかった。どうやってレディになったのかも、なまりがあるのにどこで生まれたかも謎だった。だが、そのころにはソフロニアも自分の能力に限界があることがわかっていた。

こうしてレディ・リネットは秘密を――おそらく他人の秘密も――保ちつづけた。

それから一年後の一八五五年、ついに〈将軍〉は投票により〈情報機密法〉を立法化し、すべてのメカは国民の脅威であると宣言した。しかし、議会の異界族反対派は異界族を〝敵のスパイ〟と呼ぶ一文を盛りこみ、吸血鬼や人狼がメカやメカアニマルの技術に手を出せないよう彼らに特許の閲覧を禁じた。〈将軍〉は激怒したが、ソフロニアが思うに、メカ技術に対する制限は最初からナダスディ伯爵夫人の――そしておそらくはアケルダマ卿の――究極の目的だったのだろう。いずれにせよ、誰もメカに手を出せなくなったのはいいことだ。

「法律の調印には謎の執事が重要な役割を果たしたようね。彼のことを教えていただけないかしら?」ソフロニアはある晩、夕食後のシェリー酒をたしなみながら〈将軍〉にたずねた。

ソープは笑みを浮かべ、ブランデーグラスから目をあげた。「言ったでしょう、彼女は決して忘れないって」

〈将軍〉は憤然と息を吐いたが、まんざらでもなさそうだ。「まあ、忘れるとは思っていなかったが、彼が〈情報機密法〉の調印席にいたのをどうやって知った、お嬢さん?」

「あたしと契約したのは、この抜け目ない性格を買ってくださったせいではありませんか?」

「ううむ。わたしだけの秘密だったのだが」

沈黙。

〈将軍〉は鼻を鳴らし、白状した。「あの男のことをたずねるとはおもしろい。実は彼がきみの最初の任務だ。偶然ながら」

ソフロニアは背を伸ばした。ここに越してきてから街周辺での奇妙な任務をあたえられてきたが、これまでの訓練を生かすようなものはなかった。ちょうど退屈していたし、謎めいた執事には興味がある。

「あの男はメカ特許権を受け継ぐ子の後見人だ。彼の署名と、エジプトの一件を口外せぬ約束を取りつけるには、彼の被後見人を守ることに同意せざるをえなかった」

「エジプト？」

「いや、きみを海外に送るつもりはない。その子はここロンドンに住み、よからぬイタリア人どもが目をつけている。その幼い娘を守るために手段を講じなければならない。きみがその手段だ」

「あたしにその幼児の番犬になれと？」ソフロニアは顔をしかめた。ひどく退屈そうな任務だ。

「番犬どころではない。慣例上、きみには乳母になってもらう。明日の夜、その子の母親が舞踏会に出席する。母親は軽薄な人物だ。きみは彼女と親しくなり、奇跡的に血縁関係が明かされるという筋書きだ。きみは無期限で彼女の家に住みこむことになる」

ソフロニアはうなずいた。いまソフロニアは、表向きはアガサと外国を旅していることになっている。どんな状況にせよ、彼女の両親が結婚以外で〈将軍〉との同居を認めるとは思えない。上流家庭に半永久的に住みこむというのは、母親が末娘のことを安心して忘れられる最善の方法だ。

ソフロニアはテーブルごしに手を伸ばし、ソープの手を握った。

ソープは焦げ茶色の目をうれしそうに輝かせた。「ここを出ても、すぐそばに住むんなら安心だ」

「仔犬はまだ訓練が終わっていない」〈将軍〉が言った。

「それはソープの訓練が終わり次第、スパイとして二人で潜入できるってこと？」ソフロニアは期待をこめてたずねた。

〈将軍〉はうなずき、「きみたちが潜入する場所には少し違いがある。きみが潜入できないところにはソープがもぐりこむ。慎重にやるならば、きみたちはいいコンビになるだろう」そう言いながら二人が絡める指をにらんだ。

それでもソフロニアは指をほどかなかった。「あたしはいつだって慎重です」

〈将軍〉はため息をついた。「いいか、あくまでこのやりかたにこだわるのなら、きみたちは一生、陰のなかで生きてゆかねばならん」

ソフロニアはソープの手を唇に当て、キスした。「あたしたちは陰が好きなんです。あらゆる力が集まる場所だから」

ソープがアルファを見た。「おれたちはこれから長い年月、大義のために世間と交わりながら、誰にも気づかれず、罪深く、二人で楽しく生きてゆきます」

「ソープが無事に一匹狼の地位を得て、あたしがあなたに対する奉公を満了したら、世界じゅうを冒険しながら駆けまわって、誰にも知られない方法で女王陛下に仕えるつもりです。きっと楽しいわ」

ソープはソフロニアの手をかかげ、キスを返した。「きっとね」

〈将軍〉はまたしても鼻を鳴らした。老人狼は二人にあきれっぱなしだ。「まったく近ごろの若い者ときたら。手がつけられん」そう言って立ちあがり、もっと落ち着ける場所を求めて食堂を出ていった。

残された二人は椅子を向けなおして見つめ合い、ソフロニアは両手をソープの温かくて固い太ももに載せ、身を乗り出してキスした。最近ではこんなふうにキスするのがすっかり気に入り、しょっちゅうするようになり、ソープのそばにいることを遠慮なく楽しむようになった。〈将軍〉があきれるのも当然だ。

「あなたの呼び名をずっと考えてたんだけど」ソフロニアが真顔で言った。「ちびわんこ《パプシー》に決めたわ」

ソープは驚いて笑いだし、ソフロニアを抱えて膝に載せた。「ねえ、本気？」

「本気よ。あなたには男らしく耐えてもらわなきゃ」

「それがきみの課す最悪の試練なら、マイ・ハート、喜んで耐えるよ」ソープはそっとソフロニアに鼻をこすりつけた。

そうこなくっちゃ。ソープはいつだってこんなふうに物わかりがいい。

〈英国空中学園譚〉小事典

異界族 *supernatural*：吸血鬼、人狼らの総称

ヴィクトリア女王 *Queen Victoria*：英国国王。在位一八三七〜一九〇一年

吸血群 *hive*：女王を中心に構成される吸血鬼の群れ

吸血鬼女王 *hive queen*：吸血群の絶対君主

はぐれ吸血鬼 *rove*：群に属さない吸血鬼

〈宰相〉 *potentate*：〈影の議会〉で政治分野を担当する吸血鬼

取り巻き《ドローン》 *drone*：人間だが、いつか自分も吸血鬼にしてもらうため特定の吸血鬼に従属す

る者

人狼団 *pack*：ボス《アルファ》を中心に構成される人狼の群れ

一匹狼 *loaner*：団に属さない人狼

世話人《クラヴイジヤー》 *claviger*：人間だが、いつか自分も人狼にしてもらうため特定の人狼に付きしたがい、身の回りの世話をする者

〈将軍〉 *dewan*：〈影の議会〉で軍事分野を担当する人狼

ピクルマン *picklemen*：保守的な貴族階級からなる異界族反対主義組織

訳者あとがき

〝かわいらしくたわむれるのと、かわいらしくたわむれながらクロスボウの矢を放つのはまったく別物です。フィニシング・スクールを卒業する準備はよろしいこと?〟

空飛ぶスパイ養成学校を舞台に、ヴィクトリア朝時代のうら若きレディたちが活躍する〈英国空中学園譚〉の第四弾『ソフロニア嬢、倫敦《ロンドン》で恋に陥落する』*Manners & Mutiny* をお届けいたします。「ソフロニア嬢の最終巻はまだか?」と首を長くして待ってくださった皆様、お待たせいたしました。待望の最終巻はそんな皆様の期待を裏切らない、シリーズのなかでも最高のハラハラと興奮、笑いと切なさが詰まった、読みごたえのある作品となっています。まずは、ざっとこれまでのあらすじから……。

ときは一八五一年、十四歳のおてんば娘ソフロニアがレディのたしなみを身につけるべく叩き込まれたのは花嫁学校《フィニシング・スクール》とは名ばかりのスパイ養成学校。この空中学園で彼女は学友たちと友情をはぐくみ、ボイラー室の煤っ子との恋を温めつつ、個性豊かな教師陣から礼儀とスパイ術をみっちりしこまれ、めきめきと腕を上げてゆきます。水晶バルブをめぐって、吸血群や空強盗《フライウェイマン》、謎の組織ピクルマンを相手に持ち前の機転と度胸でいくつもの危機を乗り越えますが、前作『ソフロニア嬢、仮面舞踏会を密偵《スパイ》する』では愛するソープが瀕死の重傷を負い、人狼に生まれ変わるという展開となりました。

最終巻となる本作は一八五三年の暮れから五四年の年明けが舞台。ソフロニアたちも最上級生となり、クリスマス直前の舞踏会に学園は色めきだちますが、ソフロニアはソープがそばにいないさみしさにどこか上の空。そこへ、もと学園の生徒で吸血群《ドローン》の取り巻きとなった宿敵モニクが現われるところから物語が動きだします。ソフロニアは学園に賊が潜入するのを目撃し、前回、新型の水晶バルブを使って一斉にメカ使用人を機能停止させたピクルマンが陰謀をくわだてていると警告しますが、教師たちからは相手にされません。やがて人狼ソープと再会し、名だたる上流階級が集う晩餐会に招待されたソフロニアは思いがけず学園の卒業生である女スパイに遭遇しますが……。

はたして彼女は信用できるのか、それとも裏切り者なのか？　人狼〈将軍〉は何を知っていて、はぐれ吸血鬼アケルダマ卿は誰の味方なのか？　ひとつだけ確かなのは今まさに恐るべき計画が進行中で、仲間と学園とロンドンを救えるのはソフロニアしかいないこと。

ひとりの若きレディが四年間の訓練の成果をためすとき、何が起こるのか？　そしてソフロニアとソープの行く末は……？

頼れる友人ディミティとアガサ、天才発明家のビエーヴ、煤っ子団にメカアニマルのバンバースヌート、そして今回はなんとおじよおひんな学長マドモアゼル・ジェラルディンまでも巻きこんでの大活劇が始まります。いつもながらスパイ術と秘密道具のあれこれを駆使して敵をやっつけるさまは痛快ですが、今回はそれすら通用しない、シリーズのなかでも最大の危機がソフロニアを待ち受けます。キャリガー氏お得意のユーモアもたっぷり、しかし同時にもっともシリアスさが感じられる作品かもしれません。思いがけない人物の驚きの告白あり、ほかのシリーズ作品とのさりげないリンクありと、しかけもふんだんに盛りこまれています。アレクシア女史シリーズをお読みのかたは、ソフロニアの姉の結婚相手が〝ミスター・ヒッセルペニー〟と知って、あっと声を上げられるかもしれません。（実は〈英国パラソル綺譚〉の第二巻にソフロニアと思われる人物に言及した部分があるのです！）こんな発見もキャリガー作品のお楽しみのひとつと言えるでしょう。

お楽しみと言えば、なんといっても巻頭のイモムシ型飛行船〈マドモアゼル・ジェラルディン・フィニシング・アカデミー〉の見取り図です。最初に見たときは〝ああ、どうしてもっと早く載せてくれなかったのか……〟と思わずつぶやきましたが、ソフロニアが四年をかけてここまで学園を知り尽くしたことの表われと思えば、最終巻での掲載がふさわしいと言えるのかもしれません。ともあれ、本作はこの図をめくりつつ読めば楽しさ倍増です。そして読み終えたあとは、一抹のさみしさとともにもういちど飛行船の姿をながめたくなるに違いありません。

ソフロニアのお話はこれで幕を閉じますが、別のシリーズが進行中です。昨年夏、マコン夫妻の娘がテントウムシ型飛行船で活躍する『プルーデンス女史、印度《インド》茶会事件を解決する』*Prudence* の続篇 *Imprudence* が刊行されました。インドで暴れまわったプルーデンスが今回はエジプトに——しかもあの両親とともに——向かうというのですから期待も膨らみます。また、シリーズとは別の単独作品として、ソフロニアの同級生プレシア・バスを主人公にした *Poison or Protect*、ジュヌビエーヴ・ルフォーとメイドの恋を描いた *Romancing the Inventor* も発表され、ファンのあいだでは好評を博しているようです。まだまだ広がりそうなキャリガー・ワールドが今後も楽しみです。

最後に、本シリーズを訳すにあたり、早川書房編集部の皆様には多大なるお力添えをいただきました。心より感謝します。おかげで無事にフィニッシュできました。

二〇一七年一月

訳者略歴　熊本大学文学部卒，英米文学翻訳家　訳書『王たちの道』サンダースン，『プルーデンス女史、印度茶会事件を解決する』『ソフロニア嬢、仮面舞踏会を密偵する』キャリガー（以上早川書房刊）他多数

HM=Hayakawa Mystery
SF=Science Fiction
JA=Japanese Author
NV=Novel
NF=Nonfiction
FT=Fantasy

英国空中学園譚
ソフロニア嬢《じょう》、倫敦《ロンドン》で恋《こい》に陥落《かんらく》する
〈FT587〉

二〇一七年二月二十日　印刷
二〇一七年二月二十五日　発行
（定価はカバーに表示してあります）

著者　ゲイル・キャリガー
訳者　川《かわ》野《の》靖《やす》子《こ》
発行者　早川　浩
発行所　株式会社　早川書房
郵便番号　一〇一‐〇〇四六
東京都千代田区神田多町二ノ二
電話　〇三‐三二五二‐三一一一（大代表）
振替　〇〇一六〇‐三‐四七七九九
http://www.hayakawa-online.co.jp

乱丁・落丁本は小社制作部宛お送り下さい。
送料小社負担にてお取りかえいたします。

印刷・精文堂印刷株式会社　製本・株式会社フォーネット社
Printed and bound in Japan
ISBN978-4-15-020587-4 C0197

本書は活字が大きく読みやすい〈トールサイズ〉です。